ELLIE WADE

um amor eterno

Traduzido por Carol Dias

1ª Edição

2021

Direção Editorial:
Anastacia Cabo
Gerente Editorial:
Solange Arten
Preparação de texto:
Wélida Muniz
Revisão Final:
Equipe The Gift Box
Arte de Capa:
Bianca Santana
Diagramação e tradução:
Carol Dias

Esta é uma obra de ficção. Nomes, personagens, lugares e acontecimentos descritos são produtos da imaginação da autora. Qualquer semelhança com nomes, datas ou acontecimentos reais é mera coincidência.

Este livro segue as regras da Nova Ortografia da Língua Portuguesa.

CIP-BRASIL. CATALOGAÇÃO NA PUBLICAÇÃO
SINDICATO NACIONAL DOS EDITORES DE LIVROS, RJ
Camila Donis Hartmann - Bibliotecária - CRB-7/6472

W122a

Wade, Ellie
Um amor eterno / Ellie Wade ; tradução Carol Dias. - 1. ed. - Rio de Janeiro : The Gift Box, 2021.
210 p.

Tradução de: A forever kind of love
ISBN 978-65-5636-115-4

1. Ficção americana. I. Dias, Carol. II. Título.

21-73681 CDD: 813
CDU: 82-3(73)

Para os meus filhos — A, A & K.
Vocês três são a razão de eu ter sido colocada no mundo. Farei muitos trabalhos e terei muitos papéis nesta vida, mas ser mãe de vocês é, de longe, a coisa mais importante e a de que eu mais gosto. Quero tantas coisas para vocês, mas, acima de tudo, quero que sejam felizes, gentis e que tenham uma vida significativa. Cada um de vocês é único e especial — uma pequena alma feita para coisas grandiosas. Espero que cresçam, sigam seus sonhos e vivam uma vida cheia de gratidão. Obrigada por me apoiar enquanto sigo o meu. Serei sempre sua maior fã. Existem muitos tipos de amor, mas o que eu sinto por vocês sempre será um amor eterno.
<3

"A jornada para o felizes para sempre é pavimentada com lutas, mágoas e escolhas difíceis... mas se tirarmos lições da experiência e aprendermos com elas, nosso felizes para sempre valerá a pena."

— Jax Porter

Prólogo

Conheci minha alma gêmea quando nasci. Bem, um pouco depois, na verdade. Nossas mães eram melhores amigas, o que significava que Lily e eu, tendo apenas um mês de diferença, estivemos juntos bem do começo. Não tenho nenhuma memória da qual ela não faça parte, nem que seja no pano de fundo. A maioria das memórias, especialmente as boas, tem ela em destaque.

A Lily é perfeita.

Sei que as pessoas dizem isso sobre aqueles que amam, mas, nesse caso, é verdade. Claro que ela tem algumas imperfeições, ela é humana, mas, para mim, até mesmo isso é perfeito. É difícil de explicar meus sentimentos em relação a Lily, porque a palavra *amor* não é uma descrição adequada, nem perto disso. É muito mais.

Ela é tudo.

Lily é o sol que nasce de manhã, trazendo consigo um novo dia, projetando os raios de luz dela sobre mim. O calor dessa garota me engloba com uma sensação de amor e paz que apenas ela pode me dar. Ela é a lua que agracia o céu noturno, brilhando com fulgor, emitindo um mar de tranquilidade na minha alma.

Ela está em cada momento, em cada respiração, em cada batida do coração.

Em cada maldita coisa.

Ela é tudo o que já conheci, e é aí que está o problema.

Não comecei simplesmente a amar a Lily em um dia. Sempre a amei, de um jeito ou de outro. Às vezes, quando algo sempre esteve lá, é difícil de reconhecer a coisa pelo que é. Fica fácil achar que já está garantido. Não percebi a profundidade com a qual Lily estava arraigada em cada camada da minha alma, porque nunca tive que sentir sua ausência. E como qualquer idiota egocêntrico que não percebe o que tem, eu fodi com tudo.

Está bem óbvio agora, mas, na época, não estava. Não é irônico que, olhando em retrospectiva, seja tão claro? Quero gritar com o meu eu mais jovem, ou sendo sincero, quero socar a minha carinha de garoto bonitinho por não ver a vida; mais especificamente, minha vida com a Lily; do jeito como ela era. Eu tinha tudo o que poderia querer, eu tinha sorte a esse ponto. Na época, teria sido útil ter consciência, uma consciência inteligente, que me guiasse na direção correta.

Mas não, tive que descobrir tudo sozinho, contando com a ajuda da minha própria idiotice.

Queria ter percebido o que realmente importava na vida. Nenhuma das minhas prioridades eram importantes e as escolhas que fiz para ter sucesso acabaram sendo em detrimento da minha felicidade futura.

O negócio é: uma vez que escolhas são feitas e caminhos são alterados, é muito difícil voltar atrás. Às vezes, é impossível.

Sei disso porque estou aqui parado com um anel de noivado de dois quilates na mão, esperando para pedir a alguém para se casar comigo, para ser minha esposa. Estou pronto para amar e cuidar dela até que a morte nos separe.

Mas há apenas um problema.

Ela não é a Lily.

Um

Lily caminha porta afora, deixando-a bater com força às suas costas.

"Você já me perdeu. Eu só não sabia." Suas últimas palavras ecoam na minha mente, causando uma torrente de emoções que invadem meu cérebro.

Hoje, a raiva fala mais alto.

Estou furioso para caralho. Estou tão bravo, e sei que não tenho motivos para estar.

A vida segue em frente. *Quem eu sou para pensar que minha vida deveria ser exatamente da forma como planejei? Quantas pessoas têm a sorte de viver de acordo com o cronograma? Alguém tem?* Talvez alguns filhos da mãe por aí tenham, mas a maioria de nós não tem tamanho êxito.

Não importa por qual ângulo eu olhe, nem qual caminho que eu escolha… eu vou perder.

Não sairei ileso dessa.

Seria impossível.

Mas, por outro lado, eu também ganho. A vida é engraçada a esse ponto. Ela sempre tira, mas também costuma retribuir. Algumas vezes, preciso olhar mais de perto para encontrar as bênçãos, mas quando acalmo a fúria e a tristeza que me cercam, consigo encontrar a luz.

— Ei — Stella chama, baixinho.

Falando na luz.

Encostada no pilar de madeira na entrada da sala de estar, ela me observa.

— Você está bem?

— Sim, vou ficar. — Aceno.

— Como foi? — pergunta, preocupada.

— Horrível. — Passo as mãos pelo cabelo, soltando o ar. Meu peito se aperta. — Mas acho que foi tão bem quanto poderia ter sido.

Lily apareceu, sem avisar, para me dizer que me queria de volta, que me amava... que eu era o seu tudo.

Não queria que ela descobrisse desse jeito. Não queria que entrasse ingênua na casa que eu comprei com a minha *noiva* e despejasse o coração para mim. Eu deveria ter ido até ela para contar as novidades no início da semana, mas Stella e eu estivemos muito ocupados terminando as coisas da casa e da mudança.

Não consigo nem imaginar o tanto que Lily deve estar magoada agora. A dor que minhas palavras causaram nela era tão tangível que senti a angústia saindo de todos os seus poros. Parti seu coração *de novo.*

Argh, que golpe cruel e inesperado.

Tudo dentro de mim quer que eu vá atrás dela, que eu explique. Quero desnudar meu coração, contar tudo a ela. Quero convencê-la do meu amor e deixar que ela saiba por que escolhi a Stella, por que me comprometi com a Stella.

Mas não posso. Observei Lily sair pela minha porta, arrasada, e não há nada que eu possa fazer quanto a isso.

Stella vem até mim.

— Sinto muito, amor. Não consigo imaginar o quanto deve ser difícil para você. — Seus olhos de avelã brilham para mim, tão cheios de amor.

— Pare — respondo baixinho, afastando sua preocupação. — Está tudo bem. Venha aqui. — Estendo a mão para ela, puxando-a para o meu colo.

Ela dá uma risadinha ao cair sobre mim, e a puxo para cima. Dou-lhe um abraço apertado, sentindo seu cheiro, que é uma combinação fatal de coco e frutas doces. Suspiro.

— Bem, pelo menos agora está feito.

— Verdade. Então, podemos contar para a sua família agora? — Stella pergunta, hesitante.

Rio alto, balançando a cabeça. Toda essa situação é tão ridícula que não consigo evitar a risada.

— Acho que é uma boa ideia.

Não voltei para casa desde as férias de Natal, quando Lily partiu meu coração em pedaços ao se recusar a me aceitar de volta. Foi há pouco mais de seis meses, mas parece uma vida inteira.

Meus pais e Landon foram à minha formatura, mas não encontraram Stella. Na época, estávamos namorando há apenas três meses. Para ser sincero, eu não tinha certeza de para onde nós dois iríamos e ainda sentia uma saudade desesperada da Lily. Já falei da Stella para a minha família. Eles sabem que ela foi minha colega de estudos durante toda a faculdade. Tenho certeza de que acham que somos bons amigos e, embora seja verdade, somos muito mais que isso.

Logo depois da formatura, as coisas se intensificaram com certa rapidez por causa do turbilhão com o noivado e a casa nova. Talvez eu devesse ter informado à minha família durante o processo, mas não falei nada. Stella e eu precisávamos de tempo para os nossos planos antes de termos a influência externa.

Os últimos seis meses foram intensos, para dizer o mínimo, mas a Stella é tudo o que importa para mim agora. Ela tem que ser.

Tanta coisa aconteceu desde dezembro que, alguns dias, acho difícil processar tudo. Não há dúvida de que não fui capaz de encontrar sentido em nada e é por isso que não falei com ninguém a respeito do que estava acontecendo.

Na verdade, parte de mim só queria viver com a Stella em uma bolha por um tempo, antes que ela estourasse. Depois da visita da Lily, eu diria que, sem sombra de dúvida, ela estourou.

Se Lily não tivesse me surpreendido com uma visita hoje, eu teria dado a notícia para a minha família aos poucos, mas agora já era. Só tenho algumas horas até minha mãe ficar sabendo do noivado e prefiro que seja por mim. Não tenho tempo para decidir se jogar a bomba na minha família assim do nada é a melhor forma de contar a eles. É a única opção disponível a essa altura.

Passei os últimos seis meses de luto por Lily e pela perda do que éramos.

Venho tentando descobrir quem eu quero ser nesta vida, quem eu sou quando não estou seguindo a ordem de pessoas que não estão pensando no que é melhor para mim. Finalmente estou começando a entender.

Também passei esse tempo desde dezembro me apaixonando pela Stella.

Precisei fazer tudo isso longe de Lily e longe da minha casa. Mas agora é hora de deixar a minha família saber.

Lily aparecendo de surpresa não era como eu tinha imaginado contar a ela, mas acho que nunca há uma boa maneira de partir o coração de alguém.

— Vamos visitar meus pais hoje — digo.

Os olhos de Stella se arregalam.

— Hoje?

Sorrio.

— Por que não? Já tem sido um dia infernal mesmo. Vamos enlouquecer de vez.

Ela irradia de alegria.

— Por que não? Só se vive uma vez, né?

Eu hesito.

— É.

Meu sorriso murcha ao observar seus olhos castanho-esverdeados. São mais castanhos nessa luz, da mesma cor do seu cabelo. Trago seus lábios para os meus e a beijo com ardor, lembrando a mim mesmo do motivo das minhas escolhas mais recentes. Afasto-me, voltando brevemente para um selinho.

— Ok, chega de beijos. Temos que ir. — Levanto-a do meu colo e Stella fica parada na minha frente. Fico de pé para me juntar a ela. — Vou só ligar para a minha mãe rapidinho, para avisar que vou jantar em casa e que vou levar alguém. — Lanço uma piscadinha para ela.

— Ai, meu Deus, isso está acontecendo! — ela solta um grito agudo, pulando com uma animação inocente. — Vou trocar de roupa.

— Nem precisa. Você está linda.

— Obrigada. — Ela fica na ponta dos pés e me dá um selinho. — Mas eu vou conhecer meus futuros sogros oficialmente. Não vou do jeito que estou. — Ela gesticula para uma roupa sexy para caramba, jeans skinny e uma camiseta que cai por cima do seu ombro.

— Tudo bem, mas não exagere. Você ficaria deslumbrante em um saco de papelão.

Ela bate de brincadeira no meu peito.

— Engraçadinho. — Ela balança a cabeça antes de sair da sala.

Solto o ar e passo os dedos pelo cabelo. Minha família vai enlouquecer quando souber que eu não só superei a Lily, como também estou noivo. O fato de eu estar trabalhando com o pai dela e ter comprado uma casa nova, tudo sem informá-los, será a cereja nesse bolo todo bagunçado.

Como foi que cheguei a esse ponto?

Como é possível sentir tanto desespero e a mesma quantidade de contentamento ao mesmo tempo?

Estou em uma oscilação perpétua de emoções: tristeza versus alegria, mágoa contra a esperança, a perda combatendo o amor. E todas elas estão brigando para ficar em primeiro lugar. Cada manhã que acordo, nunca sei o que o dia — ou as horas, no caso — trará ao meu coração.

Não consigo entender como cheguei a esse ponto da minha vida e, mais importante, como tudo mudou tão rápido. Um dia, tudo estava saindo conforme o planejado; no seguinte, eu pisquei e acabei desse jeito.

Independentemente disso, a única coisa que não posso é me arrepender de nada disso. Toda escolha que fiz, de alguma forma, ajudou a me trazer até aqui.

Meu *aqui* é a Stella, e eu sempre vou dar valor ao tempo que tenho com ela.

Passado

Dois

Agosto, antes do terceiro ano.

A caminhada da casa da Lily até o antigo carvalho que fica em meio a um campo de grama alta e flores silvestres dura apenas alguns minutos. Há uma trilha desgastada por onde nós dois passamos centenas de vezes.

O gramado macio debaixo dos meus pés silencia minhas pegadas, permitindo-me alguns minutos para absorvê-la antes que ela me veja. A menina está apoiada na nossa árvore, as pernas diante do corpo. Está sentada em um cobertor, mas seu foco está no Kindle.

Os últimos dois anos foram estressantes com a faculdade e o futebol americano, mas também porque conforme minhas responsabilidades aumentam, vejo Lily cada vez menos. Quanto mais tempo fico longe dela, mais horrível a situação parece, mas assim que estou na sua presença de novo, tudo parece certo no mundo. Uma calma passa por mim.

Sempre foi assim. Mesmo quando eu não tinha palavras para descrever meus sentimentos pela Lily, ela foi o meu conforto. Se duas pessoas já foram destinadas uma para a outra, somos nós dois. Eu a amo mais do que qualquer um nesse mundo. Mal posso esperar pelo dia que a minha única obrigação será ser seu marido. Sei, sem sombra de dúvida, que serei perfeito para esse papel.

— Little — digo, baixinho, vendo sua cabeça se erguer do Kindle.

Ela coloca uma mecha de seu longo cabelo loiro por trás da orelha e seus olhos disparam para os meus. Um sorriso enorme se espalha por seu rosto, um que faz loucuras com meu interior. Ela joga o Kindle no cobertor e fica de pé em um salto. Ao pular em meus braços, grita enquanto me abraça com força, as pernas se envolvendo ao meu redor.

— Finalmente! Pensei que você nunca chegaria. — Deixa beijos em todo meu rosto.

— Meu Deus, senti sua falta. — Enterro o rosto em seu pescoço e aperto os braços ao seu redor.

Já faz um mês que não a vejo. Tive que voltar para a faculdade mais cedo por causa dos treinos de futebol americano. Essa é a última semana da Lily em casa antes que ela vá para a universidade, e eu precisava vê-la.

— Eu também.

Seu olhar se prende ao meu e o ar entre nós muda. O sorriso se desfaz e a expressão fica séria. Sua boca se abre e sinto na pele do meu rosto o fôlego que escapa de seus lábios.

Ela agarra o meu rosto entre as mãos e me olha fixamente nos olhos. Por um momento, absorvo sua perfeição, sua beleza. Ela foi colocada nesta Terra para mim. Amo tudo nessa garota: do longo cabelo sedoso e olhos impossivelmente azuis até as sardas adoráveis em seu nariz. Tão linda quanto é por fora, ela é do lado de dentro.

Meus lábios encontram os seus e a beijo com força. Com cada movimento da minha língua, o mundo ao nosso redor desaparece.

O estresse em minha vida diminui. Tudo o que sinto é a Lily e estou feliz de verdade.

Fazemos amor debaixo do nosso carvalho, onde a vida é perfeita, onde tudo faz sentido. Vivo por esses momentos, em que estamos só nós dois em nosso próprio paraíso, conectados de uma maneira que ninguém além de nós consegue entender.

Ficamos deitados lado a lado por cima do cobertor. Nossas mãos se unem enquanto olhamos para cima através dos galhos.

— Está animada? — pergunto.

— Sim, estou. Um pouco nervosa, mas tenho certeza de que vai ser ótimo — responde, com uma pitada de apreensão na voz.

— Vai ser sim — concordo. — Acho que será muito melhor do que a faculdade comunitária.

Ela bate o ombro no meu.

— Ah, para. Não há nada de errado com a faculdade comunitária. Eu amei os últimos dois anos.

— Porque você não viveu outra coisa. Assim que descobrir o que é a faculdade de verdade, vai perceber o que estava perdendo.

Ela solta uma risada.

— Com licença? Faculdade de verdade?

— Você sabe o que eu quis dizer — digo, despreocupado. Deixo sair uma respiração audível. — Mais dois anos.

— Até? — indaga.

— Até a faculdade acabar e podermos começar as nossas vidas.

— Jax. — Lily vira de lado e eu faço o mesmo. Nosso nariz está a poucos centímetros um do outro enquanto eu a encaro. — O agora também é a vida. Eu amo a minha. Amo você. Sabe, a vida não é um lugar em que se quer chegar. É uma jornada — explica.

— Ah, é? — Rio baixinho. — Você deveria colocar isso em um meme e postar.

— Jax, é sério. Você está bem?

Vejo preocupação em seus olhos, algo que nunca quero ver.

— Little Love, estou bem. Era uma piada. — Inclino-me ligeiramente e dou um selinho rápido em sua boca.

— Eu sei, mas você está estranho. Algo de que queira falar?

— Não, estou bem. — A última coisa que quero fazer é jogar o peso dos meus problemas nela. Quero que Lily vá para a faculdade e aproveite ao máximo os próximos dois anos.

Ela se aninha ao meu lado e apoia a cabeça em meu peito.

— Vou sentir saudade.

— Eu sei. Também vou.

Com a Lily indo embora para fazer faculdade, ela não vai conseguir me visitar com a mesma frequência de antes.

— Te amo.

— Te amo mais. Para sempre — completo, antes de beijar o topo da sua cabeça. Passo o braço por suas costas, assim consigo trazê-la para perto.

Quero saborear esse momento.

É tão louco que a vida seja feita de uma situação desgastante após a outra, tipo a forma como tenho me esforçado para cacete para ser o melhor. E ainda, são esses momentos simples, aqueles que não carregam expectativas, que são os mais recompensantes. Deitar debaixo dessa árvore e abraçar a minha garota é o momento mais feliz para mim nesse mês. Nessa situação, não há ninguém para *vencer*, ninguém para *derrotar*.

Só tenho que *ser*.

Nós nos deitamos em silêncio, que só é quebrado pela nossa respiração e pelos sons tranquilos da natureza ao nosso redor. Absorvo o amor e a felicidade flutuando por aqui. Espero sempre lembrar que tudo o que importa de verdade no mundo são momentos como esse. Todo o resto, comparado ao esquema completo da vida, é um caos desnecessário.

Ben paira ao meu redor enquanto converso com a florista. Tento enxotá-lo com a mão, mas ele fica.

— Tudo bem — digo ao telefone. — Ótimo. Obrigado. — Desligo.

— Você é patético, cara.

Jogo o celular no sofá.

— Cale a boca.

— Então, quantos buquês você mandou para ela? Ouvi dizer cinco?

— Sim. Ela vai receber cinco buquês de lírios.

Ben ri perto de mim antes de jogar uma batata na boca. Ele se abaixa enquanto fala:

— A garota fez mesmo você comer na palma da mão dela.

— Pode ser. — Dou de ombros. — Mas, ao contrário de você, não acho que haja nada de errado nisso. Eu a amo. Com a nossa agenda maluca, não vou conseguir falar com ela, muito menos vê-la amanhã, em seu aniversário de vinte e um anos, então não acho que mostrar que a amo seja uma má ideia. Um dia, quando você tiver a maturidade de alguém mais velho que um calouro do ensino médio, vai me entender.

Há uma risada em seu tom quando ele confessa:

— Não, eu entendo. Só estou pegando no seu pé. Não sei se você lembra, mas tive uma namorada por muito tempo. Eu era muito bom para a Kristyn. Sei o que namorar implica.

— Sim, bem, a diferença fica no fato de que ainda tenho a minha namorada e você não conseguiu segurar a sua.

Seus olhos viajam na minha direção.

— Talvez eu não quisesse segurar a minha. Já pensou nisso? Ninguém se casa com a namoradinha do ensino médio, Jax.

Dou de ombros.

— Algumas pessoas se casam.

— Diga uma. — Joga outra batata na boca, mastigando audivelmente.

Penso por um momento. Ninguém que eu conheço esteve no mesmo relacionamento desde o ensino médio, mas somos de uma cidade pequena, então não conheço tantas pessoas.

— Eu — digo, com confiança, porque sei que me casarei com a Lily algum dia.

— Não. Você não pode contar consigo mesmo. Não está casado com a Lily. Não dá para você saber o que vai acontecer.

— Sério? Acha mesmo que vou acabar me casando com outra pessoa que não seja a Lily?

Depois de alguns momentos, ele cede:

— Não, não vai. Você vai se casar com ela.

— Viu? — Sorrio. — Até você sabe.

— Sim, mas não há dúvida de que vocês são a minoria.

— Talvez, mas eu estou de boa.

Três

Estou contando os dias, antecipando o momento quando tudo isso fará sentido, quando todas as peças se encaixarão para que eu possa ver o panorama completo, a razão por trás de tudo. Agora, sinto que estou fazendo um monte de merda que só está me causando estresse.

Observo minha vida como alguém de fora, vendo-me seguir o fluxo. Tenho dado tudo de mim pela minha família, meus professores, treinadores, olheiros de futebol e meu futuro. É física e emocionalmente desgastante ser sempre o *melhor*. Ouço pessoas dizerem que é fácil para mim, mas a questão principal é que nada na vida vem fácil. Se faço parecer assim, é porque me esforcei três vezes mais que a pessoa ao meu lado. É porque dei tudo de mim para ter sucesso, e algumas vezes é mais do que tenho para dar.

Existe apenas uma coisa, mais especificamente uma pessoa, que faz tudo sumir, que acalma o barulho de descontentamento que me cerca.

A minha Lily.

Quando estou com ela, a nuvem de estresse, que pesa sobre mim em uma neblina densa, se esvai e enfim consigo respirar. Ela faz tudo ficar bem, me faz recuperar o equilíbrio, todo o caos que me habita dorme e a paz vive.

— Porter!

Salto, e meu reflexo assustado me encara de volta do espelho do vestiário.

— Sim, treinador. — Viro-me para ele.

— Está pronto? A cabeça está no jogo?

— Sim, treinador — minto.

— Tem certeza? Já resolveu as suas merdas? — Ele ergue uma sobrancelha antipática.

Ele está pensando na interceptação da semana passada. Sei disso. Tive que repassar aquele jogo a semana inteira enquanto ouvia merda dos meus treinadores e do meu pai. Sim, fiz um lançamento ruim. Não, não nos custou o jogo.

"Mas poderia ter custado. Erros assim são inaceitáveis." As palavras do meu pai soam em meus ouvidos.

— Resolvi as minhas merdas. Estou pronto, treinador.

Ele dá um tapa na minha ombreira esquerda.

— Certo, vamos ganhar aquele jogo.

— Sim, treinador! — afirmo, com o máximo de entusiasmo que consigo reunir.

A comemoração por nossa vitória já começa com a música alta no vestiário. A atmosfera é barulhenta, desagradável e animada.

Jerome, um dos meus colegas de quarto, fecha a bolsa ao meu lado.

— Ei, cara — chamo. — *Touchdown* do caralho.

Seu sorriso se alarga.

— Valeu pelo passe perfeito.

— Não, o crédito é todo seu, mano. — Estendo o punho, e Jerome bate.

— Vai para a festa com a gente?

Levando a mão à nuca, olho para baixo enquanto esfrego os músculos com os dedos.

— Não, acho que não. Tenho prova de estatística na segunda.

— Fala sério, você pode estudar amanhã. Precisa comemorar. Fez um jogo perfeito — Jerome insiste.

— Valeu, mas não posso mesmo. Minhas aulas já estão acabando comigo esse semestre.

— Prontos para tomar um porre? — Josh, outro colega de quarto, comemora por trás de mim, a mão batendo nas minhas costas.

— Ah, você sabe! — Jerome grita. — O Jax vai *estudar*.

— Porra, nerd. De novo? Qual é a sua? — Josh pergunta.

— Pois é. Sou a porra de uma piada esse ano. O que posso dizer? — Jogo a bolsa por cima do ombro.

— Ah, deixem o Jax em paz. Alguns de nós estão de boa só com passar pelas matérias fazendo o mínimo possível apenas para jogar futebol. Mas alguns de nós — Ben, o último colega de quarto a se juntar à conversa, coloca a mão em meu ombro — quer ser bem-sucedido e tal. Eu diria que é admirável.

— Cale a boca, Ben — digo, oferecendo um sorriso perplexo.

Ben suspira.

— Mas vou sentir falta do meu parceiro.

— Ah, vai? — Solto outra risada.

— Inferno, claro que vou. Sabe quantas garotas eu consigo pegar por sua causa? Elas sempre começam flertando com o todo poderoso Jax Porter, mas quando percebem que não vão quebrar sua Armadura Lily, sempre se viram na nossa direção.

— Você é um idiota. — Balanço a cabeça.

— É verdade — garante ele. — Você não sair com a gente ultimamente está prejudicando os meus esquemas.

— Cara — olho para Josh —, tenho visto as garotas que saem do apartamento. Seu esquema está ótimo.

— Bem, claro que está. Mas eu tenho que me esforçar um pouco mais para conseguir. — Josh dá de ombros.

— Você vai sobreviver. Prometo.

— Tudo bem, enfim, vou beber o suficiente por nós dois, ok? — Jerome afirma.

— Claro que vai. — Eu rio. — Divirtam-se.

Saio do estádio e começo a caminhar para o nosso apartamento. Meu telefone vibra no bolso. Retiro e vejo uma mensagem da Lily.

Little: Ótimo jogo!

Eu: Obrigado.

Little: Você foi perfeito, Jax. Sério! Estou com tanta saudade! O que você está fazendo?

Eu: Nada demais. Acho que vou dar uma saída com os caras. Não tenho certeza. E você?

Little: Vou para algum bar do qual as garotas não param de falar. Long Islands por cinco dólares!

Eu: É, isso parece perigoso. Por favor, se cuide.

Little: Você sabe que vou. Ligo quando chegar.

Eu: Por favor.

Little: Ok... bem, divirta-se com os caras. Diga a eles que eu mandei um oi.

Eu: Direi. Eles sentem a sua falta. Faz séculos desde que você veio aqui. :(

Little: Eu sei. Vou pegar meu carro no feriado de Ação de Graças. Não sei no que eu estava pensando quando não trouxe. :(Bem, se cuide. Te amo muito.

Eu: Te amo mais.

Little: Tchau.

Eu: Tchau.

Fico muito irritado comigo mesmo. Não tenho certeza de por que senti que precisava mentir para a Lily. Nunca menti para ela, nunca. Só sinto que estou fora de controle e tenho que esconder dela. Não quero que Lily se preocupe. Ela só tem mais dois anos na faculdade e quero que seja capaz de aproveitar cada minuto disso.

— Se a variância de uma distribuição é nove, o desvio padrão é... — Stella indaga, sentada de pernas cruzadas com as costas apoiadas no meu sofá.

— Três — respondo.

— Isso. — Ela prende uma mecha de seu longo cabelo castanho por trás da orelha. — Aumentar a frequência na curva de uma distribuição resulta em quê?

— No aumento do desvio padrão.

— Correto. — Ela acena e abaixa o caderno na parte de trás da pilha em sua outra mão. — Voltamos para a primeira pergunta. Acho que você já decorou. — Seu sorriso é acolhedor, os olhos de castanho-esverdeados parecem castanhos com a pouca luz do meu apartamento.

— Beleza. Quer que eu faça as perguntas para você de novo?

— Não, estou bem. Então, quais são seus planos para depois da aula de amanhã? — Sua voz está animada, seu tom ofegante. É sempre assim.

— A mesma porcaria de sempre: fazer trabalhos e estudar.

— Quer comer alguma coisa e depois ir para a biblioteca? — pergunta, levantando-se da cadeira para esticar os braços por cima da cabeça.

A camiseta apertada sobe para mostrar a barriga chapada e eu afasto o olhar, e me levanto da cadeira em que estava sentado.

— Claro. Sim, boa ideia.

Conheci Stella no meu ano de calouro da faculdade, mas nos últimos tempos ela se tornou uma boa amiga. Estamos os dois nos formando em administração, fizemos várias aulas juntos e também frequentamos grupos de estudo aleatórios nos últimos dois anos. Há poucas semanas, esbarrei com ela na biblioteca e começamos a falar das nossas aulas, então acabamos estudando em dupla. Nossa forma de aprender as coisas se mesclou tão bem que estamos fazendo isso juntos desde então.

A porta do meu apartamento se abre e nós nos viramos para ver Josh entrar com um enorme sorriso espalhado no rosto. Ele nos vê e grita:

— Hoje é quinta-feira, bebê! — Seu entusiasmo é contagiante. — Nós vamos sair!

— Foi mal, cara. Vou deixar para a próxima. Ainda tenho mais uma aula amanhã.

— Qual? — pergunta.

— Estatística.

— Foda-se Estatística. Você vai tirar essa merda de letra. — Ele vem em nossa direção, seus cachos loiros saltando, o cabelo longo o suficiente para prender por trás da orelha. Seus mais de 1,90m escondem Stella quando a puxa para um abraço, tirando-a do chão. — Stella, baby! — grita.

Ela dá uma risadinha.

— Eu pretendo mesmo. — Rio também. — Por isso que vou deixar para a próxima.

Ele coloca Stella no chão.

— Não importa se você vai ficar bêbado hoje à noite ou não. Você vai ficar bem. Vamos lá — ele implora.

— Não. Desculpa, cara.

— Stella? — Seu olhar vai na direção dela. Sua expressão é patética. — Você vem com a gente?

O sorriso dela cresce.

— Vou deixar para a próxima também. Na próxima eu vou. Prometo.

— Que pena. — Ele suspira e vai para a cozinha. — Fica para uma cerveja? — chama por cima do ombro.

— Ok, mas uma só — ela responde.

Nós três nos sentamos na sala, cada um com uma garrafa de cerveja. Jerome e Ben voltam para o apartamento e se juntam a nós.

Moro com esses caras desde o ano de calouro. Ben e eu crescemos juntos, viemos da mesma cidade. Conheço Jerome e Josh há dois anos, mas parece que faz mais tempo. Nós quatro jogamos futebol americano pela Universidade de Michigan, então passamos muito tempo juntos.

— Ben, me conte do seu encontro com a Dawn no último fim de semana — Stella pede, ansiosa.

Nas duas últimas semanas, ela se tornou a quinta pessoa em nosso grupo. Ela tem vindo estudar aqui com muita frequência esses tempos e sempre passa tempo com a gente, mesmo depois de terminarmos os trabalhos. Não me importo. Ela é uma daquelas pessoas que consegue se dar bem com todo mundo. Ela é muito legal. Os caras a amam e a colocaram debaixo de suas asas. É quase como se fosse nossa irmã mais nova. Na verdade, estou surpreso que nenhum deles tentou ficar com ela ainda. Stella é incrivelmente gata. Sua aparência combinada com a personalidade doce fazem dela um belo partido.

Mesmo no pouco tempo desde que se tornou parte do nosso grupo, uma coisa que aprendi ao seu respeito é que ela é uma romântica incurável. Ama arranjar encontros para os caras e depois quer saber como foi. Não tenho certeza do motivo de ela estar se preocupando com um diploma de administração quando está claro que ela está destinada a ser organizadora de casamentos.

— Bem — ele responde, com uma expressão culpada estampada em seu rosto —, eu acabei cancelando.

— O quê? — Stella questiona, sua voz subindo uma oitava.

— Foi mal, Stell. Falei com ela ao telefone antes e simplesmente não rolou.

Ela parece desapontada.

— Ah, Ben, ela é tão legal. Você teria gostado dela. E é bem bonita também.

— Sei disso. Tenho certeza de que ela é. Talvez em outro momento. — Ele faz uma pausa, mas acena em direção ao Jerome. — Sabe quem adoraria um encontro? Jerome.

Jerome ri, jogando a cabeça para trás.

— Ah, sim, cara. Dificilmente.

É verdade. Jerome não precisa de nenhuma ajuda no departamento feminino. Ele está sempre *saindo* com alguém; e por saindo, quero dizer transando. Acho que ele pode precisar de ajuda para mantê-las por um tempo. O mesmo vale para Josh. Ele também não sofre de escassez de mulher saindo daquela fila de fast food que é o quarto dele.

— Mal posso esperar para você conhecer a Lily — digo para Stella. — Ela sempre pergunta para esses caras quando eles vão encontrar uma garota legal.

Josh logo diz a ela:

— E nós estamos dizendo a você a mesma coisa que dizemos a ela. Não queremos uma garota legal. Queremos garotas terríveis.

— Você é nojento. — Eu rio.

— Estou errado? — Josh pergunta aos caras.

— Foi mal. Não posso negar — Jerome responde. — Quem quer alguém legal aos vinte anos? Estou procurando as gostosas e fáceis.

— Jerome! — Stella dá um gritinho, batendo em seu ombro de brincadeira.

Ele dá de ombros.

— O quê? É verdade.

Balanço a cabeça, rindo.

Ben se dirige a Stella:

— E não deixe o bonitão aí te enganar. Antes da Lily, ele era um mulherengo. Acho que dormiu com todas as garotas disponíveis do ensino médio.

— Em minha defesa, era uma escola pequena — digo, com o rosto sério.

Quatro

Sento-me de pernas cruzadas na cama em meio a cinco livros abertos, comparando minhas anotações e os destaques que fiz para o artigo que tenho que escrever. Já li várias vezes, mas os detalhes estão se misturando. *Porra.*

Suspiro e trago minha caneta para a boca, mastigando a ponta. Meu telefone vibra perto de mim e dou uma olhada, vejo que é uma mensagem da Lily. Vou responder mais tarde. Tenho que terminar o artigo. Vou enlouquecer se tiver que continuar lendo a mesma merda de novo e de novo.

Vozes do lado de fora da minha porta chamam a minha atenção. Ouço Ben dizer:

— Ele está no quarto.

Ótimo.

A porta do meu quarto se abre, e fecha em seguida com um estrondo. O som suave de passadas planejadas, tanta raiva nelas, enche meu quarto de uma maneira que nunca pensei que pegadas em um carpete pudessem preencher.

Afasto o olhar dos meus livros.

— Oi, pai. — Minha voz sai exausta e resignada, que é exatamente como me sinto.

— Não venha cheio de marra para cima de mim. — Ele bufa.

— Não estou de marra.

Imagino o que aconteceria se eu pegasse esse livro pesado na minha frente e jogasse na cara dele. Aposto que quebraria seu nariz. Ele nem saberia o que aconteceu.

— Qual é a razão do sorrisinho?

Ignoro a pergunta.

— Pai, a que devo a honra?

— Bem, acabei de almoçar com alguns dos caras. — Ele está se referindo aos seus *amigos* do conselho de ex-alunos. — Falaram de você.

Claro que falaram.

Quando eu não mordo a isca, ele continua:

— Eles não ficaram felizes com o jogo de ontem. Você fodeu legal, Jax.

— Foi uma derrota. Derrotas acontecem, pai. Não sou o único jogador do time. Ontem não era nosso dia.

— Não, ontem não era o *seu* dia! — Seu rosto está ficando vermelho de fúria.

Fico olhando para ele, perguntando-me como posso sequer ser parente de um babaca desses.

— Derrotas são inaceitáveis — declara.

Levo as mãos ao cabelo. Passando os dedos por ele, puxo em frustração. Raiva sobe em meu peito; não por causa do jogo, mas porque estou deixando meu pai me irritar. Fui ficando melhor em não internalizar toda a merda que ele está sempre jogando para cima de mim, mas, às vezes, é uma batalha perdida.

Puxo o ar pelo nariz, sentindo meu peito expandir. Nivelo o olhar com o dele.

— Estou fazendo o melhor que eu posso. Também não gosto de perder, acredite em mim.

— Alguma coisa vai ter que ser sacrificada, Jax. Você não perdeu para um time daquele no ano passado. Pode ser uma derrota, mas uma se transforma em duas. Em seguida, antes que perceba, você é a piada dos esportes universitários. Não vai chegar ao *bowl game* neste ritmo. E a NFL? Eles não vão te dar nenhuma atenção!

Está me zoando, porra?

— Pai, é uma derrota. Nós vencemos os últimos cinco jogos. Vou fazer tudo ao meu alcance para garantir que ganhemos o restante dos nossos jogos. Você sabe que perdemos vários veteranos no ano passado. Ainda estamos tentando nos ajustar para trabalhar em equipe. Não estou surpreso por termos tido um dia ruim. Estava fadado a acontecer. É apenas futebol americano, pai. — *Merda. Coisa errada a se dizer.*

Vejo o rosto do meu pai ir de um tom leve de vermelho para um mais escuro. Ele está quase roxo. Se eu não estivesse me preparando para a merda que está prestes a sair de sua boca, eu teria rido do quanto ele parece ridículo.

— É apenas futebol americano? — grita, repetindo minhas palavras. — Você se comprometeu com esta equipe, Jax! Se comprometeu com essa universidade! Não vai fazer nada meia-boca durante a faculdade e envergonhar sua mãe e eu! É melhor você resolver essa merda logo! Quer que o treinador te substitua? Tem noção do quanto isso seria ruim?

Ele é dramático pra caralho. Eu o odeio, porra. Que o treinador me substitua. Minha vida seria bem mais fácil.

Respiro fundo e permaneço calmo. Ao longo dos anos, aprendi que qualquer outra reação que não fosse sã e calma não desarmaria a situação. Só quero acalmar a fera, assim ele vai embora.

— Pai, não estou tentando envergonhar ninguém. Não sei o que mais você quer de mim. Olha — aponto para os livros na minha frente —, estou estudando. Depois, vou assistir aos vídeos do jogo e analisar cada detalhe, assim não cometeremos os mesmos erros de novo. Se eu tiver tempo, vou passar na academia. Quando eu acordar amanhã, meu dia se resumirá a academia, treino, aulas e estudos. Nada mais. Estou ralando e continuarei fazendo isso. Sei que me comprometi com você, com a escola e com o time. Pelos próximos dois anos, todos os meus esforços serão para honrar meu compromisso. Sinto muito que você tenha sentido a necessidade de vir até aqui para me lembrar das minhas falhas. Posso garantir que não é preciso.

Bem nesse momento, meu telefone vibra e, antes que eu possa pegar, meu pai se lança para frente e o pega da cama.

— Lily — diz o nome dela como um xingamento. — Vou te dizer pela última vez.

Ah, não. Lá vamos nós de novo; a palestra que já ouvi tantas vezes.

— Você não tem tempo para se dedicar a um relacionamento. Precisa se dedicar aos seus compromissos. Relacionamentos podem esperar, filho. Eu me casei jovem demais. Eu me apaixonei pela sua mãe e pronto. Deixei aqueles sentimentos nublarem o meu bom senso. Perdi tantas oportunidades por conta disso. Não quero o mesmo para você. Não quero que cometa os mesmos erros que eu. — Ele pula a parte em que engravidou minha mãe do Landon e foi pressionado pela própria família a se casar antes de estar pronto.

Sim, pai, estou ciente de que toda a sua família é um erro. Muda o dia, não muda a história.

Pergunto-me se devo dizer que ele está sugando meu sucesso mais do que qualquer relacionamento poderia sugar.

— Já pensou em como você não está sendo justo com a Lily? — continua.

Isso prende minha atenção e foco o olhar em sua direção.

— Você a ama tanto, porém se contenta em colocá-la no final da sua lista de prioridades. Está feliz em deixá-la esperar por você enquanto está ocupado demais para ser um bom parceiro. — Ele dá de ombros e solta um suspiro audível. — Diz que a ama tanto, mas eu achava que você fosse querer o que é melhor para ela.

— Pai — aviso.

Ele pode falar qualquer merda que quiser sobre mim, mas não vou permitir que ele traga Lily para a história.

— Escute, se o que vocês dois vivem for verdadeiro, então quando tudo estiver resolvido ela ainda será a garota certa para você. Se o que sentem for legítimo, assim continuará no futuro, depois que você tiver cumprido seus compromissos.

Não há nada que eu odeie mais do que as dicas de relacionamento do meu pai.

— Pai, eu tenho mesmo muita coisa para fazer hoje, então, se você tiver terminado… — Aponto para a porta.

Ele aperta os lábios em uma linha fina. Posso ver a guerra em seus olhos enquanto decide se continua a discutir ou se deixa passar. Quando suspira, sei que escolheu a última opção, e fico aliviado.

— Tudo bem. Vou deixar você voltar aos estudos. Pense em tudo o que eu disse. — Com isso, ele se vira e sai do meu quarto.

Ouço a porta do apartamento se fechar, e Ben entra.

— Puta merda, Jax. Que porra foi essa? — pergunta.

— Eu sei, cara. Estou tão cansado da porra das merdas dele.

Meu pai sempre foi duro comigo, sempre me pressionou. Nos últimos dois anos, ele apertou ainda mais as rédeas. A perturbação atinge novos patamares a cada visita dele.

Fecho os livros da cama e coloco na cômoda. Minha mente está girando. Sempre fica assim depois que ele aparece. Não conseguiria me concentrar em nada agora nem se eu quisesse.

— Preciso de uma cerveja.

— Ou dez — Ben comenta, enquanto saímos do quarto.

Meu cérebro parece um mingau desde que meu pai me visitou há uma semana. Não consigo me concentrar em nada que não seja no que vou fazer da minha vida. Por algum motivo, manter as coisas como estão não parece bom para mim. Tenho esse sentimento inquietante de que preciso fazer *alguma coisa*, tomar alguma *decisão*.

— Ei, você está bem? — Stella pergunta do outro lado da mesa na biblioteca, onde estivemos sentados nas últimas três horas.

— Sim, mas meu cérebro fritou, Stell. Vou voltar para casa. — Fico de pé e coloco os livros na mochila.

— Ok. Vejo você amanhã.

— Parece bom — respondo.

Está escuro lá fora quando saio da biblioteca. Pego o celular e tenho várias mensagens perdidas da Lily. Digito uma mensagem rápida para avisar que estava estudando e prometo falar com ela mais tarde.

Não consigo tirar o que meu pai disse da cabeça; não as reclamações quanto ao futebol, mas o que ele disse da Lily. Pela primeira vez, sou incapaz de evitar que as palavras finquem suas garras. Elas ficam presas tão lá dentro que são tudo em que consigo pensar.

Acho que as palavras dele me afetam tanto porque, lá no fundo, venho pensando na mesma coisa há bastante tempo. Não quero que Lily fique mal. Quero que ela seja feliz. *Como ela poderia ser feliz se está sempre esperando por mim?* Ela está sentada sem fazer nada, esperando receber uma ligação, uma mensagem ou qualquer tipo de atenção que eu possa separar para ela. *Como posso fazê-la feliz sendo que, se eu for sincero, ela está em último na minha lista de prioridades?* Não é justo com ela. Lily merece muito mais do que posso oferecer agora.

Meu pai está certo. O que nós temos é real. Ainda estará lá quando eu terminar a faculdade, aí poderei dar atenção para ela. Lily é o meu para sempre.

Sei que terminar com ela, deixar que experimente a faculdade sem o estresse de um relacionamento à distância, é a coisa certa a se fazer. Só não sei se tenho coragem para fazer isso.

Meu telefone vibra com uma mensagem. Olho e vejo que é do Ben.

Ben: Vamos sair para tomar uma. Quer vir?

Com todos os trabalhos futuros vindo à mente, minha resposta automática é "não", ainda que eu saiba que não serei capaz de me concentrar de jeito nenhum. Qual é o ponto de voltar para um apartamento vazio apenas para continuar com toda essa merda na cabeça?

Digito uma resposta:

Eu: Claro. Chego em 5 minutos.

Ben: O quê? Isso é um sim? *desmaiando de choque*

Eu: Idiota.

Balanço a cabeça, e um sorriso se forma quando guardo o celular no bolso.

O bar está lotado. Sempre achei estranho que as noites de domingo fossem tão populares na faculdade. Mas, sério, a quem eu quero enganar? Os bares ficam cheios aqui em todas as noites da semana.

De alguma maneira, minha intenção de tomar uma ou duas se transformou em oito ou dez. Já perdi as contas.

— Peguei mais uma rodada! — Jerome berra do outro lado da mesa.

— Cara! — grito, o que, na verdade, não é uma resposta adequada. Esse meu "cara" é de "sim, porra" ou de "nem pensar"? Sei lá. Não tenho mais certeza de nada a essa altura, exceto da leveza bem-vinda na minha cabeça e do peso dos meus membros.

É maravilhoso o quanto tudo fica claro quando a gente toma umas, ou nove, cervejas. Viro para Ben, que está sentado ao meu lado. O barulho ao nosso redor é alto demais para que os outros me ouçam falar. Inclino-me em seu ouvido.

— Acho que preciso terminar com a Lily por um tempo.

Seus olhos se arregalam e ele me encara.

— Que merda é essa que você está falando?

— Pensei muito nisso. É a coisa certa a fazer — explico.

— Acho que você está bêbado. Quantas você tomou?

— Não tenho certeza, mas é sério, cara. Eu preciso. É a única maneira.

— A única maneira de quê?

— De tudo — respondo. — De tudo.

Ben nega com a cabeça.

— Você não está falando coisa com coisa, meu amigo. Seja lá o que for fazer, não ligue para ela agora.

Assinto, concordando.

— Nunca faria isso por telefone.

— Tenho a sensação de que você nunca faria isso. Ponto. E por que faria? Você a ama.

— Eu sei. Não está vendo? É por isso. É porque eu a amo.

— Você está falando sério? Porque não estou conseguindo acompanhar, se for o caso.

— Eu estou fodendo com tudo, Ben. Fodendo geral. Sou um namorado de merda. Estou péssimo no futebol e na faculdade. Não posso fazer tudo.

— Mano, pare com isso. Beber transformou você em um bebê chorão. Você é brilhante pra caralho nessa merda toda, e está mais apaixonado do que qualquer cara normal de vinte e um anos deveria estar. Você vai ficar bem. — Ele ri, antes de tomar um gole da cerveja. Depois vira para mim. — Sério, pode parar.

Pego meu telefone para mandar mensagem para ela.

— O que você está fazendo? — ele pergunta.

— Quero mandar mensagem para ela.

— Não faça nenhuma idiotice — avisa.

— Não vou.

Eu: Little Love.

Little: Ei!

Eu: Te acordei?

Little: Não. Acabei de voltar do bar com as garotas.

Eu: Ah, que bom. Estou no bar no momento.

Little: Fico feliz que você tenha ido. Estava precisando relaxar. ;-)

Eu: Estou com saudade.

Little: Eu também.

Eu: Me faça uma pergunta.

Little: Hm... ok. Você prefere beliscar a bunda de um policial ou sair do restaurante sem pagar?

Eu: HAHA... Que aleatório.

Little: Bem, estamos fazendo isso há quinze anos. É difícil pensar em coisa nova.

Eu: Policial homem ou mulher?

Little: Homem.

Eu: Beliscar a bunda dele.

Little: Sério? HAHAHA

Eu: Claro. Sair sem pagar é maldade. Tenho certeza de que assim que eu sorrir para o policial, ele vai me perdoar.

Little: Ou você vai para a cadeia.

Eu: Talvez, mas duvido.

Eu: Então, você prefere fazer uma viagem de um ano maravilhosa ao redor do mundo, sabendo que vai morrer no final, ou viver uma vida longa, mas nunca sair da sua cidade?

Little: Vida longa, sem dúvida.

Eu: Sem nenhuma aventura?

Little: A vida em si é uma aventura. Não precisa ser extravagante para ter significado. Alguns dos melhores momentos da minha vida foram no meu jardim, debaixo de uma árvore. E mais, eu sempre vou escolher a opção que me mantenha com você por mais tempo.

Eu: Sim.

Ok, esse jogo agora está me deixando mal.

Eu: Tenho que ir.

Little: Tudo bem. Se cuide. Te amo muito.

Eu: Te amo mais. Para sempre.

Coloco o telefone no bolso.
— Como está a Lily? — Ben pergunta.
— Bem.
— Pronto para um término? — Ele me dá um sorriso malicioso.
— Cale a boca. Estou pronto para outra bebida.

Cinco

Estou sentado no sofá, de banho recém-tomado, usando calça de corrida e camiseta, pronto para relaxar pelo resto da noite. Tivemos um treino mais extenuante do que o normal hoje em preparação para amanhã. Os caras colocaram um filme novo de ação. Finjo interesse ao assistir.

Meu telefone vibra e vejo o nome do meu pai na tela. Ele quer falar da estratégia para o jogo de amanhã contra a Estadual de Michigan. Ignoro a ligação. Ele é a última pessoa com quem eu quero falar.

Uma batida soa na porta.

— Vou atender — ofereço, pulando do sofá e caminhando até a entrada. Abrindo, fico momentaneamente sem palavras ao ver a Lily.

Parece que o tempo para enquanto fico parado ali, encarando-a. Eu a absorvo e a mera visão dela me enche de uma forte sensação de paz. Ela sempre teve esse efeito sobre mim. Tudo fica melhor quando Lily está presente.

Ela se joga em meus braços. Eu a seguro, erguendo seu corpo do chão. Ela envolve as pernas ao redor da minha cintura.

Seguro-a com força, sentindo o cheiro dela. Ter Lily em meus braços parece a coisa certa. Nós nos encaixamos com perfeição. Sempre foi assim. Ela é a minha outra metade. Todas as minhas ansiedades desaparecem e sou deixado com nada mais do que um amor que me consome.

Quando finalmente recupero a voz, pergunto:

— Little Love, o que você está fazendo aqui? Estou tão feliz por te ver. Não poderia estar mais feliz, mas o que você está fazendo aqui?

— Queria te fazer uma surpresa — ela murmura em meu pescoço, apertando-me com mais força.

Lily solta as pernas da minha cintura e desliza para o chão.

Passo as mãos pelo cabelo.

— Pois é, você conseguiu, sem dúvida. Quanto tempo vai ficar?

— Até domingo. Tudo bem?

— Claro. Sim, claro — digo, antes de puxar seus lábios para os meus.

Ela se afasta e abre um sorriso tímido. Sou apresentado às suas colegas de quarto, eu as convido para entrar e as apresento aos garotos. Jess começa a falar de futebol americano com Jerome no mesmo instante. Tabitha está distraindo os outros com alguma bobagem que não tenho paciência para ouvir. Depois de esperar alguns momentos, que é tudo com que posso lidar, pego a mão de Lily e a arrasto para o meu quarto como se eu fosse um homem das cavernas possessivo.

Depois de trancar a porta, empurro Lily contra ela. Meus lábios encontram os seus e, faminto por seu sabor, mergulho a língua em sua boca, meus movimentos completamente desinibidos enquanto tomo o que tenho desejado por tanto tempo. Nesse momento, nada mais importa. Os estresses da minha vida praticamente desapareceram. Quando estou com a Lily, eles sempre somem. Ela é o remédio para a minha alma enferma, curando-me com sua presença.

Estou desesperado para estar dentro dela, para senti-la, prová-la. Tiro a boca da sua e beijo, chupo e lambo o caminho por seu pescoço. Seu sabor é doce; a pele, muito macia sob os meus lábios.

— Preciso de você, Lil. — Minha voz está tensa em sua pele.

— Estou aqui — sussurra.

— Preciso entrar em você.

— Então me arrebate.

Suas palavras me causam calafrios.

Ah, eu vou.

Mas, primeiro, tenho que prová-la e senti-la se desfazer sob a minha língua. Em seguida, vou tomar tudo o que ela tiver para me dar.

Estamos deitados na minha cama, e meu rosto está aninhado na curva do pescoço de Lily, meus braços envolvem o seu corpo.

Ela traça os dedos para cima e para baixo em minhas costas.

— Jax — diz, hesitante —, está tudo bem?

Não, não está.

— Estou bem. Só tem muita coisa acontecendo. Ando tão estressado ultimamente.

— Posso ajudar? O que posso fazer? — ela beija a minha cabeça.

— Já está fazendo. — Puxo-a para mais perto. — Te amo. Sabe disso, né? Que eu te amo muito?

— Claro que sei. E eu te amo.

— Você sabe que, não importa o que aconteça, sempre vou te amar.

— Jax, o que houve? O que há de errado?

Ouço a preocupação em sua vez.

— Nada. Só queria me certificar de que você saiba.

Meu Deus, eu a amo.

Eu a amo agora e a amarei para sempre. Quero me agarrar aos sentimentos e sensações da noite que passei com ela. *Maravilhoso* não começa a descrever. Ainda assim, nesse momento de calmaria, tudo em que andei pensando recentemente está tentando rastejar de volta. Estou tentando muito bloquear tudo, droga, pois não quero ouvir. Só quero a Lily.

Vou passar o restante da noite dizendo a ela o quanto a amo; mas não em palavras, porque elas não são confiáveis. Vou mostrar com meu corpo. Vou adorá-la. Na nossa conexão, ela sentirá todo o meu amor.

Meus movimentos estão conectados com o meu coração e de lá não irradia nada além de pura adoração pela Lily. Ela é dona de cada parte dele e sempre será.

Os gritos e aplausos do vestiário ecoam pelas paredes. Música ribomba nos alto-falantes enquanto todos os caras comemoram. Foi uma vitória difícil, mas foi uma vitória. Vencer nossos rivais é sempre gostoso. Meu humor está leve, a alegria invade cada célula do meu corpo, porque vou celebrar com a Lily.

Rio quando Josh faz sua versão de *breakdance* no chão de ladrilhos.

Balanço a cabeça e me viro para o Jerome.

— Ótimo jogo, cara.

— Você também. Sério, foi ótimo, Jax.

— Todos prontos para a festa? — Ben vem por trás de nós.

— Sim. Com certeza — respondo.

Pegamos o idiota que ainda está rolando no chão e saímos os quatro do estádio.

— Ah, puta que pariu — xingo baixinho, quando vejo meu pai me esperando.

— Droga. Quer que a gente espere? — Ben pergunta.

— Não, vão em frente. Encontro vocês lá. — Separo-me dos caras e vou na direção dele.

— Jax.

— Pai.

— Acabei de ver a Lily passando — declara.

— Sim, ela veio passar o fim de semana.

— Isso explica bastante.

— Explica o quê, pai? — bufo.

— Seu jogo horrível, Jax. — Sua voz é severa. — Você estava distraído hoje. Aquele arremesso que você fez no começo do terceiro quarto foi uma piada.

Suspiro.

— Nós vencemos, pai.

— Mas poderiam ter vencido por mais.

— Talvez. Mas uma vitória não pode ser bom o suficiente?

Seus olhos se estreitam.

— *Bom o suficiente?* Sério que você quer ser simplesmente medíocre? Por que ser apenas "bom o suficiente" quando você pode ser ótimo? Que merda, Jax! — grita.

Assustado, dou um passo para trás.

— Estou cansado do seu desinteresse. Não te criei para ser um preguiçoso. Criei para ser dedicado!

— Eu sou, pai. Vivo e respiro futebol americano. O que mais você quer? Estou dando o meu melhor.

— Não, não está. Não me venha com essa. Você está dando apenas metade ao futebol e metade para as suas aulas. E tenho certeza de que está dando apenas metade para sua vida pessoal.

— Pai, pare! Não comece — aviso.

— Não comece o quê? A dizer o óbvio? — Ele está tão bravo que as veias em seu pescoço estão pulsando. — Não importa o que eu faça, não consigo te fazer entender.

— Não é verdade. Sempre ouço tudo que você me diz.

— Então você me ouve... mas não me escuta de verdade. É isso? Porque se me escutasse, faria algumas mudanças.

— Estou dando tudo de mim em tudo — digo, derrotado. A empolgação da nossa vitória já se foi.

— Então talvez você precise cortar algumas prioridades da sua vida, para que "tudo de você" possa ser redistribuído ao que interessa.

— O que você está dizendo? — Sei bem o que ele está insinuando.

— O futebol americano e os estudos precisam ser suas únicas prioridades agora, Jax. Você se comprometeu com a faculdade e com o seu time, e tem menos de dois anos para honrar esse compromisso. Agora mesmo, mantenha seu foco nisso. Todo o resto pode esperar. Depois da formatura, você pode decidir o que vem a seguir.

— Mais alguma coisa? Eu tenho que ir.

Meu pai acena uma vez e me viro para sair.

— Jax? — chama.

Encaro-o de novo.

— Se você a ama de verdade, não vai querer que ela seja sua última prioridade. Vai desistir dela até ser capaz de estar lá para apoiá-la. Você assumiu outros compromissos, Jax.

— Se você se importasse de verdade comigo, teria me deixado em paz, inferno. Você é o único atraso na minha vida. Essa é a minha vida, não a sua. Sinto muito que você tenha fodido a sua, mas isso não é problema meu. Vá para casa. Diga para a minha mãe que a amo.

Deixo meu pai atordoado, em completo silêncio.

Saio andando antes que ele possa se recuperar do baque. Nunca tive o hábito de responder ao meu pai. Acredito que seja importante mostrar respeito aos pais, mas ele não tem mais o meu. Estou farto.

Estou puto que estejamos na mesma página no que diz respeito a Lily. Fico enojado só de concordar com qualquer coisa que meu pai pense.

Verdade seja dita, acho que não concordo com ele. Diferente dele, não acho que namorar a Lily tenha efeitos negativos na minha vida de jeito nenhum. Ela é a melhor coisa nela. Na verdade, acho que é o oposto. Minhas circunstâncias e eu somos um atraso na dela.

Não me lembro da caminhada até a casa, minha mente fervilha com pensamentos indesejados. Sou levado de volta para a realidade quando um cara surge na minha frente antes de se segurar e dar um passo para trás, erguendo um copo de plástico.

— Jax Porter! Ótimo jogo, cara! — celebra.

Agradeço a ele.

Começo a contornar pela multidão. Estou em uma missão para encontrar Lily e sumir daqui. Não demora muito até que a localizo dentro da casa. Apenas a visão dela acalma a minha mente.

Por trás, passo os braços em torno da sua cintura. Ela se apoia em meu peito e eu a seguro com mais força.

— Aí está você — digo, em seu ouvido.

Ela se vira, ainda envolvida em meus braços, até ficar de frente para mim, e coloca as mãos ao redor do meu pescoço.

— Ótimo jogo. Você foi maravilhoso, Jax.

Sorrio.

— Obrigado. Estou feliz por você ter estado lá. — Inclino-me, meus lábios encontrando os seus.

O beijo é tudo, como sempre é com a Lily, mas dói também. Sei que meu tempo com ela é passageiro.

— Vamos sair daqui — peço.

Deitado ao lado da Lily, eu a observo dormir. Seus lábios estão levemente entreabertos enquanto ela respira. Observo as sardas que ela tem no nariz. Quando éramos mais novos e suas sardas escureciam no verão, eu gostava de brincar do jogo das constelações. Consistia em arrastar os dedos pelos pontinhos em seu nariz e bochecha, conectando-os com linhas imaginárias para criar formas. Lily amava quando eu contava as histórias das suas constelações...

— O que você está vendo, Jax? — pergunta, animada, deitada de barriga para cima na areia quente. Seus olhos estão fechados para bloquear o sol.

Apoiado em meu braço, observo seu rosto.

— Ah, estou vendo uma! — Passo o dedo pelo seu nariz, conectando os pontos.

— O que você está vendo?

— Estou desenhando agora. — Termino de tracejar as linhas imaginárias em sua pele. — É uma flor; um lírio.

— Me conta a história

— Ok. Então, era uma vez, uma garota chamada Lily. Ela tinha sete anos, como nós. Vivia em uma vila muito distante. Era tão linda que todas as outras garotas da vila tinham inveja dela. Lily não só era linda por fora, mas também era a pessoa mais legal que qualquer um poderia ter conhecido na vida.

"Um dia, a princesa da vila ficou com tanta inveja de Lily que fez seus guardas a sequestrarem e a levarem para longe. Ninguém nunca mais a viu. Seu melhor amigo ficou tão triste que, todos os dias, pegava um lírio no campo e o colocava no rio. Quando ele deixava a flor na água, fazia um pedido para que a Lily encontrasse seu caminho de volta para casa. Por vinte anos, ele pediu que ela voltasse. Por vinte anos, ele colocou lírios na água, mas ela nunca mais voltou."

— Então, o que aconteceu com o garoto? — Lily pergunta.

— Ele morreu de coração partido porque não poderia viver sem sua melhor amiga.

— Quantos anos ele tinha? — indaga.

— Vinte e sete, Little. Ele colocou flores na água por vinte anos.

— Que história horrível, Jax. Eu meio que odiei.

— Nem todas podem ser felizes. Às vezes, coisas ruins acontecem.

— Não gostei. — Ela balança a cabeça, esfregando-a na areia.

Uma onda quente do Lago Michigan vem, cobrindo nossos pés antes de recuar.

— Conte outra.

— Tá, deixa eu ver. — Eu a encaro outra vez e conecto mais algumas sardas com o dedo. — Encontrei outra forma.

— O que é? — questiona, ansiosa.

— É uma pata de cachorro.

— Legal! Qual é a história?

— Bem, era uma vez, um cachorro chamado Max. Ele era muito fofo. Tinha o pelo preto e uma mancha marrom ao redor de cada olho, o que o fazia parecer que estava usando óculos feitos de pelo.

Lily dá uma risadinha e eu continuo:

— A família o adotou, mas, quando cresceu, o pai disse que eles precisavam se livrar do Max e levá-lo para um canil. Max tinha um defeito muito grande. Ele peidava o tempo inteiro e seus peidos eram tão nojentos que faziam a família querer vomitar.

Lily se senta, um gemido escapa de sua boca.

— Jax! — grita.

Apoio-me de costas, rindo.

— O que há de errado com você? Essa história é horrível! — reclama.

— Little, as sardas me contam o que têm a contar. Sou apenas o narrador. Não há nada que eu possa fazer a respeito disso. As histórias são do jeito que são.

Lily solta um grunhido irritado.

— Não sei por que você está irritada comigo. As sardas são suas! — Rio.

Meu peito dói com a lembrança dos momentos que compartilhei com Lily. Desde a minha memória mais antiga, ela tem sido a única para mim. Posso não ter sabido disso desde o começo, mas sempre foi verdade. Por causa do meu amor por ela, tenho que abrir mão dela. Não parece certo no meu coração, mas minha mente me convenceu de que é o melhor para Lily.

Adiei o máximo possível, mas no momento em que a vi depois do jogo, sabia que acabaria hoje à noite. Quando saímos da festa, pegamos um pouco de comida antes de voltarmos ao apartamento. Durante o jantar, nossa conversa era leve e feliz. Depois disso, a exaustão me atingiu com tudo, então fomos para o meu quarto e tiramos uma soneca.

Agora, deitados aqui, às onze da noite, sei que tenho que dizer a ela que precisamos dar um tempo. Não posso ser o que ela merece agora.

Estou sempre a colocando em último lugar. Não é o que quero, mas é como é. Estou tão bravo com meu pai, porém seus argumentos têm algumas verdades. Assumi um compromisso com a faculdade e com o time. Tenho que me ater a isso até o fim. Tudo é muito estressante e, verdade seja dita, é uma merda. Mas é a minha realidade.

Só faz dois meses que a Lily está vivendo longe de casa. Quero que ela experimente tudo o que a faculdade tem a oferecer e que aproveite esse período. Não quero que fique presa ao telefone, perguntando quando o namorado egoísta vai ligar para ela. Essa não deveria ser sua realidade.

Quero que ela seja jovem e despreocupada, que aproveite a vida universitária sem o estresse de um relacionamento à distância. Enquanto isso, sei que ficaremos juntos de novo quando isso tudo terminar, quando eu puder torná-la prioridade na minha vida.

Respiro fundo e fecho os olhos. Os dois próximos anos serão os mais difíceis da minha vida, mas é o que precisa ser feito. *Certo?*

Abro-os e a encaro de novo. Ela é tão linda. Espero que possamos ser amigos durante esse período, mas não sei como vou passar tanto tempo sem sentir seu corpo conectado ao meu. Esfrego a mão por baixo de sua blusa, sentindo a pele macia contra minha mão calejada. Sei que é errado, mas preciso tocar seu corpo mais uma vez. Tenho que fazer amor com ela e dar adeus… por enquanto.

Então é isso que vai acontecer. Vou levar meu tempo fazendo amor com a minha garota, serei o mais delicado possível. Vou guardar cada som, cheiro e sensação na memória, assim poderei me lembrar disso quando precisar dela e estivermos separados. Vou lembrar a ela de que ela é a guardiã da minha alma. Em seguida, abrirei mão da pessoa que mais amo e vou torcer para que ela compreenda.

Seis

Parado diante da porta da Stella, eu bato. É domingo bem cedo. Ela ainda deve estar dormindo e me sinto mal por acordá-la, mas não tenho mais para onde ir.

Quando saí ontem à noite, acordei a Jess. Resumi os eventos para ela em um minuto e perguntei se poderia ajudar a Lily quando ela acordasse. Ela concordou, com olhos arregalados e confusos. É uma boa amiga. Sei que tomará conta de Lily.

Em seguida, fui para a biblioteca. Estava bem deserta, o que me proveu um lugar decente para ficar, mas o local não é tão aconchegante e não consegui me sentar lá por mais tempo.

Estou com frio. Estou cansado. Estou miserável pra caralho. Mas não posso voltar para o meu apartamento. *Ela* ainda está lá.

Sei que estou sendo um filho da puta egoísta por deixar Lily sozinha lá para lidar com isso sem mim, mas não consigo. Não consigo assistir a Lily chorar na minha frente, a dor do seu coração partido extravasando. Eu causei a dor, mas não sou forte o suficiente para assistir ao resultado. Eu não sobreviveria ao vê-la sair da minha vida. Acabaria comigo. Eu tentaria impedir e implorar que ela me aceitasse de volta, o que anularia todo o propósito dessa dor.

Puxo o telefone e mando uma mensagem para ela.

> **Eu: Sinto muito. Acho que vai ser mais fácil se eu não estiver aí para dizer adeus. Te amo mais. Para sempre.**

Meu Deus, que coisa de gente babaca. Ela vai me odiar.

A porta se abre e Stella aparece com uma expressão confusa e cansada.

— Jax?

— Ei, Stell. Posso dormir um pouco na sua casa? Estou exausto.

Ela abre um pouco mais a porta, então se afasta e faz sinal para eu entrar.

— Claro.

Entro no apartamento que os pais compraram para ela. O senhor Grant, pai da Stella, é dono de umas doze empresas pequenas. Ele tem uma fortuna. Tenho certeza de que não precisou pensar duas vezes antes de comprar esse lugar, cheio de eletrodomésticos e móveis top de linha, para sua única filha. Posso ver por que seria tão solitário viver aqui sozinha, e deve ser esse o motivo para ela passar tanto tempo no nosso apartamento.

Atravesso o piso de mogno escuro.

— O que houve, Jax? O que aconteceu? — pergunta, obviamente preocupada.

— Stell, podemos falar disso mais tarde? Só preciso dormir. Passei a noite toda em claro.

— Sim. É claro. Pode ficar no quarto de hóspedes. A cama está arrumada.

Eu me viro para encará-la.

— Obrigado — digo, antes de dar as costas e seguir direto para o quarto extra. Fecho a porta bem devagar. Depois de tirar os sapatos, subo no paraíso de travesseiros que me aguarda.

Puxo o edredom ao meu redor e espero que o sono me reivindique de imediato, mas isso não acontece, é claro. Por que seria fácil assim?

Minha mente repete o fim de semana cheio de emoções tão conflitantes. Não consigo me lembrar da última vez que estive tão feliz quanto na hora que abri a porta na noite de sexta e vi Lily parada lá. Eu a conheço a vida inteira, mas ela ainda me deixa sem ar quando a vejo. Nunca houve garota mais bonita.

Na noite de sexta, eu desliguei tudo. Todos os incômodos e pensamentos negativos que me atormentavam há um tempo foram trancados. Já fazia meses que eu não a via. Só precisava senti-la, prová-la, tomá-la de todas as formas que meu corpo necessitava. Ela também precisava disso. Foi o encontro de duas almas que desejavam essa conexão com desespero. Foi maravilhoso, perfeito pra caralho. Tudo com Lily sempre foi. Mas a noite de sexta foi mais, de certa forma. Acho que nós dois sentimos a urgência, o desejo carnal de estar um com o outro de novo.

Fiz amor com a Lily até não conseguirmos mais ficar acordados e então eu dormi feliz, pensando que tudo ficaria bem. Com Lily em meus braços, tudo estava certo no mundo.

Sábado trouxe o estresse do jogo contra nosso rival, a Estadual de Michigan. Perder não era uma opção. A partida trouxe a pressão da minha realidade de volta para o primeiro plano. Em algum momento entre o pontapé inicial, atravessar o túnel em direção ao vestiário depois de uma vitória difícil, até ver meu pai após o jogo, eu soube. Gostaria de pensar que foi tudo culpa dele, mas talvez ele fosse apenas o catalisador de que eu precisava para ir adiante e terminar com a Lily. Ela merecia uma explicação cara a cara, então eu sabia que tinha que ser enquanto ela estivesse aqui em Ann Arbor.

Ela apareceu para me fazer uma surpresa quando eu estava no meu pior, o que me deu a oportunidade de liberá-la, deixá-la ir... por enquanto. Então, eu fiz isso. Parti seu coração; depois de ter ido com ela para a cama e adorado cada parte do seu corpo. Deve ter sido errado de minha parte ter feito amor com ela momentos antes de acabar com tudo.

Parando para pensar, a atitude parece horrível. Mas, no momento, eu só precisava senti-la mais uma vez. Tinha que mostrar com as minhas mãos, com a minha boca e com o meu corpo o quanto eu a amava, o quando a adorava e o quanto a desejava. Tinha que transmitir isso, para que ela soubesse que esse término não seria para sempre. Foi crucial para que ela acreditasse que toda essa loucura não tinha nada a ver com o que eu sentia por ela. Ou talvez eu precisasse que ela visse que, de fato, tinha tudo a ver com ela.

Por amá-la até as profundezas da minha alma, eu tinha que abrir mão dela. Porque Lily é a pessoa mais importante para mim, eu não poderia ser um atraso na sua vida pelos próximos dois anos. Porque sua felicidade é mais importante que a minha, tive que deixá-la livre para viver a própria vida com felicidade, em vez do estresse que eu causaria.

Finalmente, tive que fazer amor com ela mais uma vez porque aquela experiência, aquela memória, vai me fazer passar pelos próximos dois anos sem ela. No meu pior momento, vou repassar tudo para lembrar o motivo disso tudo. Aquela memória me sustentará até que eu peça que ela volte para mim. Espero que seja assim para ela também. Quando ela pensar no assunto, espero que lhe traga paz e que ela saiba que ficaremos juntos novamente.

Espero ter passado essa mensagem com força o suficiente, que esse término não é permanente, é apenas um resultado temporário e infeliz de umas circunstâncias de merda. Para ser sincero, não consigo nem me lembrar exatamente do que foi dito, mas se ela guardou algo no coração, espero que seja que eu a amo e que ficaremos juntos quando tudo terminar.

— Toc-toc. — A voz da Stella me acorda. Meus olhos ainda estão fechados e tento entender por que ela está aqui. — Posso entrar?

Eu me espreguiço, levantando as mãos acima da cabeça. O presente se infiltra na névoa do meu sono e relembro os eventos da noite passada.

— Sim? — resmungo no travesseiro.

— Está com fome? Quer pedir algo para o jantar?

Jantar?

— Que horas são?

— Quase seis.

— Quase seis? — repito, sentando-me abruptamente. Levo as mãos à cabeça e esfrego as têmporas, permitindo que meu cérebro se acostume com o súbito movimento.

— Sim. — Stella solta uma risadinha. — Você devia estar cansado.

— Eu estava acabado.

— Está melhor?

— Um pouco.

— Bem, pensei que se te deixasse dormir mais, que você ficaria bravo comigo. Lembra que o professor Ackerman passou um trabalho no fim da aula semana passada?

— Ah, eu lembro. — Jogo as pernas para o lado da cama e coloco os pés no chão. Fico de pé, mas então o fato de eu não namorar mais a Lily me atinge e eu volto a me sentar. Descansando os cotovelos nos joelhos, seguro a cabeça entre as mãos e suspiro. Meu peito fica pesado enquanto tento entender as emoções que tiram meu ar. Meu cérebro ainda está muito grogue para processar tudo.

Sinto a cama se mover ao meu lado. Stella apoia a mão em meu joelho. Seu toque é leve, hesitante.

— Jax, o que foi? Estou preocupada.

— Lily e eu terminamos — solto.

— O quê? Quando? Por quê? — ela dispara as perguntas em uma sequência rápida.

— Bem tarde ontem à noite, ou bem cedo hoje de manhã, como você quiser olhar para isso. Eu terminei porque precisava focar na faculdade e no futebol americano. Quero que Lily aproveite seu tempo na faculdade. Não é definitivo, mas ela não encarou muito bem.

— Uau. Eu não entendo. Uau.

— Eu sei — concordo. — É complicado.

— Imagino que deva ser. Pensei que você fosse muito apaixonado por ela.

— E sou. O momento é que não é bom.

— Hum, é. Sinto muito, Jax. Sejam quais forem as suas razões, sei que não deve estar sendo fácil para você. — Ela passa um braço pelas minhas costas e me dá um abraço antes de se levantar. — Vamos pedir alguma coisa e fazer o trabalho. Pode ser comida chinesa?

— Pode.

Os dias passam em um borrão. Eu me arrasto pelas aulas e treinos. Duas semanas se passam sem que eu fale com Lily e sinto a falta dela. Sinto saudade que chegar a doer. Não sei quanto tempo devo esperar para ligar para ela, mas preciso saber que ela está bem.

Pego o telefone.

Eu: Como você está?

Sua resposta é imediata.

Little: Nada bem.

Eu: Nem eu. Sinto sua falta.

Merda, aqui vou eu, tomando outra decisão idiota. Mas é verdade. Estou louco de saudade.

Little: Também.

Little: Mudou de ideia?

Deixo escapar outro suspiro audível e digito a resposta:

Eu: Não. Desculpa.

Só se passaram duas semanas, duas semanas muito difíceis, mas não foi uma decisão fácil. Preciso dar tempo ao tempo. Ainda tenho as mesmas pressões que tinha quando terminei as coisas. Não tenho tempo nem energia suficientes para dedicar à Lily.

Eu: Só se passaram duas semanas, Little. Vai melhorar.

Encaro o telefone por alguns minutos, esperando ver a notificação de que ela leu a minha mensagem… mas não acontece.

Eu: Lil?

Nada. E não posso culpá-la.

Minha vida universitária não mudou muito. Estive ocupado todos os dias desde que cheguei aqui há dois anos. Minha rotina diária é a mesma de sempre, mas pensar que não estou namorando a Lily é difícil de engolir.

A vida continua, está seguindo em frente, quando eu deveria estar de luto. Mas nenhuma das minhas responsabilidades se importam se estou aos pedaços. Não importa, desde que eu dê resultados. E eu dou. Sou Jax Porter. Sempre dou resultados.

É a noite antes da Ação de Graças. O treinador deu permissão a todo mundo que more na vizinhança para ir para casa durante o feriado, desde que retorne bem cedinho na sexta-feira para partirmos para jogar em Ohio.

Pergunto-me brevemente se devo pular o feriado. Não tenho certeza de como vou lidar ao ver Lily de novo ou como ela estará ao me ver. Será muito estranho estar em um cômodo com ela e não saber o que fazer ou dizer. Nunca experimentei algo assim antes.

Engulo tudo isso e dirijo para casa, porque... apesar da estranheza, estou morrendo de vontade de vê-la.

— Querido, pode pegar o batedor na gaveta? — minha mãe pede, ao despejar uma caixa de creme de leite fresco em uma grande bacia de metal.

Pego e entrego. Ela o encaixa e começa a bater o creme de sua torta de abóbora caseira.

— Está tudo bem? — grita, por cima do barulho. — Você está quieto.

— Só estou cansado — respondo, erguendo a voz.

Ela não mencionou a Lily desde que cheguei, o que me faz pensar que Lily também não contou à família dela sobre o término. Se a mãe dela soubesse de algo, é provável que a minha também saberia. Isso vai deixar o jantar bem mais desconfortável.

— De verdade, mãe?

Ela desliga a batedeira.

— O que é, querido?

— Lily e eu terminamos.

— O quê? Sério? — Ela parece bem chocada.

Explico tudo a ela da melhor forma que posso. Estou cansado de me explicar, de convencer os outros das minhas razões. Ela escuta com atenção. Seus olhos estão arregalados e ela acena vez ou outra quando faço perguntas retóricas.

— Então, já faz um mês? — esclarece.

— Sim. É estranho ela não ter contado para a mãe. Assim, se ela tivesse, você já saberia, né?

— Provavelmente. A menos que ela tenha pedido para a mãe não me contar.

— Sim, talvez — concordo. — Pode me fazer um favor? No jantar, pode não mencionar nada para a Lily ou para a família dela? Quero que ela conte a todos. Talvez ela já tenha feito isso. Acho que vamos descobrir.

Minha mãe coloca a mão na minha.

— Jax, sei que seu pai pode ter algo a ver com isso. — Ela espera e, quando não digo nada, continua: — Sei que ele é duro com você e quero que saiba que converso bastante com ele sobre isso. Sobre a forma como ele exige muito de vocês. Mas ele só quer o seu bem e te ama. É sério. Ele tem vários arrependimentos na vida, basicamente objetivos que estabeleceu para si mesmo, mas que nunca atingiu. Acho que ele pressiona você porque não quer que você tenha arrependimentos. E acho que faz bem para ele ver você se dar bem. Alivia algumas das culpas por não ter conseguido coisas similares para si.

— Ele é um idiota, mãe — declaro, sem rodeios.

Ela me dá um sorriso triste.

— Sim, talvez ele seja, às vezes, mas tem um bom coração e te ama. Ele nem sempre vai saber demonstrar da forma certa. Quero que você saiba que tem que viver sua vida por si mesmo. Acho que você tomou várias decisões na vida simplesmente para deixar seu pai feliz. Mas quero que faça escolhas que te deixarão feliz. Está tudo bem viver a vida para si, Jax. E saiba que, não importa o que aconteça, você tem o nosso apoio. Não importa o que aconteça, ok? — Ela aperta minha mão.

— Talvez o seu, mas o dele, não — respondo.

— Não, você tem o dele também. Pode ser que ele demore um pouco mais que eu para chegar à conclusão, mas ele vai chegar lá. E tudo isso com a Lily vai se resolver, querido. Vai sim. Vai valer a pena. Você vai ver. — Ela me dá um sorriso caloroso.

— Obrigado, mãe.

— Amo você, querido.

— Também te amo.

Algo sobre ter garantias da sua mãe faz você acreditar que, de fato, tudo vai se resolver.

Depois de a minha mãe ter batido o creme à perfeição, empacotamos a comida que vamos levar e fazemos o curto trajeto até a casa dos Madison. Meu coração quer sair do peito enquanto caminho pela garagem deles.

Somos recebidos com abraços e saudações dos pais dela e de suas irmãs. Lily não está em lugar nenhum e olho ao redor, procurando por ela.

Miranda, mãe da Lily, deve ter me visto olhando.

— Lily te falou que não vem para casa, certo? — pergunta. — Acho que ela pegou uma gripe.

A pergunta me desequilibra. Minha cabeça está cambaleando de confusão. E logo recupero o prumo.

— Ah, sim. — Assinto. — Só é estranho ela não estar aqui no feriado — ofereço.

— Eu sei. Fiquei arrasada. — Os olhos de Miranda ficam marejados antes de ela respirar fundo, me lançar um sorrisinho e retomar as tarefas de anfitriã.

Minha mãe e eu trocamos olhares.

Toda essa experiência do jantar de Ação de Graças é um dos eventos mais desgraçados pelos quais já passei. Dois lugares depois de mim, está o meu pai. Ele está sorrindo e rindo com os Madison, sua personalidade encantadora dominando as conversas. Sou forçado a permanecer aqui e fingir me divertir com suas piadas e sua falsidade. Observo sua performance com desgosto, e com um sorriso falso, é claro. Não gostaria que ninguém soubesse de verdade o babaca que ele é.

Acho que nada mudou. Ele sempre foi um idiota e nós sempre fingimos que ele não era. A diferença hoje é que não tenho a Lily para tirá-lo da minha mente. Estou na casa dela para um jantar onde ela não está. É muito estranho. Pior ainda, tenho que fingir que tudo está normal entre nós. Sua família me fez várias perguntas sobre ela, esperando que eu saiba a resposta, e a verdade é que não sei dar informações mais recentes. Além de uma troca de mensagens, não falei mais com ela. Não tenho certeza do motivo de Lily não ter contado para a família sobre o término, mas não é meu papel dizer a eles.

Depois do jantar, vou até o nosso cantinho. O vento sopra de leve, resfriando minha pele. O sol brilha ao descer pelas árvores além do campo, iluminando as folhas de outono penduradas em uns poucos galhos. Todas as folhas caíram da nossa árvore. Os galhos do velho carvalho parecem estéreis e frios, mas também bonitos, majestosos e fortes. Tiro uma foto dele, pegando as colinas do campo e a linha colorida de árvores por trás.

Caminho até nosso cantinho debaixo da árvore, chuto uma pilha de folhas no chão e me sento por cima delas. Apoiando as costas no tronco sólido, mando para Lily a foto que tirei junto de uma mensagem.

Eu: Não é a mesma coisa sem você.

Fico aliviado quando ela responde:

Little: Está em casa?

Eu: Sim, para o jantar de Ação de Graças e tudo mais. Pensei que você estaria aqui.

Little: Ainda não conseguiria ir para casa. Não achei que você iria hoje.

Eu: Quem mora por perto foi de carro para casa para passar o dia. Vou sair daqui a pouco. Pegar o ônibus para Columbus amanhã para o jogo.

Little: Ah. Como estava o jantar?

Eu: Ótimo como sempre. Por que você ainda não contou para a sua família, Lil?

Little: Porque ainda não estou pronta para falar disso. Ainda não posso.

Eu: Bem, minha família agora sabe. Não vai demorar muito até minha mãe dizer algo para a sua. Pedi que ela não fizesse isso hoje enquanto estou aqui.

Little: Não queria que você se sentisse desconfortável.

Eu: Lily, não seja assim.

Little: E como eu devo ser? Por favor, me diga, porque não sei.

Gemo, no ar fresco do outono.

Eu: Acho que também não sei.

Eu: Talvez pudéssemos começar a mandar mensagens com mais frequência, como amigos.

Little: Não acho que eu esteja pronta para isso. Hoje foi o primeiro dia em muito tempo em que comecei a me sentir humana de novo e só porque fui capaz de evitar pensar em você o tempo todo. Se estivermos em contato, vai ficar mais difícil não pensar em você.

Meu coração afunda.

Eu: Ok. Entendo. Mas talvez em breve?

Little: Espero que sim.

Eu: Sinto sua falta. Sinto falta da minha melhor amiga.

Little: Não deveria sentir minha falta.

Eu: Talvez não. Mas sinto.

Little: Também sinto a sua.

Eu: Te amo.

Little: Também.

Eu: Te amo mais.

Little: Queria que fosse o caso. Tchau, Jax.

Ai. O que eu estava esperando? Não é a melhor conversa que já tive com a Lily… mas estamos conversando, então vou aceitar.

Sete

Lily me dá o melhor presente de Natal de todos: sua amizade. Estamos conversando de novo.

Antes de ela chegar à nossa casa para a ceia, eu estava consumido pela preocupação. Eu não fazia ideia do que poderia acontecer. Tinha altas esperanças de que seria algo bom, mas essa era a primeira vez que nos veríamos desde o término. Então tudo poderia ter seguido outro rumo.

Para a minha sorte, minha bela Lily está na minha vida de novo. Somos amigos, e quase tudo parece certo no mundo. Nada será perfeito até a faculdade terminar e pudermos começar nossa vida juntos. Por enquanto, ter sua amizade de volta é suficiente.

Lily está esperando lá embaixo. Temos uma tradição de assistir a *Um duende em Nova Iorque* na noite de Natal. Já vimos o filme dezenas de vezes, mas ainda rimos histericamente em todas elas.

Estou jogando o conteúdo do saco de pipoca de micro-ondas em uma tigela quando meu pai entra na cozinha. Suspiro por dentro, sabendo que ele quer me falar o que pensa.

Como previsto, ele começa de imediato:

— Filho, acha que é uma boa ideia dar esperanças para ela e acabar magoando-a ainda mais.

Como um adolescente petulante, quero revirar os olhos. Se ele me conhecesse, saberia que eu jamais magoaria Lily de propósito. Bem, eu não a magoaria mais do que já magoei. Tenho muito a dizer para esse homem e quero falar tudo, mas aprendi há muito tempo que meu pai não é alguém com quem se discute. Ele não lida bem com opiniões diferentes e não gosta que discordem dele. Posso ter vinte e um anos, mas isso não o impedirá de me dar um tabefe e não quero adicionar isso a essa noite já tão estressante.

— Pai, com todo o respeito, *aquela garota* é a Lily. Ela é minha amiga e sempre será. Não estou dando esperanças a ela. Estamos assistindo a um filme, uma comédia.

Não sei por que senti a necessidade de explicar que é uma comédia, mas talvez o fato de que não seja nem um romance nem um filme de terror, em que ela vai querer me agarrar, pode contar pontos a meu favor, no que diz respeito ao meu pai.

— Só quero que você mantenha os olhos no alvo. Você não tem tempo para garotas agora. Precisa estar focado. Não pode cometer um deslize.

— Sei disso, e não vou. — Já ouvi essa lenga-lenga antes e estou cansado dela.

Tudo o que sempre importou para o meu pai é o quanto eu posso ser bom e como isso pode refletir sobre ele. Penso de verdade que, na sua cabeça, ele se sente melhor como pessoa, como pai, se seus filhos tiverem sucesso; por exemplo, se eu for um bom jogador, ele será um pai melhor. *Que piada.* E se eu pensar no assunto, é isso que o torna um pai de merda para mim.

— Você fez a coisa certa ao terminar com ela. Não quero que volte aos maus hábitos.

Fúria cresce dentro de mim e quero socar a porra da sua cara presunçosa, mas me seguro. Contenho o impulso, como sempre faço.

Lily jamais seria um mau hábito. Ela é a melhor parte da minha vida.

Sinceramente, meu pai gosta da Lily. Seu desejo de nos separarmos não tem nada a ver com ela como pessoa, mas sim com meu sucesso futuro. Sua filosofia é bem direta. Eu devo ser o melhor *quarterback* que a universidade em que ele estudou já teve e que eu consiga um diploma de prestígio, tudo ao mesmo tempo. A seus olhos, não há tempo para mais nada.

Eu me endireito.

— Não preciso dos seus conselhos no que diz respeito a Lily. Não vou voltar com ela. Estamos vendo um filme. Nada mais.

Mal posso esperar para voltar para a faculdade. Apesar de ele ainda me perseguir lá, pelo menos posso usar a desculpa de estar ocupado com o futebol americano e com os estudos para não ter que retornar suas ligações. Mas aqui, com ele parado na minha frente, me encarando com todo seu julgamento e decepção, não consigo escapar.

Desde o ano de calouro, comecei a usar o esporte e os treinos como desculpa para voltar menos para casa nos feriados e nas férias de verão. Eu me sentia culpado, porque isso significava menos tempo com a Lily, mas meus momentos com ela seriam manchados pela feiura do meu pai de todo jeito. Preferia vê-la duas vezes por mês na faculdade, longe da negatividade dele, do que aqui todos os dias.

Parece que vou diminuir meu tempo aqui neste feriado também. Tenho que sumir antes de explodir e fazer algo de que me arrependa.

Meu pai me encara por mais alguns momentos.

— Okay — diz. — Apenas se lembre de que garota nenhuma vale o seu fracasso, filho.

Assinto, mas, na minha cabeça, estou jogando um monte de palavras bem escolhidas em cima dele. Só não consigo entender. Ele sempre foi duro com Landon e comigo, mas está ficando pior.

Observo o meu pai se afastar e atravessar o corredor em direção ao seu quarto. Fico na cozinha por mais alguns momentos para me recompor. Expiro, soltando toda a raiva que ameaça explodir de mim. Não quero que o pouco tempo que tenho com a Lily seja manchado por qualquer dano residual do meu pai.

Desço as escadas em direção à nossa sala de cinema. Ao entrar, vejo Lily e faço uma careta. Ela está sentada na ponta do sofá, dura como uma tábua, sentada de uma forma que deveria parecer relaxada, mas ela não me engana. Parece tão desconfortável que é quase cômico.

Forço um sorriso e vou até a frente do sofá.

— Tudo bem?

— Sim. Tudo certo — responde, forçando uma animação na voz.

Esquadrinho o ambiente buscando um motivo, incapaz de manter os olhos nela. Há uma tensão estranha, o que me deixa desconfortável. Vejo a luz da mensagem brilhando no meu celular. Entrego o pote de pipoca para Lily e vou até o aparelho que está sobre a mesa.

Passo o dedo pela tela e vejo uma mensagem da Stella.

Stella: Sinto sua falta.

Não consigo segurar o sorriso que se forma no meu rosto. Ela me disse mais cedo que ia estudar porque seu pai ficaria até tarde no escritório. Já que ele não estaria em casa, eles não fariam nada de especial na Noite de Natal.

Stella ficou doente na última semana de aula e perdeu algumas das provas finais, ficando sem nota nessas matérias. Ela e eu estávamos na mesma turma de Economia no último semestre e sempre estudamos juntos. Stella é paranoica com as notas e gosta de estudar muito. Acho que temos isso em comum. Essa é a primeira vez desde setembro que ela tem que estudar para um teste de Economia sem mim, e sei que ela não estava ansiosa para isso.

Digito uma mensagem rápida.

Eu: Rá! Não, você está sentindo falta das minhas técnicas de estudo perfeitas! Hahahaha. Você vai ficar bem. Vou voltar para a faculdade mais cedo, então posso te fazer perguntas, se quiser. Vou assistir a um filme com a Lily. A gente se fala depois.

Guardo o celular no bolso e volto para o sofá. Lily está me observando com uma expressão estranha no rosto. Quando meu olhar encontra o seu, ela vira a cabeça. Apago as luzes antes de optar por me sentar no nosso lugar de sempre. Não sei por que ela está sentada tão longe, lá na ponta do sofá, mas está claro que ela não quer companhia. E, sério, talvez seja melhor que nos sentemos separados. Depois de tudo, não quero lhe dar falsas esperanças. Meu humor logo se esvai quando penso no meu pai de novo e balanço a cabeça, tentando me livrar das suas vontades por apenas uma noite.

Coloco o filme, mas não passo muito tempo assistindo. Em vez disso, observo Lily em segredo. Ela está encarando a tela, mas seus olhos não estão focados. Eles parecem vidrados, como se ela estivesse imersa em pensamentos. Eu esperava que ver o filme juntos seria divertido. É algo que sempre gostamos de fazer. Mas ela nem mesmo sorri em suas partes favoritas, seu rosto está inexpressivo.

Espero que meu comportamento anterior não a tenha deixado brava. Ela deve saber que eu estava louco para beijá-la. Dei um beijo rápido em sua testa. Em termos de beijos, acho que esse é bem amigável. Parando para pensar, talvez ela esteja chateada que eu a beijei e ponto. Ela tem que saber o quanto é difícil para mim. Ela, de todas as pessoas, entenderia isso, porque sei que é difícil para ela também.

Sei que Lily não entende as minhas razões e, portanto, não concorda. Mas não tem jeito no momento. Tenho que me concentrar na faculdade e no futebol. Ela é uma distração muito grande; a melhor que eu posso imaginar, mas, ainda assim, não deixa de ser uma. Não era justo que ela recebesse as frações de tempo que eu tinha depois de um dia extenuante em que só me sobrava energia para mandar uma mensagem.

Tenho menos de dois anos para cumprir os sonhos que meu pai tem para mim. Prometi a mim mesmo que manteria esse ritmo maluco até a formatura. Daria isso ao meu pai, mas, depois, acabou. Depois da graduação, vou começar a viver a vida para mim mesmo. Vou desistir do esporte. Não tenho planos de ir para a NFL. Jogadores profissionais não têm vida; ao menos não uma vida que eu queira. Não quero mais que meus dias sejam dedicados à droga desses jogos. Quero comprometer minha vida com a Lily. Quero um trabalho de que eu goste e passar o restante da vida fazendo dela a esposa mais feliz do mundo.

Só rezo para que ela acredite em mim, que acredite em nós. Espero que acredite em mim quando digo que isso não é para sempre. Sei que a estou magoando, mas não consigo evitar agora. Ter que se contentar em estar no fim da minha lista acabaria com ela. Pelo menos desse jeito, ela pode ter mais um ano e meio para ser livre e feliz, sem se preocupar comigo o tempo todo. Então, quando eu for capaz, darei a minha vida a ela. Ela será minha dona: mente, corpo e alma. Ela só tem que ser forte o suficiente para esperar. Lily precisa ter fé em nós.

Oito

Fevereiro chega com força total. Estamos no meio de uma enorme tempestade de neve, que a previsão do tempo chama de Tempestade Vulcan. Acho quase cômico que eles nomeiem grandes tempestades de neve. Estamos com mais de trinta centímetros hoje à noite, o que não é lá grandes coisas. Por ter crescido em Michigan, já vi pior. Definitivamente não é uma tempestade digna do nome. Deve estar fraco de notícias essa semana.

Estou na casa da Stella e estamos trabalhando em um projeto em grupo enorme para uma das nossas aulas. No momento, ela está na cozinha, fazendo a famosa receita de empadão de frango da sua mãe. Ela me garante que será o melhor que já provei. Eu serei o juiz. Ela nunca experimentou o da minha mãe, que é fantástico.

Estou no telefone com a Lily. Ela me ligou há alguns minutos, e foi no momento perfeito, porque eu estava precisando de uma pausa nos estudos. Atendo no quarto de hóspedes da Stella. Estou apoiado em vários travesseiros confortáveis enquanto Lily divaga sobre seu novo drink favorito: vodca de uva e Sprite. Não consigo deixar de rir.

As coisas em nossa amizade estão ótimas desde o Natal. Trocamos mensagens algumas vezes por semana e nos falamos ao telefone também uma vez por semana. Não é muito, mas é suficiente. Ainda sinto minha conexão com ela, mas não sinto culpa por estar sempre inacessível. Nosso relacionamento me lembra do ensino médio, antes de começarmos a namorar: fácil e despreocupado.

A cabeça de Stella aparece à porta.

— Jax, você está pronto?

Tiro o telefone do ouvido e o apoio no peito.

— Vou sair em um minuto.

— Tudo bem, sem problemas. O jantar está pronto quando você estiver. — Seus lábios se abrem em um sorriso enquanto ela se afasta do quarto.

— Ei, Lil. Vou deixar você ir.

— Sim, eu tenho que ir também. Só queria dizer oi — responde.

— Estou feliz que ligou. Divirta-se. E se cuida.

— Eu vou. Você também — devolve. — Te amo.

— Te amo mais — digo. — Tchau.

— Tchau.

Depois de desligar com Lily, vou para a mesa da cozinha, onde Stella está servindo um vinho.

— Vinho?

Ela abre um sorriso tímido.

— Meus pais servem vinho em todas as refeições. É um hábito. Tudo bem? Você gosta de Chianti?

— Sim, está ótimo. Obrigado. — Prefiro cerveja, mas não posso dizer isso para a Stella, que teve um trabalhão fazendo a comida, pois não quero ferir seus sentimentos. Vinho vai servir.

Eu me sento de frente para ela e arrumo o meu prato. Dou uma mordida no empadão de frango e solto um gemido exagerado.

— Muito bom, Stell.

— Sério? Você gostou? — pergunta, esperançosa.

— Delicioso. Muito bom mesmo. Sério. Você não precisava ter todo esse trabalho. Nós poderíamos ter pedido comida.

Percebo quanto tempo ela passou preparando esse jantar hoje. Olhando ao redor da mesa, noto que é um pouquinho demais para nossa sessão de estudo. O lugar onde estou sentado inclui um jogo americano de linho, uma abundância de talheres de prata e porcelana fina. Até velas estão no centro da mesa. Parece uma mesa preparada para um dos jantares beneficentes chiques do meu pai.

— Não foi nada, de verdade. Eu amo cozinhar. Além disso, você não enjoa de delivery?

Sinceramente, sim.

— Pois é — concordo.

Ela só está tentando ser legal. É quem Stella é; uma pessoa bacana que faria qualquer coisa por qualquer um. Ela vem de uma família bem rica.

Talvez tenha sido assim que ela foi criada, colocando a mesa para todos os jantares em família. *Quem sou eu para julgar?*

O jantar está delicioso e eu diria que o prato da Stella empata com o da minha mãe, o que já é um baita elogio, já que minha mãe é a melhor cozinheira do mundo.

Depois de lavarmos os pratos, voltamos para a sala. Abro o notebook e continuamos a trabalhar no projeto. Terminamos a garrafa de vinho e começamos outra.

— Vamos dar um tempo dessa porcaria — Stella deixa escapar, pondo mais ênfase no último A.

— Okay. — Solto uma risadinha. — O que você tem em mente?

Stella enche minha taça de vinho.

— Vamos jogar alguma coisa.

— Que tipo de jogo?

— Eu tenho Jogo da Vida.

— Não sei. Sempre acabo sendo professor, ganhando vinte e quatro mil por ano e dirigindo uma minivan cheia de criancinhas que não dá para sustentar com aquele salário. Eu fico deprimido.

Stella joga a cabeça para trás às gargalhadas.

— Beleza. Nada de criancinhas famintas. Que tal Monopoly?

— Ok. Posso jogar Monopoly. Mas saiba que sou muito competitivo. Vou ser dono da Boardwalk e de Park Place, e não vou facilitar o seu aluguel.

Ainda rindo, ela fica de pé.

— Só se eu não chegar neles primeiro. — Ela vai até o armário e volta com o jogo de tabuleiro. — Pode ser que demore. Você deveria passar a noite aqui — oferece.

— Pode ser. Obrigado.

Já fiquei na casa da Stella algumas vezes depois de estudar até tarde. Tenho que admitir, seu quarto de visitas tem um colchão confortável, que foi enviado do céu. Sem mencionar que, há chances de, quando eu voltar para o apartamento, Ben ter colocado uma meia na nossa maçaneta e eu vou ter que dormir no sofá desconfortável.

— Também não estou com muita vontade de voltar a pé na neve às três da madrugada, de todo jeito — adiciono.

Duas horas, outra garrafa de vinho e várias casinhas de plástico e hotéis depois, Stella cai em Boardwalk.

— Passe para cá, Stella. — Estico a mão para ela.

— Não. Deixe-me colocar algo em hipoteca. — Ela olha para suas posses, muitas delas já foram hipotecadas.

— Nada que você ainda tenha vai ser suficiente para pagar o aluguel e continuar. É melhor encarar. Você faliu.

— Não — ela grita.

— Stell, você nem sempre vai vencer, gata. Especialmente se for contra mim — digo, em uma voz falsamente afetuosa.

— Jax — resmunga.

Estico a mão mais perto dela, a palma aberta.

— Entregue. Até o último dólar.

— Não — diz, rapidamente.

Ela se estica para a escassa pilha de dinheiro, mas eu pego antes que ela possa segurar.

— Perdeu. Sinto muito. — Rio.

— Devolva! — Ela acompanha a risada.

— Desculpa, Stell. Você sabe que eu te amo, mas não posso te deixar roubar. Não vai rolar.

Ela se lança sobre a mesa, tentando pegar a pilha de dinheiro colorido da minha mão e eu caio no tapete. Ela monta em de mim e prende a minha cintura entre os joelhos. Ela segura meus punhos, o rosto a um fôlego do meu.

Paro de resistir, deixando o dinheiro de papel cair da mão. Eu poderia ter tirado Stella de cima de mim com muita facilidade, mas, no momento, estou paralisado. Sua proximidade me leva ao limite. Parece errado.

Ela está arfando, seus lábios ligeiramente partidos, enquanto ela paira sobre mim. Engulo em seco, preparando-me para pedir que ela saia. Mas antes que eu possa… ela me beija. Congelo quando seus lábios se movem nos meus. Depois de alguns segundos, torço os pulsos e seguro os dela, afastando-a de mim com delicadeza.

Eu me sento e saio de debaixo dela até não estarmos mais nos tocando.

— Stella — digo, com calma.

— Jax, só escute. Eu quero você — ela deixa escapar.

Eita. De onde veio isso?

— Quero muito você — continua. — Desde o momento em que te conheci. Você já é um dos meus melhores amigos. Sem sombra de dúvida é aquele com quem eu passo mais tempo. Nós nos damos muito bem. Temos os mesmos interesses. Seríamos ótimos juntos. Não acha? Estou tão atraída por você quanto você está por mim…

Eu a corto, interrompendo sua divagação de bêbada:
— Stella, pare.
Seus olhos se arregalam.
— Você é maravilhosa, Stell. De verdade. Qualquer cara teria muita sorte ao ficar contigo, mas eu não nos vejo assim. Sinto muito se sentiu que eu encorajei isso de alguma forma. Espero não ter sido o caso. Não foi a minha intenção. Estou apaixonado pela Lily. Isso não vai mudar tão cedo. Não vai mudar nunca.
— Mas você terminou com ela. Eu não entendo. — Ela parece muito confusa.
— Eu sei, e talvez eu não tenha feito um bom trabalho explicando tudo a você, mas nosso término não é permanente. Eu vou ficar com a Lily de novo. Só estou tentando focar na faculdade agora e deixando que ela faça o mesmo. Mas isso não significa que eu queira namorar outra pessoa. Sinto muito.
Lágrimas caem pelo seu rosto.
— Eu sou tão idiota. — Ela se engasga antes de cobrir o rosto com as mãos.
— Não, você não é — digo, taxativo. — Venha aqui. — Puxo Stella para o meu lado e nos arrastamos até estarmos apoiados no sofá. — Você também é minha melhor amiga aqui, Stell. Eu amo passar o tempo com você. Você está certa, nós temos muito em comum mesmo. Consigo entender por que você pensou que poderíamos ser mais. — Penso por um momento e as fungadas de Stella preenchem o espaço. — Acho que se as coisas fossem diferentes, talvez pudéssemos formar um bom casal. Eu só nunca pensei nisso. Nunca pensei na gente desse jeito.
— Sério? Não mesmo? — questiona, sua voz subindo uma oitava.
— Não. — Nego com a cabeça. — Sinto muito.
— Meu Deus, você deve amá-la de verdade — diz, mais para si mesma, um pouco exasperada.
— Eu amo, Stell. Ela sempre será a única para mim.
Ela geme.
— Ai, meu Deus, estou tão envergonhada!
— Não fique. Está tudo bem — ofereço.
— Prometa que as coisas não vão ficar estranhas entre nós agora.
— Não vão. Eu prometo.
— Não sei por que te beijei. Vou colocar a culpa no vinho. Não vai acontecer de novo.

— Está tudo bem, Stell. Não se preocupe.
— Amigos? — pergunta, tímida.
— Claro — concordo. — Amigos.

O restante do meu terceiro ano voa em um borrão sem fim de treinos, aulas e estudo. Passei em todas as minhas matérias com louvor e só tenho mais um ano — corrigindo, mais uma temporada de futebol.

Hoje é o último dia de treinamento da primavera. Amanhã, vou para casa ver a Lily. Animação nem começa a descrever o que estou sentindo.

Bem, o dia fez um giro de 180 graus. Como alguém pode ir de estar andando nas nuvens para um profundo desespero em questão de minutos está além de mim. Ah, espera… sim, eu sei como. Quando o amor da sua vida diz que está namorando e transando com outro homem, a quem ela talvez ame… é, é o que acontece.

Não consigo acreditar que a Lily pensou que eu estivesse namorando a Stella. Sinto-me um pouco culpado por ter dito que nunca a beijei. Mas, se pensarmos tecnicamente, eu nunca beijei. Stella me beijou e eu parei no mesmo instante. Isso está bem longe de transar com outra pessoa.

Filho da puta!

— Porra! — grito. Eu me viro e começo a me afastar de Lily. Não consigo ouvir mais nada agora. Estou perdendo a cabeça

— Espere! — ela chama.

Paro e olho para ela mais uma vez. De pé, debaixo do nosso antigo carvalho, ela me prende com uma intensidade tão crua que penetra a minha alma. Seu peito está arfando, seus brilhantes olhos azuis estão marejados com as lágrimas que ela está segurando.

Bonita pra caralho.

Momentos atrás, quando a encontrei lendo sobre um cobertor debaixo da nossa árvore, essa era a última coisa que pensei que fosse acontecer. Tinha esperanças de que passaríamos o verão juntos, como amigos, assim como nos velhos tempos. Tive visões de me sentar debaixo da árvore com ela, conversando por horas, rindo até minhas costelas doerem, enchendo nossa alma de alegria.

Não consigo acreditar que isso está acontecendo. Talvez eu fosse maluco por pensar que não aconteceria. Acho que só pensei que ela esperaria. *Por que ela não esperou?*

— Tenho que ir. Não consigo... Eu simplesmente não consigo — gaguejo, antes de continuar minha retirada.

Deixo-a parada lá. Acho que a ouvi chorar. Eu a imagino chamando meu nome. Se ela realmente chamou, não sei, porque a única coisa que consigo ouvir é a pulsação em meus ouvidos. É o som da angústia vibrando em minhas veias, espalhando-se com cada batida do meu coração partido. Uma dor extraordinária, diferente de qualquer coisa que já experimentei, está correndo pelo meu corpo, surgindo com um arrependimento que está consumindo tudo.

Meus pés me levam para longe dela, longe da lembrança de que nada, nunca mais, será o mesmo. Estremeço, todo meu corpo se sacudindo. É um efeito colateral do meu coração se partindo e da minha alma se desintegrando em um milhão de pequenos fragmentos, e não sei se vou ter de volta todas essas peças.

Depois de deixar a Lily, voltei para Ann Arbor. Ela era a minha única razão para ir para casa. Sem ela, prefiro não estar lá.

Passei as últimas duas semanas ficando bêbado com meus colegas de quarto. Pensei brevemente em aliviar um pouco do estresse ao aceitar alguma das ofertas que são jogadas para mim todas as noites. Traçar algumas gostosas não seria difícil. De fato, eu nem teria que me esforçar para isso.

Elas sempre estão lá: garotas lindas que estão loucas para abrir as pernas e passar a noite na cama com Jax Porter.

Por que eu não deveria?

Lily está com o namorado dela e, ao que parece, está fazendo isso há meses.

Mas que porra!

Foda-se. Mesmo bêbado, sei que transar enlouquecidamente com alguma garota de fraternidade não vai resolver nenhum dos meus problemas. Não é essa a resposta.

— Cara, você precisa de um plano — Ben diz, do outro lado do nosso sofá.

Tropeçando após muitas cervejas, acabamos de chegar em casa do bar.

— Eu sei, mano.

— Em primeiro lugar, você tinha que saber que isso aconteceria. Tipo, você já olhou para a Lily, né? Não se larga uma garota daquelas e espera que ela fique sozinha. — As palavras de Ben saem arrastadas.

— Cale a boca. Eu sei. Você já me disse isso várias vezes.

— Ah, é, falei. Então, o plano. Que plano? Vamos traçar umas ideias. Hum... hum... hum... — repete, enquanto bate na perna. — Ah, quero dizer, traçar umas ideias... Não, trocar umas ideias. Trocar ideias! Sim! — declara, em voz alta. — Muitas ideias, mano!

Apesar de tudo, um pequeno sorriso surge em meu rosto ao ouvir Ben resmungar.

Jerome entra, vindo da cozinha.

— Bem, só existe uma opção.

— Ei, de onde você veio? — Pensei que Ben e eu teríamos o apartamento apenas para nós dois hoje à noite. *E onde Jerome estava enfiado? Estou tão bêbado que não reparei nele esse tempo todo?*

— Por que você está aqui? Achei que tinha ido para casa com a Stacey? — Ben insiste.

— É Lacey. Não, é Beth. Ela está no quarto. Enfim, de todo jeito, você tem uma opção, cara — Jerome me diz.

— E qual é? — questiono.

— Reconquistar a garota — declara.

— Sim, mas... — começo.

— Mas nada, cara. É sua única opção — Jerome bufa.

— Eu sei, mas tenho que me concentrar na última temporada. Só tenho que passar pelo outono. E mais, ela tem um namorado. — Minhas desculpas soam idiotas, até para os meus próprios ouvidos, mas, de alguma forma, no outubro passado, elas foram importantes o suficiente para partir o coração da Lily. Então elas devem ser importantes agora, mesmo que eu tenha dificuldades de convencer a mim mesmo no momento.

— Já sei! — Ben pula, antes de cambalear e cair de volta no sofá, segurando a cabeça. — Má ideia. Má ideia — murmura.

Assistimos Ben afagar a cabeça antes de se inclinar na lateral do sofá e fechar os olhos.

Jerome se vira para mim.

— Bem, número um, você tem que voltar para casa e fazer as pazes. Perdoá-la. Ser amigo dela. Você é o idiota que a largou e a fez pular na cama de outra pessoa.

— Jerome! — rosno.

Ele ergue as mãos fingindo se render.

— Calma lá. Tudo o que estou dizendo é que você fez a bola rolar, depois foi todo putinho para cima dela, surtando porque não gostou das consequências. O Ben está certo. Estava fadado a acontecer. Não é culpa dela. Vocês dois terminaram. Ela não estava na sua cabeça. Ela não sabia o quanto você estava preso a ela. Era tudo muito claro para você, porque estava vivendo aquilo, mas ela não está.

— Sim — concordo. — Não devo ter me explicado o bastante.

— Cara, não importa. Mesmo se você tivesse, ela provavelmente não ouviria. Uma vez que o coração de uma garota se parte, ela para de ouvir.

— Próximo passo — Ben balbucia —, você fica amigo dela.

— Sim, já concordamos nisso. Valeu, seu bêbado. — Jerome ri.

— Quanto você bebeu? — pergunto ao Ben. — Pensei que tínhamos tomado a mesma quantidade. Você está voando, cara.

— Não, eu bebi mais! — grita.

— Pare de gritar.

— Não estou gritando. Vocês parem de falar — Ben diz, seus olhos ainda fechados.

Viro-me para Jerome.

— Enfim, continue.

— Ok. Então vocês são amigos. Ela tem um namorado. A gente sabe que não é sério — ele afirma.

— Como sabemos disso? — indago.

— Porque é a Lily. A garota te ama. Enfim, ela ainda deve estar magoada por conta da sua reação ao namorado dela. Aposto que está toda: *por que ele está tão bravo, se foi ele quem terminou comigo? Não era isso que ele queria? Ele não tem o direito de estar bravo* — Jerome faz sua melhor imitação da voz de uma garota.

Eu rio.

— Você não se parece em nada com a Lily. Sabe disso, né?

Ele desdenha de mim com um aceno de mão.

— Enfim — continua. — Você não pode chegar lá e exigir que ela largue o namorado sendo que você não vai assumir o papel e ser o tipo de namorado de que ela precisa. Terá que esperar até que o futebol americano ou qualquer que sejam os compromissos que estão no seu caminho terminem. Depois você pode tomar uma atitude. Mas a chave é ficar na vida dela, de uma maneira positiva. Volte para onde vocês estavam há algumas semanas, como melhores amigos. Não a faça se sentir mal por causa do namorado idiota, porque ela só vai se ressentir, mas permaneça presente, para poder relembrá-la o tempo todo do que ela ama em você. Quando for a hora, confesse seu amor e implore para ela voltar. E pronto. — Ele junta as mãos na frente do corpo em um alto aplauso.

— Para alguém que é um dos maiores pegadores do campus, você dá conselhos decentes. — Eu rio.

— Só porque não quero sossegar com alguém, não significa que eu não compreenda as mulheres. Cresci com uma mãe solo e quatro irmãs, cara. Eu com certeza entendo as mulheres.

— Você está certo. Não é culpa da Lily. Preciso voltar para casa e fazer as pazes.

— Sim — Jerome concorda.

— Ela vai para a minha casa amanhã, para o churrasco da minha mãe.

— Aí está. É a sua chance. Você consegue, cara. — Ele bate no meu ombro. — Agora que meu trabalho aqui terminou, é melhor eu voltar para a Casey.

— Beth — rebato, impassível.

— Ah, sim. Beth.

Ben, que eu pensei que já tivesse desmaiado, grita do outro lado do sofá:

— Já sei! Primeiro passo do plano, ser amigo dela!

Começo a rir.

— Você é um gênio.

Nove

Apesar de ter bebido muito na noite anterior, levanto cedo. Ben ronca na cama do outro lado do quarto. Balanço a cabeça, rindo baixinho. Ele vai se sentir uma merda quando acordar.

Depois de um banho quente, eu me visto e jogo algumas das minhas roupas favoritas em uma bolsa. Tenho várias peças em casa, então fazer uma mala não é necessário, mas é legal ter minhas preferidas quando estou por lá.

O trajeto de volta para casa não demora muito. Leva menos de uma hora e meia entre meu apartamento e a casa dos meus pais.

Ao entrar, posso sentir o cheiro de especiarias na cozinha.

— Ei, mãe.

Ela olha para cima da marinada que está fazendo para a carne que grelharemos mais tarde. Grita de surpresa, seus olhos se arregalam:

— Jax! Oi, querido. Não sabia que você viria hoje.

— Sim, pensei em passar um tempo aqui nessas férias. — Dou uma piscadinha de brincadeira para ela.

— Bem, você sabe que eu acho que é uma ótima ideia.

— Cadê todo mundo?

— Landon não conseguirá vir. Está resolvendo umas coisas do trabalho. Seu pai está no escritório, e voltará para o jantar.

— Quem vem hoje?

— Os Madison, menos a Amy. Ela está trabalhando. — Mamãe joga os bifes em um prato de cerâmica e joga a marinada por cima deles. Colocando uma tampa no prato, ela o guarda na geladeira.

— Legal. Posso ajudar em alguma coisa?

— Se você não se importar, a grama precisa ser cortada. — Ela seca as mãos em um pano de prato e olha na minha direção, com expectativa.

— Claro que não me importo. — Eu me viro para deixar a cozinha.

— Jax?

Paro e me volto para olhar para ela.

— Sim?

— Obrigada por vir para casa, querido. — Ela me dá um sorriso caloroso.

Dando dois passos largos, fecho o espaço entre nós e a puxo para um abraço antes de lhe beijar a testa.

— Amo você, mãe.

A grama parece estar em uma boa altura para mim, mas corto de todo jeito. É meio que relaxante fazer isso, por mais estranho que pareça. Com o nosso cortador, normalmente leva umas duas horas para terminar os três hectares de grama. O barulho do aparelho e o calor do sol batendo na minha pele me acalma. Me dá bastante tempo para pensar no último ano e no quanto tudo mudou. Estou ansioso por hoje à noite, quando eu vou poder ajustar as coisas com a Lily.

Segurando um pote enorme de alguma coisa, Lily está maravilhosa ao abordar minha mãe. Está usando short jeans curto e uma regata azul-bebê levinha que faz seus olhos brilharem ainda mais. Seu cabelo loiro está puxado em um rabo de cavalo alto, um dos meus penteados favoritos. Ela tem uma estrutura óssea muito primorosa e, com o cabelo puxado para trás, as altas maçãs do rosto, o longo pescoço, a clavícula e os ombros se destacam. Fecho os olhos enquanto imagens de beijar Lily dos seus seios, passando pela clavícula, até o pescoço e a boca correm pela minha mente.

Vou até ela.

— Ei — digo, baixinho.

— Ei — responde, sem me olhar.

Ela está nervosa. Consigo dizer pela forma como está mexendo as mãos. Observo-a, curioso.

— Podemos conversar?

— Claro — concorda.

— Vamos dar uma volta?

Damos uma volta pelo meu quintal em silêncio e paramos em um balanço de madeira colocado nos fundos da propriedade. Nós dois nos sentamos ali e meus pés ficam pressionados na grama, nos movendo em um ritmo constante.

Suspiro.

— Sinto muito.

— Eu também.

Faço que não.

— Não, você não tem nada pelo que se desculpar. É tudo culpa minha. — Lily fica em silêncio e continuo: — Você está certa. Esse término foi escolha minha e agora tenho que arcar com as consequências. Não te culpo por querer ficar com outra pessoa.

— Eu não qu...

Eu a corto antes que ela termine o raciocínio.

— Eu sei. Você não queria nada disso. É minha culpa não estarmos juntos, o que faz ser minha culpa você estar com outra pessoa. Não tenho o direito de ficar chateado. Por que você não namoraria alguém?

— Eu não queria, e não fiquei com ninguém por bastante tempo. Eu estava triste e sozinha. Você partiu o meu coração, Jax, e ainda não entendo bem a razão, para ser sincera.

Assinto.

— Sei disso.

— Eu estava tão cansada de ficar triste. Trenton apareceu e me deixou feliz de novo. Ele não era você, mas era alguém que me queria e... era bom ser querida.

Seu queixo treme e posso dizer que ela ainda está tendo dificuldades com a nossa separação. Meu coração se parte por eu ter feito Lily sentir que não era querida.

— Ah, Little... Venha aqui. — Passo o braço pelo seu ombro e a puxo para mim. Ela inclina a cabeça para o lado, apoiando-a no meu ombro. — Sinto muito ter feito você se sentir assim. Sinto de verdade. Sinto muito por tudo. Sinto muito por ter ferrado as coisas.

Balançamos em silêncio por vários momentos.

— Você está dizendo que queria que não tivéssemos terminado? — pergunta.

Posso ouvir a esperança em sua voz, o que também renova a minha.

Ela ainda gosta de mim. Sei que ficaremos juntos de novo quando for a hora. Pode ser verão agora e, embora eu me sinta livre, sei que o estresse da temporada de futebol americano está se aproximando. É meu último ano e sei que será o mais intenso de todos. Queria, com todo o meu ser, poder acabar com tudo agora, e Lily e eu voltaríamos para o que éramos. Mas não é a hora certa. Tenho que passar pelo outono. Tenho que cumprir meu compromisso. Menos de seis meses, e serei capaz de corrigir as coisas entre nós.

Aperto seu ombro e solto um longo suspiro.

— Não. Ainda acho que é o melhor para nós... agora. Não posso ser quem você merece nesse momento. Não posso te dar o que precisa. É que tem muita... merda me estressando e não quero que você faça parte disso. — Mesmo sabendo que tenho que segurar a bile que minhas palavras causam, continuo: — Quero que você seja feliz, Lil, e se esse tal de Trenton te faz feliz, então tenho que aceitar. Não pedi que você esperasse por mim e seria egoísmo da minha parte fazer isso. Todo esse término foi a minha tentativa de não ser egoísta. Estou tentando te colocar em primeiro lugar.

Lembre-se do plano, penso.

Dizer o nome do babaca na mesma frase que o da Lily me deixa doente. Mas não posso fazê-la se sentir mal por suas escolhas, já que não quero que ela se ressinta de mim pelas minhas.

— Então vamos voltar a focar na nossa amizade. O restante das coisas vai se resolver com o tempo. Não importa o que aconteça nessa vida, não importa que caminhos nós vamos seguir ou que desvios tomemos... Você, Lily Anne Madison, é minha melhor amiga. Estou muito confuso agora, mas a única coisa de que tenho certeza é que preciso de você e vou precisar para sempre... de um jeito ou de outro. — Pego sua mão e a aperto com carinho. — Amigos?

— Sempre — sussurra, inclinando a cabeça para encontrar meu olhar. — Te amo.

Solto a respiração, e o alívio inunda o meu corpo com suas palavras.

— Te amo mais.

Nós nos balançamos um pouco mais. Descubro que Lily tem uma ótima oportunidade de emprego que a levará de volta para a faculdade mais cedo do que eu pensei. Ela só vai ficar aqui por mais uma semana. É um balde de água fria, mas uma semana de tempo ininterrupto com a Lily é melhor do que nada.

Fazemos planos de ir para a casa no lago, um dos nossos lugares favoritos. Estou certo de que passaremos um dia no nosso cantinho debaixo do carvalho conversando, jogando Você Prefere e rindo. Estou ansioso para passar esse tempo com ela. Vou aproveitar cada segundo, porque confiarei nessas memórias para me fazer passar pelos próximos cinco meses.

É setembro do meu último ano. Jogamos e vencemos dois jogos dessa temporada. Estou dois jogos mais perto de cumprir o meu compromisso. Acho que o time está indo bem esse ano, não que isso tenha impedido meu pai de destacar cada movimento que eu faço. Mas seus conselhos se tornaram ruído de fundo a essa altura.

Ajeito a mochila. A área da pele coberta pelas alças grossas está começando a suar enquanto caminho até a biblioteca do campus. Parece metade de julho hoje, mas não estou reclamando, porque podemos ter uma nevasca amanhã. A Mãe Natureza é muito temperamental aqui no Michigan.

Nossa mesa favorita está vazia, então me sento e começo a repassar os meus trabalhos. Ganhei de Stella nessa, o que é estranho. Ela é sempre a primeira a chegar, sempre um passo à frente. É a pessoa mais organizada que conheço.

Puxo o telefone e envio uma rápida mensagem para Lily enquanto aguardo.

Eu: Ei, Little Love.

Little: Ei. O que você está fazendo?

Eu: Biblioteca, estudando.

Deixo de fora a parte em que estou esperando pela Stella. Mesmo eu sabendo que Stella e eu somos só amigos, não acho que seja inteligente mencionar o nome dela para a Lily, especialmente porque suas inseguranças em relação à nossa amizade foram o que a levou a ficar com Trenton.

Little: Nada divertido. Jess e eu estamos vendo um programa com vampiros gostosos.

Eu: Eles brilham no sol?

Little: HAHA. Não, não esse tipo de vampiros.

Eu: Bem, você prefere vampiros brilhantes ou os que não brilham?

Little: Fácil. Brilhantes. Tudo fica melhor com um pouco de glitter.

Eu: Tudo?

Little: Sim.

Eu: Você prefere comer um burrito brilhante ou um que não brilhe?

Little: Haha. Ok, então nem tudo fica melhor com glitter. Comida mexicana definitivamente fica na categoria "que não brilha".

Eu: Junto de quase todas as outras coisas.

Little: Calado. ;-)

Olho para cima e vejo Stella atravessando a sala em direção à nossa mesa. Ela acena. Sorrio para ela antes de voltar a olhar para o telefone.

Eu: Ei, tenho que ir.

Little: Ok. Sinto sua falta.

Eu: Sinto mais.

Little: Tchau.

Eu: Tchau.

Vou a uma festa de Halloween hoje à noite. Será a primeira vez que vou sair desde que as aulas começaram em agosto. Esse semestre tem sido tão intenso quanto eu sabia que seria. Mas está tudo bem. Estou nove partidas de futebol americano mais próximo do fim. Consigo ver a luz no fim do túnel, e isso por si só pede uma celebração.

Encaro meu reflexo no espelho. Eu pareço um idiota. Finalmente aceitei ir a essa festa no último minuto e era obrigatório ir de fantasia. Ben me deu a ideia, e era fácil o suficiente, mas não estou curtindo. Eu deveria simplesmente ir como eu mesmo.

O que "obrigatório" significa em uma festa de fraternidade? Não existe essa porra de política de vestimenta. Foda-se.

Depois de algumas bebidas, não vou ligar mesmo.

— Sexy! — Josh levanta a mão, começa a jogar o punho no ar e a dar gritinhos. Eu rio.

— Muito engraçado, cara. Culpa do Ben. — Foi ideia dele me enrolar em um lençol e chamar de toga.

— Você pode dizer para as gatas que é o deus romano do sexo — Josh brinca.

— Claro, vou fazer isso.

— Estou sentindo um sarcasmo? — Ele ri.

Ergo uma sobrancelha.

— Você está vestindo um cavalo?

— Sim, estou. — Josh está dentro de uma engenhoca inflável que faz parecer que ele está montado em um cavalo. Há uma cabeça de cavalo cheia de ar na sua frente e uma bunda de cavalo às suas costas.

— Então, vou chutar que você está indo de algo oposto ao sexy.

— Gatas gostam de coisas engraçadas. — É essa a sua resposta.

Ben entra na sala usando uma das minhas camisas do time.

— Sério? — pergunto.

— O quê? — Ele me lança um sorriso convencido. — Eu sou você.

— Você é um idiota. — Balanço a cabeça, rindo.

— Quero ver como é ser o famoso Jax Porter. As mulheres vão se jogar em mim.

Jerome entra, vestido de hippie. Sua fantasia inclui uma calça boca de sino chamativa e uma camisa social florida, vários colares de miçanga multicoloridas e uma peruca Black Power.

— Vai precisar de um pouco mais que uma camisa para fazer isso acontecer, Ben — ele diz, sem rodeios.

Há uma leve batida à porta antes que ela se abra, e Stella entra. Ela está usando um vestido branco apertado com faixas vermelhas horizontais que termina alguns centímetros acima dos joelhos. Botas vermelhas brilhantes pouco acima das panturrilhas. O cabelo escuro está preso em uma maria-chiquinha baixa e ela usa robustos óculos pretos esportivos.

— Onde está Wally? — brinca, ao entrar.

— Não sei, mas a irmã gostosa dele acabou de aparecer — Josh responde.

Tenho que concordar com ele. Stella está maravilhosa.

— Own, obrigada, Josh. Você está lindo também, todo cowboy fofinho.

— Bem, agora sabemos que ela está mentindo. — Jerome ri baixinho. — Vamos nessa, galera.

— Não consegue encontrá-las? — grito por cima da música.

Stella nega com a cabeça.

— Não. Elas não estão atendendo, mas já deveriam ter chegado. — Ela morde o lábio, os olhos continuando a esquadrinhar o espaço lotado.

— Bem, elas vão te encontrar em algum momento.

Jamie e Dena, amigas da Stella, deveriam encontrá-la aqui.

Ela coloca os lábios perto do meu ouvido, para não ter que gritar.

— Não estou tão preocupada. Se elas não aparecerem, não vai ser o fim do mundo. Eu tenho vocês. — Ela se inclina para trás, um sorriso espreitando no canto de seus lábios.

Devolvo o sorriso antes de virar meu copo para terminar minha bebida. Do lado mais distante do quarto, vejo a bunda de um cavalo inflável esmagada no chão. Inclino-me para o lado para ver melhor e vejo Josh de joelhos, ingerindo cerveja de um longo tubo de plástico. Jerome está de pé, segurando o tubo para ajudar Josh no rápido consumo.

— Bem, você terá a mim, pelo menos — digo, mais para mim mesmo do que para Stella, pensando que os caras estarão se arrastando como idiotas antes que a noite termine.

— O quê? — Stella pergunta, com a voz erguida.

— Nada. — Balanço a cabeça e aponto para o barril. — Quer outra cerveja?

— Sim, claro!

Começo a abrir caminho passando por Lady Gaga, Neil Armstrong, vários zumbis e algumas enfermeiras safadas até chegar até lá.

— Espera! — Stella grita por trás de mim.

Paro e me viro para ela, que se aproxima e pega minha mão.

— Ok! Vá em frente. Tem muita gente aqui. Quase fui atacada por um zumbi.

Rio.

— Sorte a sua não ter sido mordida.

— Não é? Você teria que enfiar uma estaca no meu cérebro antes de eu me transformar. — Sua boca se abre em um sorriso. — É melhor se ficarmos juntos.

— Concordo. Vamos lá. — Puxo sua mão por trás de mim até estarmos na pequena clareira ao redor do barril.

A festa começou a esvaziar. Pessoas o suficiente se foram e há espaço para nos movermos pelo salão principal, que é onde Ben, Josh, algumas garotas aleatórias, Stella e eu estamos dançando agora.

— Stell! — Dena grita, puxando Jamie, a outra amiga, atrás de si.

Estou surpreso que elas estejam aqui. Antes tarde do que nunca, acho.

Elas puxam Stella para um abraço e as três riem e se balançam com a música. Pego algo sobre um cara gostoso, outra festa de fraternidade e beijos.

O barril secou uma hora e meia atrás, o que é bom. Não acho que nenhum de nós precise de mais álcool, especialmente as amigas da Stella. A fala delas está quase irreconhecível com o arrastar das palavras.

Só consumi esse tanto de álcool uma vez neste semestre, além desta. Fiquei muito bêbado no domingo depois da última visita da Lily. Ela veio para Ann Arbor há algumas semanas. As colegas de quarto dormiram no nosso apartamento, mas ela ficou com o namorado. O babaca a segurou longe de mim o fim de semana inteiro, não que eu tenha o direito de reclamar. Teria feito a mesma coisa se fosse ele. Mas era uma merda a Lily estar por aqui e eu não ser capaz de vê-la.

Mais dois meses e vou reconquistá-la.

Mais dois meses, porra.

— Ei, já volto! — grito para o meu grupo de amigos.

Vou para longe dos alto-falantes. Na parte de trás da casa, encontro o que parece ser um salão de jogos. Está vazio, exceto pelo casal se pegando em um canto. Eles nem me notam. Caio no sofá de couro, coloco a mão por baixo do lençol enrolado em mim e encontro meu celular no bolso do short.

Tinha perdido uma mensagem da Lily.

Little: Ei! Qual é a boa para hoje?

Digito a resposta.

Eu: Ei. Estou numa festa de fraternidade. E você?

Fico sentado um minuto, descansando a cabeça na parte de trás do sofá, até o telefone vibrar na minha mão.

Little: Fomos a uma festa também! Estamos comendo no Coney Island agora.

Eu: Batatas fritas com queijo e chili?

Little: Você sabe que sim! Está fantasiado?

Eu: Sim, vesti uma toga — também conhecida como o meu lençol. Estou me sentindo maneiríssimo. E você?

Little: Ah, manda uma foto para mim! Eu sou um anjo. Tabs é uma diabinha. Jess veio de Tori Amos. Molls está de gato.

Eu: Maravilha. Manda uma foto para mim.

Passo pelo rolo da câmera e acho a foto que a Stella tirou de nós quatro antes de sairmos do apartamento e a envio para a Lily. Sua foto vem e fico apenas encarando. Ela é o anjo mais sexy e mais bonito que já vi.

Eu: Você está linda.

Little: Você está uma graça. AI, MEU DEUS, Josh está hilário. Adorei a peruca do J e ri muito do Ben.

Eu: Eu sei. Ele é ridículo.

— Ei, aí está você. — Stella me encontra. — Vamos comer alguma coisa. Pronto?

— Com certeza. Estou morrendo de fome.

Eu: Ei, Little Love, tenho que ir. Cuidado na volta para casa.

Little: Ok. Estou com saudade.

Eu: Eu mais ainda.

Dez

É véspera de Natal e vou ver Lily hoje à noite. Estou muito pronto.

Tenho mais um jogo na minha carreira universitária. Um *bowl game* e posso fechar a porta do futebol americano. O semestre dos infernos terminou também. Doze créditos fáceis ficam entre a graduação e eu. As quatro matérias que ainda tenho que fazer não serão nada comparadas à carga que tive.

Se não houver nenhuma grande catástrofe, vai ser fácil. Posso dizer que coloquei tudo na mesa. Dei tudo de mim para alcançar os meus objetivos. O time teve uma temporada vitoriosa, e vou me formar com a maior das honras, a *summa cum laude*, na primeira semana de maio.

O alívio passando por mim é abrangente, capaz de extinguir o fogo sob o qual estou há vários anos. Posso finalmente respirar. Consegui.

Agora posso colocar a Lily em primeiro na minha lista de prioridades, onde ela pertence. Não consegui voltar para casa antes de hoje por conta da agenda de treinos da equipe, já que temos nos preparando para o jogo final. O que preciso dizer a ela deve ser dito pessoalmente, mas a espera tem sido de matar.

Recebi uma mensagem da sua irmã mais velha, Amy, hoje. Ela e Landon são bons amigos e passam bastante tempo juntos, considerando que os dois vivem na área de Ann Arbor. Ela queria me avisar que o cara de merda do Trenton Troy estará no jantar de hoje e que vai partir com Lily para Fiji um dia depois do Natal. Essa informação atrapalha meus planos, mas ainda estou confiante de que tudo vai dar certo. Só tenho que ficar sozinho com a Lily em algum momento hoje.

Ela é minha. Sempre foi e sempre será. Algumas coisas foram colocadas em movimento há muito tempo, e esses laços são sólidos. Não há tempo ou circunstância que possa alterar o caminho do que foi feito para ser.

Ela é o meu para sempre, e vou reconquistá-la hoje à noite.

Bem, que merda.

Estou voltando para Ann Arbor e Lily está no aeroporto ou voando, em direção às férias dos sonhos com um babaca. Ela escolheu a *ele*. Ela escolheu o babaca egoísta. Ainda não consigo acreditar. Não consigo aceitar que essa é a minha realidade. Não faz sentido. Não está certo.

Na véspera de Natal, saí arrasado da casa dela. Tinha colocado tudo para fora. Quase implorei para ela voltar para mim.

Expliquei.

Me desculpei.

Rastejei.

Ela resistiu.

Cara, nunca soube que ela poderia ser uma coisinha tão teimosa. Não há dúvidas de que ela cresceu nos dois últimos anos. Está mais bonita para mim do que antes. Amo essa nova Lily. Segura de si, confiante. Amaria essa Lily ainda mais se ela fosse minha, e esse pensamento me traz de volta à realidade.

Ela não é minha.

Ela não me escolheu.

Eu estava otimista de que ela entenderia tudo o que eu disse e que cairia em si. Ontem, eu estava certo de que ela entraria em contato comigo, mas, nada. Foi o primeiro Natal que passei sem termos contato. Foi uma merda.

Basicamente dei a Lily um ultimato. Deixei-a com a impressão de que tinha que escolher a mim por inteiro ou não me ter de forma alguma. Está me matando ter deixado as coisas assim; no tudo ou nada. No momento em que eu disse aquilo, não estava pensando direito. Tinha acabado de expor tudo, falar tudo o que queria e precisava. Tentei fazê-la perceber que o único cenário que fazia sentido era aquele em que nós dois ficávamos juntos, como costumava ser. Quando ela me recusou, quando o escolheu, isso acabou comigo. Perdi minha habilidade de pensar com clareza. Meus pensamentos calculistas voaram pela janela, e fui tomado por emoções à flor da pele.

Talvez eu devesse ter dito de outro jeito, mas não quero retirar nada, porque é verdade. Não posso ter uma relação com a Lily agora quando ela está com ele. Se fossemos amigos, seria uma lembrança constante de que o amor da minha vida escolheu outra pessoa em meu lugar. Não posso servir de coadjuvante para o babaca do namorado dela. Não posso ser amigo dele sabendo que ela vai para casa com ele. Isso acabaria comigo, por fim eu ficaria sem nada. Conheço meus limites e sei que não sobreviveria a isso.

Então, se eu achei que ela pensaria no que eu disse, mudaria de ideia e me escolheria? Sim, parte de mim acreditou mesmo. Porque eu a teria escolhido todas as vezes, porra.

Talvez minhas escolhas no passado tenham sido feitas com um quadro de referências distorcido, um ponto de vista enviesado. Mas sempre pensei que a estivesse colocando em primeiro lugar. Pensei que estivesse fazendo o que era certo para ela.

Ela era tudo o que me importava. Só não consigo me fazer entender que meus compromissos acabaram e que posso finalmente começar minha vida com a Lily, mas ela não quer.

Recebi uma mensagem da Amy dizendo que Lily foi para o aeroporto hoje de manhã. Ela foi embora, caramba. Depois da mensagem da Amy, eu me despedi da minha família e entrei no carro.

Quero ir para o mais longe possível de tudo, longe das memórias que me assombram.

Mas tenho treino hoje, então meu apartamento vai ter que servir. Não é o lugar distante e ilusório que desejo, um no qual posso me esconder e me esquecer de tudo, onde posso tentar anestesiar a dor. A mesma que percorre meu corpo com uma intensidade tão crua que faz meu estômago revirar e tenho que engolir para segurar a bile que ameaça voltar com tudo.

Em toda minha vida, nunca me senti assim. Durante as provações dos últimos dois anos, quando meu relacionamento com Lily não foi tudo o que eu queria, não me senti assim. Durante tudo aquilo, eu confiei no nosso futuro e esse raio de esperança me manteve inteiro. Saber que tudo era um meio para um fim tornava tudo mais tolerável. Ver o coração dela se partir e saber que eu era o culpado me causou uma dor inimaginável no meu peito, mas não foi como está sendo agora.

Meu otimismo está perdido, escondido por trás de barricadas de dor. Não sei como trilhar por uma vida em que Lily não me escolheu, em que ela não nos escolheu. É tão inacreditável que não consigo encontrar sentido em nada.

Acordo, aninhado em algo suave, com o cheiro doce de coco. Meu cérebro está mais limpo do que esteve em dias. O sono enfim me encontrou na noite passada, uma raridade para mim esses tempos. Minha cabeça, agora descansada, consegue finalmente pensar direito.

As visões do dia anterior voltam para mim. Stella me encontrou, sem banho e bêbado, sentado sozinho no sofá onde escolhi a depressão e garrafas de cerveja quebradas em vez de lidar com minhas emoções. Com gentileza, ela me convenceu a tomar banho enquanto limpava o vidro quebrado no chão. Não conversamos muito, além de eu ter dito que Lily se foi. Mas ter Stella lá foi bom. Ter alguém para me confortar ajudou mais do que eu achei que poderia. No mínimo, deitar ao lado dela me ajudou a dormir.

Ela se mexe ao meu lado e estica os braços por cima da cabeça. Vira o rosto e me encontra encarando-a. Ela é muito linda, de verdade. Tem uma beleza natural, que a deixa linda sem ela nem ter que se esforçar... assim como a Lily.

Argh... Lily. Meu peito dói.

Stella nivela o olhar ao meu. A mão encontra minha bochecha e descansa contra minha pele.

— Dormiu bem?

Seguro seu pulso com cuidado e o afasto do meu rosto ao me sentar.

— Melhor do que nesses últimos dias, para ser sincero — confesso.

Ela se move para me permitir colocar as pernas para fora da cama e se senta ao meu lado.

— Quer conversar sobre isso?

Mastigo o lábio superior e encaro a foto emoldurada de Lily e eu do outro lado do quarto. Na imagem, ela está no meu colo, com o braço em meus ombros, e estou inclinado para o lado, mergulhando-a para trás. Rimos ao nos encararmos, como se não tivéssemos uma preocupação no mundo. Foi um momento de felicidade inocente capturado. *Meu Deus, como sinto a falta dela.*

Paro de encarar a foto, e suspiro.

— Não, não de verdade — respondo, com sinceridade. Minha cabeça dói com os pensamentos relacionados à Lily. Falar disso não vai ajudar. Nenhuma discussão fará as coisas melhorarem. A vida é uma merda sem ela e não vai mudar.

— Bem, que tal sairmos para tomar café da manhã? Quando foi a última vez que você comeu? — Stella pergunta.

— Não lembro. Ontem em algum momento.

— Sério? — indaga, cética. — O que você comeu?

Penso a respeito, mas, honestamente, a maioria dos dias é um borrão.

— Cerveja?

Ela nega com a cabeça, soltando uma risadinha suave.

— Foi o que eu pensei. Vamos lá. — Ela bate na minha perna. — Vamos comer.

Eu me vejo com mais tempo livre do que já tive em anos. Treinos e academia são coisas do passado e minha carga de trabalhos está mais leve do que nunca. Tenho ficado mais tempo com os caras e realmente tendo algo parecido com vida social, o que é um conceito novo para mim.

É um dia frio de janeiro. Os garotos estão estudando, mas Stella e eu já terminamos. Decidimos alugar um filme e hibernar em sua casa para passar o tempo. Faz três semanas que não tenho notícias de Lily, desde que saí de sua casa. Nada. E de novo, eu não deveria estar surpreso. Deixei claro que, enquanto ela estivesse com o babaca, seria difícil, para mim, ter qualquer tipo de relacionamento com ela. Na verdade, continuo ficando enojado toda vez que penso nela com ele.

Infelizmente, o namoro de Lily é jogado na minha cara vez ou outra. Ben acha que é obrigação dele me mostrar todas as fotos dos dois postadas em todas as redes sociais dela. Ocultei seus posts do meu *feed* por um bom motivo. Uma coisa é saber que ela seguiu em frente com outra pessoa, mas é uma experiência totalmente diferente ver com os meus próprios olhos. Olhar as *selfies* com o babaca que ela está namorando nas areias claras de Fiji era pura tortura.

Quero esmurrar Ben toda vez que ele menciona uma das postagens de Lily. Sei por que ele faz isso. À sua maneira, está tentando ajudar. Todos os meus colegas de quarto querem que eu saia do terror em que estou e siga em frente, e não posso culpá-los. Eu tenho estado muito para baixo esses tempos. Estou me deixando maluco na maioria dos dias.

Stella e eu estamos sentados em seu sofá, que deveria ser considerado o mais confortável do mundo. É um daqueles monstros gigantes que te sugam de cara, fazendo ser impossível sair. Foi a vez de Stella escolher um filme. Quando começou, pensei que seria uma história de amor, mas está se transformando em um mistério de assassinato.

— Então, quem foi? Foi o marido, não foi? — pergunto a ela.

Ela ri.

— Apenas assista. Não vou te dizer.

— Mas você sabe. Isso não é justo — protesto.

Stella me dá um tapa de brincadeira na perna e deixa a mão apoiada na minha coxa.

— Sim, bem, eu li o livro. Você vai ter que descobrir como todo mundo. Agora, pare de falar. — Ela abre um sorrisão antes de voltar a olhar para a tela.

Não respondo. Estou muito obcecado com a sua mão na minha coxa. Ela está sentada tão perto que posso sentir seu lado contra o meu. Aos poucos, inclino a cabeça em sua direção, dando a ela um olhar de soslaio. Ela está focada no filme, mas eu estou focado nela. Sua pele mais escura é muito parecida com a minha. Mantém um pouco de cor, mesmo com a prolongada ausência do sol durante nosso inverno rigoroso. O nariz é pequeno e ligeiramente arrebitado, o que só é perceptível de perfil. Os lábios são carnudos e repousam quase em um beicinho enquanto ela se concentra no filme. Seus grandes olhos castanhos brilham sob os cílios longos.

Ela é linda de morrer, e acho que eu sempre soube disso, mas meu corpo está reagindo à sua proximidade de uma forma como nunca reagiu. Posso sentir meu pulso acelerado e meu desejo de tocá-la cresce. Talvez eu esteja começando a entender que já faz quase um ano que a Lily está dormindo com outra pessoa.

Distraída, Stella morde o lábio inferior. Quero beijá-la, e essa revelação faz a culpa vir com tudo. Não dou um beijo de verdade há quinze meses. Eu sou tão patético que me lembro do meu último beijo, até do dia em que aconteceu.

Stella também quer me beijar. Sei que ela quer. Estou solteiro e Lily está feliz namorando outra pessoa. Esta deveria ser uma decisão fácil, mas não é. É difícil pra caralho. Meu corpo quer, mas meu coração está dilacerado.

Pigarreio.

— Vou pegar uma cerveja. Você quer uma? — Pulo do sofá. — Vamos fazer pipoca. Quer? — Minhas palavras saem apressadas e soam desesperadas.

Quando estou na cozinha, Stella grita da sala de estar, parecendo confusa:

— Hum, se você quiser. Mas nossa pizza já deve estar chegando.

Ah, sim, pedimos o jantar.

Nesse momento, a campainha toca.

— Deixa comigo! — Corro para a porta. *Controle-se, cara!*

Sento-me de pernas cruzadas no sofá, bem distante de Stella. Estou dando mordidas gigantes na pizza e mastigando rápido. Olho para o filme e vejo o personagem principal, que eu pensei que estivesse morto, dirigindo um carro pequeno.

Uau... Perdi uma grande reviravolta na história em algum lugar ao longo do caminho.

— Jax? — Stella diz, baixinho. — Tudo certo? Você não parece bem.

Inclino a cabeça para o lado e retorno seu olhar preocupado.

— Sabe... Não estou me sentindo muito bem. — *O eufemismo do ano.*

— Quer terminar o filme outra hora?

Eu concordo.

— Sim, na verdade, eu quero. Sinto muito, Stell. Acho que vou embora.

— Quer ficar aqui? — ela pergunta, com uma carranca preocupada.

Como o sofá de Stella, sua cama de hóspedes é o paraíso... mas não. Preciso de distância.

— Acho que vou para casa.

— Ok. Me ligue mais tarde, se puder? — ela pergunta, toda delicada.

Eu me levanto e a puxo para um abraço rápido.

— Sim, claro. Ou eu te vejo amanhã, ok?

— Espero que você melhore.

— Obrigado. Eu também — concordo, antes de sair de seu apartamento.

Colocando as mãos nos bolsos do casaco, caminho rápido na direção do meu apartamento. O ar gelado parece estranhamente renovador enquanto respiro. Preenche minha garganta e meus pulmões com um frescor bem-vindo que me acalma. Desacelero o ritmo conforme me afasto do apartamento de Stella.

Minha cabeça ainda está toda bagunçada. Não sei para onde vai meu relacionamento com Stella. Estou parado em uma bifurcação metafórica na estrada e não tenho certeza de que caminho tomar. Sei muito bem como uma única decisão pode alterar o caminho de alguém por toda a eternidade. Tenho uma escolha a fazer no que diz respeito à Stella, mas estou com muito medo de escolher.

Onze

Já se passaram cinco semanas desde a última vez que vi Lily. Não tive notícias dela desde que voltei das férias de Natal. Acho que estou começando a aceitar que ela oficialmente escolheu a *ele*.

Stella e eu temos passado mais tempo juntos do que o normal. Temos uma amizade mais forte do que antes, indo bem além do que encontros para fazer trabalhos e estudar. Nosso relacionamento continua platônico, mais porque parte de mim ainda está esperando Lily ligar. A cada dia que passa, percebo que ela não vai.

Admito que, embora Stella e eu não tenhamos levado nosso relacionamento para o próximo nível, é diferente. O ar entre nós sempre parece estar carregado com um anseio desconhecido, pelo menos do meu lado. Estou começando a perceber que um desejo por Stella tem estado lá há um tempo.

Mesmo nunca estando sozinho, estou solitário. Já faz muito tempo desde que tive contato íntimo e estou ansiando por isso. Especialmente tendo em vista que perdi Lily, preciso de uma conexão com alguém mais do que nunca.

Ainda assim, continuo me segurando. Tenho medo de me prender a outra mulher, porque isso significaria que estou me desapegando de Lily.

A animação da Stella me afasta de meus pensamentos e me traz de volta para o presente, onde, no momento, estou cercado por doze mil fãs barulhentos no Crisler Center enquanto assistimos ao time masculino de basquete da Universidade de Michigan prevalecer ante ao Arizona.

Minha boca se abre em um sorriso ao ver Stella pulando para cima e para baixo com um sorriso em seu rosto também. A atmosfera nesse lugar, quando estamos vencendo, é contagiante.

Volto a olhar para a quadra bem quando um dos jogadores da Michigan faz uma cesta de três pontos, aumentando nosso placar contra Arizona e nos dando uma dianteira de 78 a 56.

— Boom! — grito.

O jogo é nosso.

Stella e eu nos viramos um para o outro. Erguendo as mãos para cima, batemos uma na outra em um toca aqui exagerado. Nossas mãos se unem, mas em vez de voltarem para nós, ficam juntas, nossos dedos se entrelaçam. O caos cheio de energia ao nosso redor some e só consigo ouvir o ritmo pulsante das batidas do meu coração conforme o sangue corre por minhas veias, o som reverbera em minha cabeça.

Nossos sorrisos somem, nossas mãos ainda entrelaçadas entre nós. O calor da nossa pele conectada queima, ateando fogo em um anseio que mantive guardado. Desejo se infiltra, envolvendo-me em necessidade... por Stella. De repente, o impulso de beijá-la é forte demais, e cresce de intensidade a cada segundo.

Respiro fundo algumas vezes e solto sua mão. Saio do meu assento e a puxo comigo, antes de levá-la pelas escadas e pelo túnel que conduz à parte da arena onde as barracas de comida estão montadas.

Antes de sairmos, empurro-a para a parede e reivindico sua boca. Ela geme enquanto minha língua se move em seu calor. A sensação dos seus lábios nos meus é tão boa, e o meu corpo estremece de desejo conforme minha boca continua seu ataque. Meu desejo por ela é poderoso e, agora mesmo, ela é tudo o que eu quero.

Quero sua boca. Quero seu corpo. Quero-a debaixo de mim na minha cama.

— Quero você — digo, antes de reivindicar sua boca com minha língua.

— Quero você — ela devolve, quando nos separamos do nosso beijo.

— Você não deveria — aviso, soltando uma respiração irregular.

— Mas eu quero — responde, com a voz necessitada.

— Não acho que estou pronto. Tenho medo de te magoar. — Meu respeito por Stella sobrepõe minha necessidade primitiva.

— Vou arriscar. Por favor — implora. — Já sou grandinha. Sei no que estou me metendo. Quero você há tanto tempo. Por favor, vamos para a minha casa. Eu quero você, Jax.

Vários quarteirões de passos frenéticos depois, chegamos lá. Ela se atrapalha com as chaves e abre a porta. Nós nos apressamos e, assim que a porta se fecha, meus lábios estão nos dela de novo. Ela geme, as mãos em meu cabelo, puxando minha boca para mais perto.

— Meu Deus, como eu queria isso — Stella geme, enquanto vamos tropeçando até chegar ao seu quarto.

— Foi incrível — Stella diz, enquanto seus dedos desenham linhas aleatórias nas minhas costas, seus braços ao meu redor.

— Foi corrido. Eu consigo fazer ser bem melhor — respondo, em seu pescoço.

— Se aquilo foi corrido, mal posso esperar para ver o que você pode fazer quando vai com calma.

— Vou fazer você perder o controle, gata. — Ergo a cabeça ligeiramente e lhe dou um beijo rápido.

— Você meio que já fez isso. — Ela sorri.

— Apenas aguarde. — Sorrio também e saio de cima dela.

Ela se move para o lado e apoia o rosto em meu peito, e eu passo o braço por suas costas.

O quarto está silencioso, exceto por nossas respirações.

Fecho os olhos em uma tentativa de bloquear a visão que me invade. De todas as imagens que poderiam se passar pela minha cabeça agora, olhos azuis vibrantes, sardas adoráveis em um nariz delicado e um longo cabelo loiro balançando em uma pele cremosa e perfeita não é algo para o que dou as boas-vindas.

Fico enjoado. Acho que é essa a sensação de seguir em frente.

Meu corpo está fisicamente satisfeito, mas minha mente está travando uma guerra. Uma batalha épica entre a realidade e o desejo que está cheia de raiva, arrependimento e esperança. De um lado está o meu futuro, lutando para seguir em frente; de outro, o meu passado, segurando-se um pouco mais às memórias.

— Parabéns, querido. — Stella sorri. — Já te disse que você me deixou fervendo por estar vestido assim? — Ela ajusta meu capelo.

— *Fervendo*, é? Estou usando uma beca, que é outra forma de dizer que é um vestido, e meu capelo é um quadrado preso na minha cabeça. — Rio. — Já se perguntou por que usamos o traje mais ridículo de todos para a formatura?

— Porque você fica gostoso. É por isso que estou fervendo — responde.

— Bem, se você estiver *fervendo* de maneira literal, então imagino. Porque está calor pra caramba aqui.

Estamos no último dia de abril, mas parece que é julho. Talvez, seja por isso que a beca preta que estou usando não está só atraindo todo o calor, mas também o guardando.

Sorrio e puxo Stella para mim. Inclinando a cabeça, para não derrubar o quadrado da cabeça dela, eu a beijo.

— Você está linda todo dia.

— Obrigada — responde. — E não se preocupe. Assim que sua família tirar algumas fotos, você vai poder tirar o vestido. — Ela ri, seus olhos brilhando com o humor.

— Que bom. — Abro um sorriso.

— Então, e se eles me virem? — pergunta, hesitante.

Logo me sinto horrível por fazer Stella sentir que é o meu segredinho sujo. Ela merece muito mais que isso.

Estamos namorando há três meses. Mas não falei com a minha família ainda. Para ser sincero, evitei ir para casa desde o Natal. Tenho tentado ficar longe de qualquer coisa que me lembre da Lily. Estou tentando seguir em frente.

Tenho a forte sensação de que preciso falar com a Lily primeiro. Não quero que ela seja pega de surpresa a saber pela minha família. Apesar de ela estar feliz com o namorado, penso que a notícia de que estou namorando outra pessoa a afetará. Só quero fazer a coisa certa no que diz respeito a Lily, mas tenho medo de que isso esteja me fazendo fazer o oposto com a Stella.

— Sinto muito mesmo. — Seguro a mão da Stella. — Sou tão idiota. Não ligo se meus pais virem você. Vou te apresentar como minha amiga. Só não posso dizer a eles que estamos namorando até eu contar para a Lily. Falamos disso. Achei que você tivesse entendido? — pergunto, preocupado.

Ela suspira.

— Não, eu entendi. Só não aguento mais esperar para fazer parte da sua vida por completo. Quero conhecer sua família também.

— Sei que você quer. Em breve, prometo. Agora que a formatura passou, posso ir para casa e contar para a Lily.

Imagino que ela já voltou da faculdade. Sei que a formatura da Central foi no fim de semana passado. Ou ela pode ter ficado em Mount Pleasant com o namorado. Vou perguntar à minha mãe quando a encontrar hoje. Ela saberá.

— Aí estão vocês — chama a voz grave do Sr. Grant, por trás de mim.

— Oi, papai. — Stella sorri, antes de dar um abraço nele.

A mãe dela me dá um abraço apertado.

— Parabéns, Jax. — O Sr. Grant aperta a minha mão.

— Obrigado, senhor.

— Onde estão os seus pais? — ele indaga.

Olho ao redor.

— Não tenho certeza. Estão em algum lugar com o meu irmão.

— Sua família está mais que convidada para se juntar a nós no jantar. Vamos ao restaurante italiano favorito da Stella.

— Obrigado pelo convite. Acho que minha mãe já fez reservas em algum lugar, mas, da próxima vez que eles estiverem na cidade, devemos nos reunir.

— Nós amaríamos. — A Sra. Grant sorri.

— Quero agradecer de novo pela oportunidade de trabalhar na sua empresa — digo ao Sr. Grant.

Ele me ofereceu uma posição incrível que começa na segunda-feira.

— Está brincando? — ele debocha. — Tive sorte de conseguir você antes de qualquer outro. Seu currículo é impressionante. Espero que seja um excelente acordo para nós dois.

— Também espero.

— Tudo bem, querida, a gente se encontra no carro? — ele pergunta para Stella.

— Sim, estarei lá. — Assim que seus pais se afastam, ela me questiona: — Vai lá para casa hoje?

— Sim, vou logo que minha família for embora.

— Ok. Então a gente se vê, então. — Ela se inclina para outro beijo antes de se virar e seguir os pais.

Estou sentado em frente aos meus pais e Landon está do meu lado. Estamos no restaurante mais caro de Ann Arbor. Felizmente, a comida é deliciosa. Para o meu pai, tudo tem a ver com as aparências. Não estou surpreso por ele ter feito minha mãe reservar esse lugar.

A conversa no jantar tem sido fácil. Revelei bem pouco dos meus planos para eles, tentando evitar qualquer coisa que me levasse a Stella.

Preciso mesmo falar com a Lily.

— A Lily voltou da faculdade? — pergunto.

— Voltou. Chegou no último fim de semana. Um dia depois da formatura, acho — minha mãe responde.

— Você a viu? — indago.

— Não. Miranda apenas me disse que ela estava em casa.

— Ela vai passar o verão inteiro?

Minha mãe coloca a taça de vinho na mesa.

— Não tenho certeza. Suspeito que ela ficará em casa por um tempo, a menos que tenha que se mudar por causa de algum emprego. Acho que vocês dois não estão se falando?

— Não, desde dezembro.

Minha mãe me dá um aceno melancólico.

— Quais são seus planos agora?

— Bem, consegui um emprego nas Indústrias Grant Global, na verdade. É uma empresa de software aqui da cidade.

— Ah, que ótimo! — declara minha mãe.

— Sim, é mesmo. Eles são uma ótima empresa.

Landon se junta à conversa:

— Então, já que você vai ficar na cidade, deveríamos sair mais vezes — ele ri —, agora que você parou de ser um jogador estressado com a faculdade.

Viro para o meu pai e nossos olhares se encontram antes de ele abaixar o rosto e focar na carne que está cortando.

— Sim, claro — respondo ao meu irmão.

— Vai ser bom ter meus dois garotos na área. Teremos que vir para cá com mais frequência — minha mãe diz, empolgada.

Evito qualquer conversa sobre a Lily ou meu emprego pelo resto do jantar. Meu pai atualiza Landon e eu sobre o que está se passando no trabalho, mas nenhum de nós dois está muito interessado. Minha mãe fala do último evento de caridade que ela está organizando. Fazemos piada sobre a solteirice de Landon, embora eu não engula essa história nem por um segundo. Sei quando ele está mentindo. Acho que vamos deixar esse papo para uma das nossas futuras noites de irmãos.

No geral, o jantar é livre de estresse e é basicamente normal. Uma vez que eu falar com a Lily e tudo na minha vida estiver às claras, posso me ver abraçado a esse novo normal.

Doze

Estou a caminho da casa da Stella, que me convidou para jantar. É um acontecimento comum, ainda que algo esteja estranho. Sua voz estava toda errada no telefone. O fato de ela ter me ligado é preocupante por si só. Normalmente, ela mandaria uma mensagem.

Tudo parece estranho, mas pode ser só eu. Esses últimos três meses têm sido estranhos. Muitas vezes sinto ansiedade por não me sentir ansioso, se é que faz algum sentido. Quase não sei o que fazer com esse novo normal, essa mudança de ritmo em que minha vida não é ditada por treinadores, professores ou pelo meu pai.

Estou em um relacionamento feliz e livre de estresse com uma garota linda... que não é a Lily.

Estranho.

Atualmente, não tenho nenhum relacionamento com a minha melhor amiga.

Perturbador.

Não recebo mais visitas nem ligações do meu pai em que ele me repreende. Agora que eu parei oficialmente com o futebol americano, ele me deixou em paz... ou, mais precisamente, desapareceu fazendo pirraça porque não vou ser jogador profissional.

Maravilhoso... mas tão diferente.

Não estou estressado com projetos, trabalhos nem prazos. Nós nos formamos há uma semana e toda essa pressão desapareceu da minha vida.

Que doideira.

A vida está tão bizarra agora, mas, ao mesmo tempo, tão fácil.

Concluí minha primeira semana de trabalho na empresa do pai da Stella e estou amando. Amo a maneira como ele administra a empresa. Ele é brilhante e focado em negócios, administrando tudo com paixão; é extremamente bem-sucedido por um motivo. Ele procura o bem nas pessoas, também é educado e humilde. Uma mudança para mim.

Além do fato de a Lily e eu não estarmos nos falando há cinco meses, minha vida está ótima agora. Só estou esperando a peteca cair.

Viro a chave na porta e entro. A casa da Stella cheira a alho e manjericão. Ela deve estar fazendo comida italiana. Tudo o que Stella faz é uma delícia, mas a sua culinária favorita é a italiana.

— Stell — chamo.

— Aqui! — ela grita, da cozinha.

Vou até a mesa, onde ela já encheu uma taça de vinho no lugar em que costumo me sentar, e tomo um gole. Entro na cozinha.

— O cheiro está delicioso. — Passo os braços ao seu redor.

Ela apoia a colher no balcão e se vira dentro do meu abraço.

— Ei — diz baixinho, antes de ficar na ponta dos pés e plantar um beijo nos meus lábios.

Puxo-a para mim e a beijo várias vezes na boca, selinhos rápidos e sucessivos. Ela ri antes de olhar para o chão.

— Como foi o seu dia? — pergunto, antes de jogar uma fatia de pepino da salada na boca.

— Foi tudo bem. E o seu? — De novo, sua voz está estranha.

Não consigo dizer o que está diferente, mas causa um sentimento apavorante que penetra meu corpo, deixando-me com uma sensação desconfortável.

— Bom. — Apoio-me no balcão e observo Stella preparar nosso jantar. — Está tudo certo, Stell?

Ela assente, com a cabeça ainda virada.

— Uhum.

Não está. Eu sei que não está, mas todo esse relacionamento é novo e não sei como proceder. *Devo pressioná-la ou deixar para lá?*

Opto por deixar para lá por enquanto.

— Então, o que você fez?

— Manicotti. Você vai gostar. — Ela me dá um sorriso fraco e me entrega um prato.

— Tenho certeza que sim. — Sigo-a até a sala de jantar.

Comemos em um relativo silêncio. Nós dois tentamos forçar uma conversa com perguntas aleatórias para as quais o outro dá uma resposta curta e continuamos comendo. Stella não está com a animação de sempre. Sei que algo está errado, mas não quero pressioná-la se ela não estiver pronta para contar. Ela costuma ser mais direta com seus sentimentos.

Depois de lavarmos a louça, vamos para a sala e nos sentamos no sofá.

— O que você quer fazer? — pergunto. — Podemos alugar aquele filme de novo e tentar terminar dessa vez. — Rio, pensando no filme que já alugamos duas vezes.

Na primeira vez, não terminamos porque tive um surto interno depois que ela tocou minha coxa e fui embora. Na segunda vez, ela teve uma dor de cabeça horrível e terminou indo para a cama.

— A terceira vez sempre tem seu charme, certo? — Pego sua mão e a aperto com gentileza. Percebo que está molhada, como se ela estivesse suando. Eu me sento e me viro de modo que estou olhando direto para ela.

Ela está nervosa. Está escrito em todo seu rosto.

— Stella? — insisto. — Por favor, fale comigo.

Ela olha para baixo e parece focar em um ponto no meu joelho.

— Bem, na verdade — ela engole —, há algo que eu queria falar com você.

Sabia.

Espero por vários segundos e quase posso ver a sua luta para encontrar o que quer dizer. Não tenho ideia do que está prestes a sair de sua boca, mas minha intuição grita em aviso. Seja o que for, sei que mudará a minha vida.

Seu olhar se ergue para encontrar o meu, e ela começa a falar. As palavras fluem sem esforço de sua boca enquanto me conta tudo. O negócio é: eu não consigo escutar. Não consigo processar as palavras porque nada do que ela está dizendo faz sentido.

Do nada, sinto-me de volta ao ensino fundamental, brincando de Qual é a música com a Lily, com ela cantando uma música debaixo d'água. Eu era horrível naquele jogo, porque a melodia que saía da boca da Lily não era a mesma que eu ouvia. Assim que as ondas sonoras atingiam a água, elas mudavam para uma bagunça distorcida e incoerente.

Sinto que estou na piscina agora, incapaz de processar qualquer coisa que Stella está dizendo, porque o que estou ouvindo não pode estar certo. Não faz sentido, nada disso faz. Nessa piscina de confusão, posso muito bem me afogar, porque seria menos doloroso.

— Jax, diga alguma coisa. Por favor — Stella implora, enquanto lágrimas escorrem por seu rosto.

Encaro-a, chocado.

— O quê? — sussurro, sem acreditar. — O quê? — A pergunta sai da minha boca mais alta dessa vez, o volume é quase um grito.

Tudo ao meu redor está se fechando sobre mim. As paredes brancas e os móveis elegantes ficam borrados em um túnel giratório de caos. Sinto-me tonto. Fecho os olhos e tento bloquear a loucura, deixo minha cabeça cair nas mãos. Foco na respiração.

Inspira.

Expira.

Minhas emoções estão girando, saindo de controle, mas preciso me recompor.

Ergo os olhos para encontrar os dela. Os meus se enchem de lágrimas.

— O quê? — pergunto de novo. É uma resposta idiota, mas não sei o que dizer. — Eu nem consigo... — Balanço a cabeça em protesto. — Eles têm certeza? Você tem certeza?

Ela me lança um olhar, de completa aceitação, e quero sacudi-la.

Como ela pode aceitar isso?

— Eles têm certeza, Jax. — Acena, um sorriso triste agracia seu lindo rosto.

Suas lágrimas continuam a cair, mas elas contradizem o contentamento em suas feições. Ela usa uma expressão de aceitação, e eu não consigo entender. Absorvo sua aparência, e ela irradia calor, tão cheia de vida e de amor.

A linda Stella... que abraça a todos. Que ama sem ressalvas. Que torna o mundo um lugar melhor só porque está aqui.

A linda Stella... que me amou desde que éramos calouros, quando eu não podia retribuir seus sentimentos. Ela tem sido a melhor das amigas para mim enquanto me via amar outra pessoa. Ela me ajudou a juntar os meus cacos quando meu coração foi dilacerado.

A linda Stella... com coragem além da medida e uma força incomparável, acabou de me dizer que está morrendo.

Ela está morrendo.

— Há quanto tempo você sabe? — digo, sentindo-me sufocado.

— Desde segunda-feira. Quis esperar até ter todas as informações antes de te dizer. — Sua voz está gentil.

— Não consigo acreditar que você estava lidando com isso sozinha. Eu teria ficado ao seu lado. — Meu peito se aperta, a pressão aumentando enquanto imagino o que Stella deve ter passado na última semana.

Ela balança a cabeça.

— Eu não estava sozinha. Estava com meus pais.

— Câncer no cérebro? — pergunto de novo, minha voz vacilando em descrença.

— Sim, glioblastoma — diz, acenando.

Lembro-me de todas as dores de cabeça que Stella teve nos últimos seis meses. Ela achava que eram enxaquecas.

Esfrego as têmporas, sentindo minha própria dor de cabeça se aproximando. A pressão dessa notícia é consumidora.

— Então, como nós vamos lutar contra isso? Qual é o plano? Como derrotar a doença? — Pareço em pânico e tento me controlar pelo bem da Stella.

— Eu falei, Jax. — Ela para, a tristeza finalmente encontrando lar em suas feições. — É terminal.

Pressiono a palma das mãos na testa, movendo a cabeça em frustração. Paro e olho para Stella.

— Então você vai desistir? — Não consigo evitar a raiva que sai de mim. — E a quimio ou outros tratamentos?

— É realmente difícil de tratar. Há coisas que tentaremos. Meu pai conseguiu o melhor oncologista para trabalhar no meu plano de tratamento. Basicamente, com esse tipo de câncer, os médicos cuidarão dos sintomas para me deixar confortável e me dar o máximo de tempo possível.

Sua voz está tranquila e estou bravo comigo mesmo por ela ser quem está tentando me acalmar. Ela pega minha mão.

— Cirurgia não é uma opção, por conta da localização do tumor no meu cérebro. Pesquisas mostram que a quimio não ajuda muito nesse tipo de câncer. Vamos tentar uma terapia com proteína que tem um resultado decente em diminuir o crescimento do tumor e em reduzir os sintomas em outros pacientes.

Pigarreio.

— Quanto tempo? — Olho em seus olhos. — Quanto tempo, Stell?

Ela olha para baixo e respira fundo antes de me encarar.

— Dependendo do sucesso da terapia, de seis meses a um ano... talvez um pouquinho mais. É difícil saber.

— Seis meses a um ano? — grito. — Seis meses a um ano — repito, em descrença.

Lágrimas inundam os meus olhos, borrando minha visão. Puxo Stella para o meu colo, segurando-a como uma criança e escondo o rosto em seu pescoço. Soluços tomam conta de mim enquanto abraço seu corpo quente e suave. Lamento pela vida que Stella nunca terá.

Eu trocaria de lugar com ela se pudesse. Ela merece estar aqui. É tão pura, tão boa.

Uma tempestade cresce dentro de mim, a injustiça da situação ameaça acabar comigo. Meu corpo treme com a raiva conforme continuo segurando-a, minhas lágrimas encharcando sua camisa.

Estou sofrendo de desespero.

— Diga do que você precisa. O que posso fazer, Stell? O que posso fazer? Eu farei qualquer coisa.

Stella está morrendo e eu me sinto tão impotente.

Seus olhos castanhos percorrem meu rosto. Encontro uma miríade de emoções em sua mirada, quando ela para em mim.

— Apenas me ame durante o processo.

Puxo-a para perto, salpicando beijos em todo o seu rosto.

— É claro — sussurro, entre beijos. — Eu te amarei. Eu amo você. Sinto muito. Eu sinto muito — entoo palavras que não mudam nada, mas são tudo que tenho para dar.

Ficamos sentados em silêncio, quietude permeando o espaço.

— Jax? — A voz de Stella está baixa.

— Sim?

— Tem mais uma coisa que você pode fazer por mim.

— Qualquer coisa.

— Pode, por favor, não contar a ninguém sobre a minha doença? Minha família sabe, e agora você também. Mas não quero que ninguém mais saiba.

— Por quê? Seus amigos, todo mundo que te ama, vão querer saber.

— Eu sei. E me sinto egoísta por não dizer a ninguém, mas não quero que saibam. Não quero que ninguém me trate diferente. Quero viver o resto da minha vida como ela sempre foi, o mais normal possível. Não quero pena, Jax. Na verdade, prefiro não falar disso com você também, a menos que precisemos. Talvez pareça bobo, mas quero fingir que nada mudou. Quero viver o resto dos meus dias sendo feliz. Quero passar o pouco tempo que ainda tenho focada na vida, não na morte. Pode fazer isso por mim? — pede, timidamente.

Abraço-a com força.

— Meu Deus, Stella. Claro que posso. Vou fazer qualquer coisa por você.

— Talvez... — Ela pausa. — Talvez quando eu estiver perto do fim, podemos contar aos nossos amigos. Quero dar a todo mundo a oportunidade de dizer o que precisam e de se despedirem. Sei que será importante para aqueles que eu deixarei para trás. Quero dar isso a eles. Mas, agora, enquanto ainda estou saudável e capaz de levar uma vida normal, não é hora. Ok?

— Sim. — Beijo sua testa. — Eu entendo, Stella. Entendo totalmente.

Fico de pé e a levo para o chuveiro. Ligo a água, e quando a corrente está quente e constante, nós entramos. Ensaboo as mãos e limpo cada centímetro de sua pele. Sei que não posso lavar o câncer, mas não sei mais o que fazer.

Quando ela está toda limpa, ficamos debaixo do chuveiro, nossos braços envolvendo um ao outro. Envolvo-a em meus braços e tomo sua boca na minha. Beijo-a suavemente de primeira, meus lábios tremendo nos seus. Ela geme em minha boca e aprofundo o beijo ainda mais.

Quebro o contato. Desligo o chuveiro e nos secamos antes de irmos para o seu quarto. Largamos as toalhas e ficamos parados, olhando um para o outro. Nós nos mantemos assim, imóveis e encarando um ao outro, procurando respostas onde não existe nenhuma. A angústia que preenche o ar é tão tangível que posso sentir em cada poro.

— Amo você, Stella.

— Amo você, Jax.

Nossos corpos se unem e eu a deito na cama. Passo meu tempo amando seu corpo com as mãos e a boca.

O resto do mundo desapareceu e somos apenas Stella e eu em nosso pequeno universo. Somos capazes de focar unicamente em nós e, nesse pequeno momento no tempo, nada mais importa. Em nosso mundo, não há dor e não há morte. Só existe o amor, e isso é um presente.

Treze

Já faz uma semana que Stella me contou da sua doença.

Estou a caminho de buscar minha namorada que está prestes a morrer para levá-la a um encontro. *Droga.* Tenho que parar de me referir a ela desse jeito na minha mente.

Mas, na semana que passou, não fui capaz de me impedir. Ela ainda parece saudável, tão viva. Estou aterrorizado com o dia em que ela não estiver mais assim. Meu medo é que eu não seja capaz de sobreviver a isso. *Como alguém sobrevive após perder alguém tão maravilhoso quanto a Stella?*

Continuo com esperanças de que se eu permanecer lembrando a mim mesmo de sua doença, então será mais fácil perdê-la. No entanto, temo que isso não seja viável. Eu poderia me preparar por anos e ainda não seria capaz de vê-la deixar esta Terra.

Hoje, vou pedir que Stella se case comigo. Meu objetivo é fazer a maioria dos seus sonhos se realizarem antes que ela se vá. Ela sonhou com um casamento de contos de fadas desde que consigo me lembrar. Sei disso porque o tópico do seu casamento dos sonhos surgiu nas várias conversas que tivemos nos últimos anos.

Uma pequena parte minha sente culpa porque, se as coisas fossem diferentes, eu não faria o pedido agora. Mas as coisas não são diferentes. Ela não tem o luxo de esperar pelo Príncipe Encantado. Está presa comigo e, embora eu não seja nem de perto o homem que ela merece, sou o que ela tem. E, por algum motivo, ela me ama. Se eu estiver errado em me casar com ela, lidarei com as consequências mais tarde. Mas ninguém pode me convencer de que eu não deveria.

Depois de buscá-la, levo-a ao Crisler Center.

— O que estamos fazendo aqui? — ela pergunta.

A temporada de basquete acabou. Se não tivesse acabado, eu daria um jeito de pedir no intervalo, na frente dos torcedores da Michigan. Mas, como terminou e eu não tenho tempo para esperar, apenas o local em si terá que servir.

— Quero te mostrar uma coisa.

Eu a pego pela mão e entramos na arena vazia. Ser o *quarterback* da Michigan por quatro anos tem suas vantagens. Hoje sou grato pelos meus contatos.

Meu primeiro beijo de verdade com a Stella foi nessa arena. Foi aqui que começamos nosso relacionamento romântico. Sei que esse lugar é importante para ela.

Stella e eu vamos para o túnel, em direção ao andar principal.

Antes de chegarmos à quadra, peço que ela feche os olhos.

— Você vai ter que me prometer que não vai espiar. É sério, Stell. Sem espiar.

— Prometo. Não vou. — Ela dá uma risadinha.

Guio-a para o meio da quadra e olho ao redor. Aceno em aprovação. Ela vai amar. Respiro fundo.

— Ok, abra os olhos.

Ela faz o que pedi e ofega. Suas mãos cobrem a boca enquanto ela absorve tudo ao redor. As luzes estão apagadas. A única luz ali vem das centenas de velas colocadas ao redor da quadra. Estamos parados no meio de seu brilho cálido.

Não perco tempo e fico de joelhos. Lágrimas imediatamente começam a cair pelo seu rosto, seus olhos brilham ao olhar para mim.

Abro a caixinha de anel que estou segurando e o tiro de dentro, estendendo-o para ela. Muitas emoções inundam os meus sentidos. Ainda não consigo acreditar que essa é a minha vida. É tudo tão surreal. Olhando lá no fundo, ignoro a torrente de sentimentos e foco nos dois principais: meu amor e meu respeito por Stella.

Pigarreio.

— Acho que sempre te amei, de um jeito ou de outro. Você esteve ao meu lado em toda a loucura da faculdade. Você, Stella, tem a habilidade de iluminar um cômodo inteiro com a sua presença. É uma das pessoas mais bonitas que já conheci ou vou conhecer, por dentro e por fora. Tenho tanta sorte de poder passar meus dias com você.

Seu lábio inferior treme, mas ela está com o maior dos sorrisos.

— Começamos nossa jornada romântica há apenas alguns meses. O tempo que passamos juntos tem sido um presente para mim. Com esse anel, estou pedindo a sua eternidade. Prometo fazê-la tão feliz quanto humanamente possível, por quanto tempo for a nossa eternidade. E não importa quanto tempo tenhamos juntos, não será o suficiente, mas espero que você o passe comigo, de todo jeito. Stella Elizabeth Grant, você quer se casar comigo?

— Sim! — ela grita.

Rapidamente coloco o anel em seu dedo. Ela me puxa para cima e eu a beijo com força os seus lábios carnudos e molhados. Ela se afasta e ficamos parados, encarando-nos. A enormidade desse momento preenche o meu coração.

Tantas lágrimas escorrem em cascata por seu rosto. Observo-as fazerem a curva em seu sorriso gigante até caírem de seu queixo.

— Sim! Sim! Sim! Não consigo acreditar! Sim! Sim! Sim! — entoa, enquanto pula para cima e para baixo, ainda chorando.

Seu cabelo castanho e longo sobe com cada pulo antes de cair em seus ombros. Aguardo até que ela pare e afasto os fios molhados de lágrimas do seu rosto. Seus olhos castanhos-esverdeados encontram os meus, que brilham com um verde resplandecente que eu nunca tinha visto. A umidade em seus olhos ilumina as pintinhas em suas íris, e ela parece mais bonita do que eu poderia ter imaginado.

Ela emana felicidade verdadeira, o que cai bem nela. A alegria que exala de seus poros cria um novo nível de apreciação que eu tenho pela minha doce, gentil e linda Stella.

Seu sorriso nunca vacila enquanto seus olhos vão do meu rosto para o diamante em seu dedo. Ela balança a cabeça em admiração.

— Ainda não consigo acreditar. Isso é tão maravilhoso, Jax. — Sua voz se parte e uma nova corrente de lágrimas se liberta.

Rio, sua alegria contagiante me tomando.

— Não acho que eu já tenha visto tantas lágrimas.

— São lágrimas de felicidade. Não consigo parar. Estou tão feliz! — exclama.

— Estou feliz que você esteja feliz. — Rio.

— É isso que você quer, Jax? Tem certeza? — pergunta, hesitante, um tom de incerteza permeando sua voz.

— Tenho. Vou te fazer muito feliz, Stella, e você merece tudo isso, toda a felicidade que a vida tem a oferecer.

Eu a puxo para mim e beijo o topo de sua cabeça. Respiro fundo, e seu cabelo tem cheiro de um paraíso tropical, uma mistura de coco e frutas.

Ela aperta os braços ao redor das minhas costas.

— É o melhor dia da minha vida, Jax. Obrigada.

— Eu que agradeço por você dizer sim. Seria um verdadeiro golpe no meu ego se você tivesse dito não.

Ela empurra o meu peito, às gargalhadas.

— Como se eu pudesse dizer não. Você é tudo o que eu sempre quis.

Não respondo com o mesmo sentimento, porque seria mentira, e eu nunca minto para Stella. A verdade é que ela não é tudo o que eu sempre quis. Há outra pessoa que eu amei a minha vida inteira e que sempre foi o meu tudo; tudo o que eu quis, tudo de que eu já precisei.

Mas ela não me quis e, por alguma razão, essa mulher surpreendente em meus braços quer. Eu não a mereço. Deus sabe que ela, sem sombra de dúvida, merece alguém melhor que eu, mas um enorme senso de gratidão toma conta de mim de qualquer maneira. Tenho tanta sorte de tê-la.

Enquanto abaixo a cabeça em direção à Stella, não posso deixar de cair em seu transe de alegria. Ela pode não ter sido o meu sonho, mas é minha realidade, e sou muito sortudo por tê-la em minha vida.

Já entreguei meu coração há algum tempo, mas, nesse momento, cada pedaço dele que eu ainda tenho, estou dando para Stella. Eu a amo tanto quanto posso. Não é o quanto ela merece, mas é tudo o que posso oferecer, e espero que seja o suficiente.

— Eu te amo — digo, com muita sinceridade.

— Também te amo, muito — responde. — Até que a morte nos separe?

— Até que a morte nos separe — concordo.

Depois de sair da arena, vamos para a casa dos pais dela para contar as novidades. Stella mal podia esperar para vê-los e insistiu em irmos direto para lá.

A casa dos seus pais fica a quinze minutos de carro do campus e, no trajeto inteiro, Stella alternou entre olhar para o anel em seu dedo e sorrir para mim.

Sento-me no sofá deles com seu pai, enquanto observo Stella com a mãe. Há uma abundância de choros, risadas, abraços e admiração ao anel entre as duas mulheres. Com um sorriso bobo no rosto, não consigo parar de encarar a minha noiva. Vê-la feliz assim faz algo comigo por dentro, fazendo-me sentir tantas emoções, desde euforia à gratidão e tudo o que existe no meio delas.

— Obrigado, Jax — o Sr. Grant me diz ao observar Stella, seus olhos brilhando com lágrimas.

— Pelo quê?

Seu olhar permanece focado nas mulheres, seu sorriso parecido com o meu. Ele pigarreia.

— Por fazer a nossa garotinha feliz. Ela tem tanta sorte por ter você.

— O sortudo sou eu. — É verdade.

Ele suspira.

— Sim, qualquer um teria sorte de ter a Stella. Ela sempre teve uma alma linda. Mas sei que você está fazendo isso porque a fará feliz, e quero te agradecer por dar a ela um dos seus sonhos.

— Pedi que ela se casasse comigo porque a amo.

Ele se vira para me olhar.

— Sei que ama, filho. Eu sei.

Stella e a mãe se recuperam da empolgação vertiginosa por causa do noivado e participam da conversa com o pai dela e comigo.

— Então, quando vocês estão pensando? — sua mãe pergunta.

— No outono. Sempre quis me casar no outono. Eu adoro as cores. Talvez no começo de outubro? — Stella olha para mim em dúvida.

— Outubro é perfeito — concordo.

Seu sorriso fica enorme.

— É daqui a quatro meses — a mãe de Stella diz.

Nós quatro ficamos estranhamente quietos.

Eu sei o que as palavras de sua mãe implicam. *Onde Stella estará daqui a quatro meses? Ela estará viva? Saudável o suficiente para se casar?*

O silêncio fala alto enquanto pensamos em tudo isso, todos nós com medo de dizer em voz alta. A mãe dela se recupera rapidamente.

— Temos bastante tempo para planejar um casamento, não acha? Podemos resolver tudo até lá — ela diz, alegre, olhando para Stella, que acena.

— Claro que podemos, mãe. Nós duas trabalhando juntas poderemos resolver os detalhes rapidamente.

A mãe pega a sua mão.

— Vai ser ótimo, querida.

— Vai ser melhor que ótimo, mãe. Vai ser maravilhoso.

Saímos da casa dos pais da Stella depois de umas duas horas de conversa sobre casamento. Ela quer sair para comemorar. Mandei mensagem para os caras avisando que iríamos sair e que tínhamos ótimas notícias para dar a eles, e ela mandou mensagem para algumas amigas também. Todos vão nos encontrar no bar.

Stella segura minha mão direita enquanto a esquerda repousa no volante.

— A gente deveria ir à sua casa amanhã para contar aos seus pais — diz, animada.

— Vamos esperar por enquanto.

— Por quê? — Ela soa magoada.

— Tenho que contar primeiro para a Lily, Stell. Se eu disser aos meus pais, então minha mãe vai correr para contar para a mãe dela. Quero que a Lily descubra através de mim. Sinto que devo isso a ela, sabe?

Ela solta um pequeno suspiro.

— Eu entendo. Mesmo. Quando você vai contar a ela?

— Não tenho certeza. Não falo com ela há seis meses. Sinto-me estranho de apenas ligar para ela do nada e jogar as notícias assim. Acho que tenho que vê-la pessoalmente. Tenho que voltar para casa logo. — A percepção de que não faço ideia do que está acontecendo na vida da Lily é preocupante e causa uma dor profunda em meu peito. Ignoro, esquecendo-me disso o melhor que posso.

— Além disso — continuo —, nós temos planos para amanhã. — Lanço um sorriso convencido para ela.

— Temos? — pergunta, empolgada.

— Sim, temos.

— O quê? — grita, como uma criança animada. — Me diz!

— Bem, marquei alguns compromissos para nós. Estava procurando casas baseado no que você já tinha me contado. Nossa corretora, a Angela, encontrou algumas ótimas e quer nos mostrar amanhã.

— Nós vamos comprar uma casa!

Rio.

— Sua casa dos sonhos é parte do seu felizes para sempre, certo? Nós vamos nos casar e minha futura esposa merece a casa dos sonhos.

— Ai, Jax. — Stella funga.

— O que posso dizer? Estou em uma missão de realizar todos os seus sonhos, Stella Grant. Eu te disse: vou te fazer o mais feliz que eu puder.

— Já sou a garota mais feliz do mundo, Jax. Você é o meu sonho.

— Bem, agora que você tem a mim, é hora de sonhar mais alto, meu amor.

— Não, não é possível. Você é o melhor. Você é imbatível.

— Veremos se você vai continuar dizendo isso amanhã. Apenas espere até ver algumas das casas.

— Ah! — grita. — Mal posso esperar!

Estaciono perto do bar.

— Vamos dar as boas notícias aos nossos amigos.

Presente

Catorze

O trajeto de uma hora e meia até a casa dos meus pais passa rápido com Stella tagarelando o tempo todo sobre os planos para o casamento.

Quem diria que há tanto para decidir quando se trata de um casamento?

Tento dar minha atenção completa a ela, mas minha mente continua a voltar para poucas horas atrás e para a expressão de Lily quando eu disse a ela que estava noivo. Meu peito grita de dor: pela Lily, por mim, pela minha realidade, porque tudo relacionado a isso explode de injustiça.

Se as coisas não fossem do jeito que eram, o encontro teria sido diferente? *Claro que teria.* Eu não estaria noivo, em primeiro lugar. Não seria dono de uma casa com a Stella, em segundo.

Se as coisas fossem diferentes, agora eu estaria indo para casa com a Lily em vez de com a Stella? Sei a resposta para essa pergunta, mas até mesmo dar voz a ela na minha mente é doloroso demais.

Acontece que... a vida não pode ser vivida com os "e se". Ela tem que ser vivida no "é".

Qual é a minha realidade? Ela está sentada perto de mim, falando sobre arranjos de flores. Ela é a minha escolha. Tem de ser.

Percebi que algumas escolhas na vida não são, de fato, escolhas; pelo menos para mim não são. A culpa que eu carregaria por não escolher a Stella seria algo a que eu não sobreviveria. Eu a amo. É um amor de almas gêmeas? Talvez não. Independentemente do tipo de amor que seja, é amor, e quando se ama alguém, não se deixa a pessoa quando ela mais precisa de você, não importam as consequências.

Enquanto meu carro faz as curvas familiares da estrada vicinal pela qual passei tantas vezes antes, começo a fechar minhas emoções. Tranco meus pensamentos sobre a Lily e meu amor por ela nas profundezas da minha mente. Respiro fundo enquanto me concentro em Stella e sua alegria contagiante. Meu foco tem que ser na mulher ao meu lado.

Nos últimos meses, tornei-me bem habilidoso em bloquear meus sentimentos. É essencial para conseguir passar por cada dia. Não tem outro jeito.

Paro na garagem dos meus pais e estaciono.

Dou a volta para abrir a porta da Stella e pego sua mão enquanto ela sai.

— Está pronta?

— Acho que tenho que estar — responde, com uma risadinha nervosa.

Minha mãe ficou em êxtase no telefone quando disse a ela que estava indo para o jantar. Estou aliviado de enfim poder contar tudo à minha família.

Mal entramos em casa quando somos recepcionados pelo sorriso animado dela. A alegria por ter a mim em casa emana da minha mãe.

— Mãe, lembra que eu falei da Stella para você?

Surpresa e confusão estão gravadas em seu rosto.

— Sim. Sua parceira de estudos?

Eu rio.

— Certo. Bem, agora ela é mais que isso.

O olhar da minha mãe vai para a minha mão entrelaçada na da menina ao meu lado antes de ela cair em si. Um sorriso enorme se espalha em seu rosto quando ela se vira para Stella.

— Ai, meu Deus, é tão bom te conhecer. Seja bem-vinda.

Nós nos sentamos à mesa, conversamos de forma distraída durante o jantar que minha mãe preparou.

Depois de receber minha ligação mais cedo, dizendo que eu iria lá, minha mãe ligou para Landon para convidá-lo. Ele conseguiu vir para casa também, o que é ótimo para mim, já que é uma conversa a menos para se ter mais tarde.

— É tão bom ter meus dois garotos em casa. Já faz tanto tempo. — Minha mãe sorri calorosamente enquanto seu olhar vai de Landon para mim.

Meu pai não me disse uma palavra durante a uma hora que passamos aqui. Suponho que se ele está me repreendendo por algum motivo, não tem muito sobre o que falar.

— Então, mãe…

Ela para de olhar para a salada em seu prato com uma expressão calorosa.

— Na verdade, há uma razão para eu ter vindo para casa hoje. — Pego na mão da Stella sobre a mesa e entrelaço nossos dedos. — Nós vamos nos casar.

Três pares de olhos se arregalam e nos encaram. Até meu pai parece estar completamente chocado.

— Que bom que eu vim jantar — Landon diz baixinho.

Minha mãe tosse no guardanapo, pega o copo d'água e toma um longo gole, erguendo o indicador para mostrar que está prestes a responder. Ela abaixa o copo e olha de Stella para mim.

— Desculpa, hum… — Ela olha para baixo por um instante antes de voltar a nos encarar. — Desculpa, querido. Eu só… — Ela para e solta uma risada forçada. — Você deixou sua mãe sem palavras. Não sei nem o que dizer. Parabéns. Quando isso aconteceu?

— Bem, já conheço Stella há quatro anos. Temos sido bons amigos todo esse tempo. Quando eu voltei para a faculdade depois do Natal — *depois que a Lily partiu meu coração*, e posso dizer pela expressão da minha mãe que ela está pensando nisso também —, nós começamos a sair e, bem, vamos nos casar… em outubro.

— Outubro? — A voz da minha mãe é estridente. — Querido, isso é daqui a quatro meses! Você tem certeza disso?

— Sim. Outubro. — Aceno.

— Uau — Landon diz, no final da mesa.

A sala fica em silêncio. Ao que parece, todo mundo está sem palavras.

Stella aperta a minha mão.

— A Lily apareceu hoje — continuo.

Os olhos de todo mundo se levantam para me encarar mais uma vez.

— E eu contei para ela, então queríamos vir aqui e contar para vocês também. Não queria que soubessem pela Miranda ou por outra pessoa.

— A Lily sabe? — minha mãe indaga.

— Sim.

— Como… como ela está?

Dou de ombros.

— Não sei. Acho que você vai ter que falar com ela.

— Ah, certo. Ok. Então, uau… Outubro. Não é muito longe. — Minha mãe força um sorriso fraco e o esforço parece cansá-la. Ela se dirige à Stella. — Bem, querida, me avise se você precisar de qualquer ajuda com o planejamento.

— Obrigada. Acho que estou bem — Stella responde. — Tenho

sonhado com meu casamento a vida inteira, então temos muito planejado. Certo, amor? — Ela me olha.

— Sim, nós temos. E mais, a mãe da Stella tem ajudado bastante. — Meu olhar encontra o dela e eu sorrio, garantindo que vai ficar tudo bem.

Não sei como eu esperava que minha família reagisse, mas não achei que seriam tão estranhos. Talvez eu devesse ter avisado a eles. Não quero chatear a Stella ou fazê-la se sentir desconfortável de maneira nenhuma.

— Ah, mais uma coisa — digo, lembrando algo que deixei de mencionar para minha família. — Sabe o endereço que te dei?

Minha mãe acena.

— Bem, Stell e eu compramos aquela casa. Somos os donos.

Meu pai quebra o silêncio.

— Você comprou uma casa?

Dou de ombros, indiferente.

— Sim. — Olho para minha mãe. — Você deveria vir nos visitar. É uma linda casa. Você vai amar.

— Onde você conseguiu dinheiro para comprar uma casa? — A voz do meu pai ressoa pela mesa.

— Edward — minha mãe avisa, seus olhos se estreitando para ele.

— Tudo bem, mãe — garanto a ela. — Estou guardando há um tempo.

Considerando que fui para a faculdade com uma bolsa completa, nunca toquei na minha poupança. Meus pais e avós fizeram grandes depósitos lá desde que eu nasci.

— Além disso, Stella tem dinheiro — adiciono.

Ela tem muito dinheiro e uma poupança maior do que o fundo de aposentadoria do meu pai, mas não direi isso a ele.

— Ah, e lembra que eu disse que consegui um emprego nas Indústrias Grant Global? Bem, o pai da Stella é o dono. O Sr. Grant é dono de várias empresas na região.

— Ah, que bom, querido! — minha mãe exclama, enfim mostrando alguma alegria de verdade. — O que mesmo você faz lá?

— É uma empresa de tecnologia. Criamos e vendemos novos softwares e dispositivos, principalmente para outras empresas.

Ouço uma cadeira arranhar no chão e me viro para ver meu pai saindo da sala de forma intempestiva.

Minha mãe balança a cabeça com tristeza.

— Ele ainda está chateado com a coisa do futebol. Ele vai se conformar, com o tempo. Ele vai.

— Eu não dou a mínima se ele vai ou não, mãe — digo, com toda sinceridade.

Ela ofega.

— Você não quis dizer isso.

— Eu quis. Cansei de me importar com o que ele pensa de mim. Não preciso mais da aprovação dele.

Os olhos da minha mãe se enchem de lágrimas não derramadas.

— Bem, ele vai se conformar. Vocês dois vão ficar bem.

— Sei que você não vê, porque o ama, mas ele é um idiota, mãe. Ele não fez nada além de me fazer sentir inadequado a vida inteira.

Uma lágrima escorre por sua bochecha. Ela dá um pigarro.

— Bem, quem está pronto para a sobremesa? Tenho um cheesecake delicioso que comprei na nova padaria na cidade. — Ela se levanta rapidamente e vai para a cozinha sem nos dar tempo para responder.

— Porra, Jax. — Landon ri. — Esse deve ser o jantar de família mais maluco a que eu já fui.

— Eu diria que sim. — Sorrio.

Landon fica de pé e junta os pratos.

— Vou dar uma olhada na mãe. — Antes de sair, ele se vira para a Stella. — Bem-vinda à família, Stella. Espero que saiba no que se meteu. — Ele balança a cabeça, rindo consigo mesmo enquanto deixa a sala.

Stella e eu soltamos um suspiro audível e caímos para trás na cadeira.

— Isso foi intenso — comenta.

— Foi. Talvez não tenhamos feito direito?

Ela ri.

— Bem, agora está feito.

— Tem certeza de que quer ser uma Porter? Ao que parece, a loucura corre em nossa linhagem familiar — brinco.

— Mal posso esperar para ser uma Porter, com loucura e tudo.

Ela se inclina para mim e nossos lábios se encontram em uma sequência de beijos doces.

— Que bom — sussurro em sua boca. — Porque você já disse sim. Nada de dar para trás agora.

— Nem em sonho.

Quinze

LILY

— Você vai estar pronta para apresentar hoje à noite? — meu chefe, Ethan, pergunta, sua voz baixa e monótona, com um ar de arrogância.

Afasto os olhos da tela do notebook por um segundo.

— Sim, estaremos — digo, animada.

Ele fica parado à porta, metade dentro e metade fora da sala de conferência, o que é uma metáfora adequada para ele; ou, pelo menos, para o que aprendi sobre ele no mês em que estive em sua empresa. Ele está sempre ocupado, indo de uma reunião para a outra antes que a primeira tenha terminado.

Ouvi sua famosa frase de despedida tantas vezes que já a memorizei: *Bem, vou deixar a equipe terminar daqui. Você está em boas mãos. Tenho outro noivado para ir. Se me der licença.* Já conheço até os sinais que indicam que ele está prestes a dizer isso. Ele coloca a caneta na mesa, posicionando-a até estar alinhada a um perfeito ângulo de noventa graus do seu corpo, ajusta o terno, mesmo que não haja nada de errado com a peça, depois limpa a garganta baixinho e afasta a cadeira da mesa.

Ele acena antes de sair da sala com tanta pressa quanto entrou.

Charlie solta um suspiro ao meu lado. Eu rio.

— Por que você o deixa te fazer ficar tão nervosa?

— Não consigo evitar. Ele é gato pra caralho. Ele faz algo comigo, sabe?

— Não, não sei. Você mal fala com ele até que ele direcione uma pergunta diretamente para você. Ele é só um cara, Charlie... e, para ser sincera, ele é um pau no cu a maioria das vezes.

— Hum... — Ela suspira. — Você diz *pau* e *cu*, e minha mente logo começa a pensar em coisas loucas. Aposto que o pau dele é grande, não acha?

Solto uma risada.

— Você é um caso sério.

Conheci Charlie na minha primeira semana aqui. Eu estava ficando em um hotel barato quando ela me disse que estava procurando alguém para dividir apartamento e me mudei na hora. Ela é uma colega de quarto fantástica e se tornou uma ótima amiga.

Ela se sente atraída por Ethan a ponto de ficar idiota. Ele é dono de uma empresa de marketing bem-sucedida aqui em Nova Iorque. Trabalhou com o Sr. Troy, pai do Trenton, em campanhas de publicidade, que foi o que colocou meu pé aqui dentro, para começar. Tenho muita sorte de ter conseguido um trabalho tão bom no início da minha carreira.

Charlie é minha colega de equipe. Ela e eu trabalhamos juntas nos projetos, pegando o que nossos clientes dizem que querem e planejando campanhas que se encaixem com suas necessidades. Eu trabalho com a parte do design, principalmente; tirando fotos e fazendo o design promocional em torno delas. Charlie trabalha com a parte do marketing, colocando todas as peças necessárias do nosso projeto no lugar e amarrando tudo.

Olho ao redor da bagunça de fotos e papéis espalhados pela grande mesa de mogno. Tomamos uma das salas de conferência disponíveis durante o dia para preparar nossa apresentação. Agora vejo por que Ethan estava fazendo careta. Está uma grande bagunça.

Eu rio.

— Estaremos prontas, certo?

— Claro que sim — ela responde, cheia de confiança.

Meu telefone vibra e olhou para a tela. Minha respiração fica presa quando vejo o nome de Jax. Já nos falamos algumas vezes desde que cheguei a Nova Iorque, mas ver o nome dele na tela nunca falha em me deixar nervosa.

— É o Jax — digo, em tom de pânico, olhando para a Charlie.

— Ué, atende!

Pego o telefone, clico para atender e o levo à orelha.

— Alô? — digo, torcendo para o nervosismo pulsando pelo meu corpo não ficar tão evidente.

Eu preciso superar. Essa é a minha realidade, especialmente se eu quiser manter o meu melhor amigo; e eu quero.

Nossas conversas por telefone no último mês têm sido um pouco estranhas, para ser sincera. Mas suponho que continuarão assim por um tempo. É um território novo para nós. Jax aceitou meu relacionamento com Trenton e foi capaz de manter nossa amizade durante a faculdade; bem, até que eu me recusei a voltar para ele no Natal. Tenho certeza de que foi difícil para o Jax continuar sendo meu amigo enquanto eu estava namorando, mas ele conseguiu. Então eu também posso; mesmo que ele vá se casar com a Stella, o que é muito mais do que apenas namorar. De todo jeito, a situação é a mesma... mais ou menos.

— Ei, Little. Como você está? — Ele parece nervoso, diferente de si mesmo. A voz está estranha. Sempre está assim agora.

Não consigo descobrir o que é, mas parece que ele não está me contando algo.

— Estou bem. E você?

— Bem, bem. Ei, não vou te segurar por muito tempo, só queria avisar que a Stella vai te mandar um e-mail com algumas perguntas sobre horários e locais.

— Sim, eu sei. Ela já mandou.

— Claro que mandou. — Ele ri baixinho consigo mesmo. — Ela está levando essa coisa de planejamento bem a sério.

— Olha, ser organizada não é ruim — respondo. — Ainda não respondi. O trabalho está uma loucura o dia todo. Dou notícias hoje à noite.

— Ah, tudo bem. Acho que também liguei para me certificar de que ainda estava bem com tudo isso.

— Claro que estou. Eu não teria oferecido se não quisesse fazer isso, Jax.

Ele suspira.

— Eu sei. Só estou preocupado com você.

— Bem, não é necessário. Eu estou bem.

— Promete? — Sua voz soa triste. — Não é tarde demais para desistir. Nós entenderíamos.

Fecho os olhos, absorvendo a palavra *nós*. Machuca, mas tenho que aceitar. É a única opção que eu tenho.

Abro os olhos e expiro.

— Jax, eu quero fazer isso por você. Já te disse isso. É meu presente. Vou tirar umas fotos lindas.

— Não tenho dúvida disso, Little. Claro que você vai. Não é por isso. Estou preocupado com você. Não posso te deixar fazer isso se eu achar que vai te causar dor.

— Não vai. Estou bem. Prometo — ofereço, com a voz mais animada que consigo.

— Bom, mas me avise se mudar de ideia. Mesmo se for um dia antes do casamento, vamos achar outra pessoa.

— Vou avisar, mas não mudarei de ideia.

— Ok. — Ele respira fundo, e o leve zumbido de ar que vem pelo telefone parece triste por algum motivo.

— Jax?

— Sim?

— Você está bem?

Ele não responde de imediato, mas enfim diz:

— Sim, estou bem.

— Tem certeza? Você sabe que pode falar comigo sobre qualquer coisa. Sou uma boa ouvinte.

— Eu sei. Obrigado. Estou ótimo — ele mente.

Conheço Jax a minha vida inteira. Posso ouvir a mentira em sua voz. Sempre fui capaz de perceber a mais leve mudança em seu tom quando ele não está dizendo a verdade para os outros. Essa é a primeira vez que posso me lembrar de ele estar mentindo para mim. Decido deixar para lá. Não posso obrigá-lo a me contar.

— Tudo bem... se você diz. Se precisar de alguém para conversar, sabe que estou aqui.

— Eu sei. Obrigado, Little.

— Sinto sua falta, Jax. — Há muito mais que eu quero dizer, mas não seria apropriado para um homem que está noivo. Não sei se dizer que sinto a falta dele também seria adequado, mas está tudo bem sentir saudade de um amigo.

— Sinto mais — diz, baixinho. — Tchau.

— Tchau — sussurro.

A linha fica muda.

Te amo mais.

— Lily! — A voz da Charlie me tira do transe.

Percebo que estou encarando o telefone enquanto lágrimas escorrem pelo meu rosto.

— Lily, você está bem? O que está acontecendo?

Olho para ela, que está sentada perto de mim, a mão apoiada em meu braço. Ela me encara com uma mistura de apreensão e pena.

— Ah, ele só queria me falar do casamento. — Fungo. Inclino-me e pego alguns lenços da caixa na mesa.

— Lil… — Há tristeza na voz dela. — Você está bem?

— Estou. Ainda é difícil, sabe? — Seco os olhos e respiro fundo algumas vezes para ficar mais forte.

Charlie ergue a voz e diz:

— Por que você faz isso consigo mesma? Sei que já cansamos de falar disso, mas ainda não entendo. Por quê? Não faz sentido.

— Talvez não para você. Ele é o meu Jax, Charlie. Tenho que estar lá por ele — explico, implorando que ela entenda.

Para ser sincera, não sei no que estava pensando quando entrei em contato com Jax e pedi para fotografar o casamento dele. Fiz alguns casamentos no verão e um na semana passada aqui em Nova Iorque. Tenho fotografado eventos nos fins de semana há um tempo. Sou boa nisso. Estou em pânico de fotografar o do Jax, mas, ao mesmo tempo, sinto que preciso, para poder mostrar a ele que sempre o apoiarei, não importa o que aconteça.

— Lily? Você me ouviu?

— Hum… não. Desculpa. Eu estava pensando.

— É estranho falar com a Stella?

— Sabe, eu quero odiá-la. Muito. Eu deveria, né? Mas não consigo. Ela é tão legal.

Charlie solta uma risada.

— Eu não compro essa.

— Eu sei. Fui cética de início. Já falamos disso, mas não importa o quanto eu tente, não consigo encontrar nada para desgostar nela.

— Que tal o fato de que ela vai se casar com o Jax? — Charlie exclama, sem rodeios.

— Isso é motivo para odiá-la? Por se apaixonar pelo Jax? Quer dizer, quem não se apaixonaria? Não posso culpá-la por isso.

— Você pode ficar brava por ela estar se casando com ele quando sabe que ele foi feito para você! — Charlie grita, ficando nervosa.

Eu amo essa garota e a forma como ela cuida de mim.

— Não sei o que ela sabe. — Suspiro. — Mas posso dizer que ela tem sido muito educada comigo em nossas conversas. Ela está tão feliz por eu ser parte do casamento. Pela forma como fala, parece emocionada de Jax e eu continuarmos amigos. — Paro, pensando em um comentário enigmático que ela fez em um e-mail outro dia. — Sabe, ela disse algo no e-mail alguns dias atrás sobre esperar que Jax e eu continuemos próximos e que um dia ele precisará de mim. O que você acha disso?

— Que ela é maluca para caralho. Que noiva está feliz pelo futuro marido ter permanecido próximo de sua antiga amiga gostosona que por acaso é sua ex-namorada? Ninguém que seja sensata — brinca.

— Não sei, Char. Sinto uma *vibe* bem boa vindo dela. Já tentei odiá-la, mas não consigo. Ela é apenas uma daquelas pessoas que é impossivelmente meiga. É genuína também. Eu consigo ler bem as pessoas.

— Trenton? Tabitha? — diz, como justificativa.

Não consigo deixar de rir.

— Ok. Na maior parte do tempo, eu consigo ler as pessoas.

— Por que ela vai deixar você fotografar o casamento? Essa parte ainda não faz sentido.

— Porque eu pedi. Sabe, ela já me deu várias saídas. Não está me forçando a nada.

— Algo não se encaixa. — Charlie balança a cabeça em desaprovação.

— Concordo com você. Algo está se passando. Jax não está sendo ele mesmo. Posso dizer que ele está escondendo algo de mim. Só não consigo descobrir o quê.

— Você acha que ela está grávida? Aposto que ela está grávida!

Franzo a testa.

— Não sei. Acho que não. Perguntei a ele, lembra? Acho que ele disse a verdade.

Volto para a conversa que tive com ele algumas semanas atrás.

Pouco depois de eu vir para Nova Iorque, ele me ligou para ver como eu estava. Parecia um pouco aborrecido. Conversamos ao telefone por horas e falamos de tudo o que se possa imaginar. Ele continuava me dizendo que sentia muito e que sempre me amaria, mas que tinha que se concentrar na Stella. Pediu desculpas por estar distante e disse que tinha que se afastar de mim para se manter fiel ao compromisso com ela. Disse que tinha que fazer o que era certo e que sentia muito por partir nossos corações, mas não havia outra maneira. Nós dois choramos e continuei me perguntando o motivo. Perguntei se Stella estava grávida, e ele disse que não. Ele estava dizendo a verdade. Continuava dizendo que tinha que fazer isso, mas não dava nenhuma razão específica.

Depois daquela conversa, depois de eu saber que ele não mudaria de ideia, liguei e perguntei se poderia fotografar o casamento. Por alguma razão, só parecia importante para mim que eu fizesse isso.

Eu amo o Jax. Ele é meu amor eterno. Meu coração dói por ele estar se casando com outra pessoa. Ainda que, na maior parte da minha vida, o amor que demonstrei por ele foi através da nossa amizade. Estou tentando voltar para aquele lugar de novo. Porque o amor que carrego por ele nunca vai desaparecer e é melhor tê-lo de alguma forma, mesmo que platônica, do que não o ter de forma alguma.

— Bom, é hora de mudarmos de assunto. — Suspira. — Vamos almoçar. Talvez tomar alguns drinques.

— Está brincando? O Ethan vai nos matar. Temos que terminar isso aqui. Vamos pedir algo, mas não as saladas de sempre. — Sorrio, erguendo a sobrancelha. — Vamos pedir algo gorduroso e delicioso.

— Sim! — concorda.

Dezesseis

JAX

Estou esparramado em nossa poltrona reclinável de couro, tomando uma cerveja e vendo o jogo da Michigan na televisão. Esse é o quarto jogo da temporada, mas parece tão estranho assistir à ação do conforto da minha sala. Parte de mim sente falta do futebol americano, mas quando penso no estresse que o esporte me fez sentir, percebo que não é o suficiente para querer aquela vida de novo. Esse ritmo de agora é muito mais a minha cara.

— O que você está digitando tão freneticamente aí? — Inclino a cabeça na direção da Stella, olhando de soslaio para ela.

Ela está sentada em nosso sofá com os pés, adornados com meias felpudas, esticados sobre o pufe. O notebook está apoiando em suas coxas enquanto os dedos pressionam as teclas em uma sucessão rápida.

— Só estou mandando os detalhes finais para a Lily. — Ela nem ergue os olhos do computador conforme continua a digitar.

— Stell — digo seu nome em um tom acusatório de brincadeira.

Ela para de digitar. Olhando para cima, e me lança um sorriso inocente.

— Achei que você já tinha mandado as informações finais para ela. Algumas vezes, se lembro bem.

— É, sim, mandei. Só estou me certificando de que ela entendeu tudo.

— Posso garantir a você que ela entendeu — abaixo a cerveja, assim consigo listar com os dedos —, assim como os fornecedores, o florista, o quarteto de cordas, o DJ, o celebrante e o cinegrafista. Ah, e não vamos nos esquecer do organista da igreja e as filhas da sua prima que estão encarregadas de levar o programa do casamento e os cestinhos de pétalas de rosas para jogar depois da cerimônia. Acho que posso dizer com confiança que todo mundo que estará em um raio de oito quilômetros do nosso casamento sabe o que é esperado deles. — Dou um sorrisinho, erguendo uma sobrancelha acusatória.

— O quê? — Stella ri. — Só quero que seja perfeito. Não consigo evitar. Você sabe que eu tenho TOC. É como se preparar para as provas do professor Chapman vezes cem.

— Ah, o seu sistema de anotações com código de cores. Como sinto falta desses dias — digo, cheio de sarcasmo.

— Ah, cala a boca. Óbvio que você amava a forma como eu estudava. Estudou o suficiente comigo — aponta.

— Verdade. Sua organização era impecável, o que fez de você a parceira de estudos perfeita.

— Sim. Você nunca reclamou na faculdade. — Ela me dá um sorrisão.

— Não estou reclamando agora — esclareço. — Só acho que você deveria relaxar e descansar, certa de que todo mundo sabe o que fará no seu dia.

— No *nosso* dia — ela me corrige.

— Desculpe, você está certa. *Nosso* dia. Venha aqui.

Ela fecha o notebook e coloca ao seu lado no sofá antes de ficar de pé e vir até mim. Ao chegar à poltrona, agarro sua cintura e a puxo para mim. Ela dá uma risadinha ao cair no meu colo e envolve os braços em meu pescoço. Passo os dedos pelo cabelo da sua nuca e a trago para mim, esmagando os lábios nos dela. As batidas do meu coração se aceleram e seus lábios se abrem, acomodando minha língua, que explora sua boca.

Nós nos perdemos no beijo por vários minutos antes de eu me afastar. Encaro os olhos de Stella, que irradiam amor.

— Obrigado por fazer nosso dia ser tão especial, amor.

— De nada. — Ela sorri para mim e se ajusta em meu colo.

— Você está prestes a se levantar e voltar a mandar e-mails para mais pessoas, não está? — Dou uma risadinha.

— Talvez — diz, timidamente.

— Stell.

— Você sabe que não consigo evitar. — Ela ri.

— Ok, mas deixa para lá. Vai ficar tudo bem. — Beijo sua testa.

— Eu sei. Prometo que vou… assim que plastificar os cronogramas que digitei para cada fornecedor.

Jogo a cabeça para trás, rindo.

— Eu amo você, Stella.

— Também te amo. — Ela se inclina e deixa um rápido beijo em meus lábios. — E também, precisamos repassar as músicas que queremos ou não no casamento. Vou fazer a *playlist* para o DJ.

— Amor, isso é com você. O que quiser dançar, vamos dançar. Só tenho que adicionar uma música na lista das que não é para tocar, mas, além dessa, gosto de quase tudo.

Ela assente.

— Ok, bem, podemos esperar o jogo terminar e repassar as músicas.

— Depois podemos praticar para a noite de núpcias. Sabe, lá no quarto. — Ergo a sobrancelha.

— Rá. Como se você precisasse de alguma prática nisso, Jax.

— Ah, eu preciso sim. Preciso me certificar de que tudo vai correr perfeitamente.

— Ok, talvez eu possa reservar algum tempo para praticar.

— Você não vai se arrepender.

Eu lhe dou um beijo casto antes de ela balançar os pés para longe das minhas pernas e ficar de pé.

— Nunca me arrependo. — Ela sorri e volta para o seu compulsivo mundo de planejamento de casamento.

O sol está forte, e observo com fascinação enquanto ele bate nos ombros bronzeados da Stella. Ela está usando um vestido tomara que caia coral justo no busto e que flui até seus tornozelos, causando um efeito que é tanto inocente e lindo quanto intrigante e sexy.

Estamos no deck de um restaurante italiano sofisticado. Nosso jantar de ensaio foi originalmente agendado para ser dentro do restaurante, em um salão de banquetes. No entanto, quando Stella viu a previsão do tempo, insistiu que fosse do lado de fora. Ela tomou a decisão certa.

Olho para a área além do deck. Passando o pátio externo, há uma pequena colina de grama verde que dá em um riacho sinuoso. Incontáveis árvores se alinham nas margens, todas iluminadas com as folhagens das cores do outono. É o pano de fundo de uma obra de arte, e Stella é o foco.

Ela está falando com suas duas madrinhas, Dena e Jaime. As três são melhores amigas desde o primário.

Não consigo parar de encarar a Stella. Estou maravilhado com a maneira como ela ilumina o ambiente com sua risada. Olho para suas amigas, que estão rindo ao seu lado, e sinto uma pontada de culpa por elas não saberem. Além de seus pais e eu, ninguém aqui sabe. Ela insistiu que fosse assim e a decisão é dela. Eu entendo. De verdade. Ela quer um dia normal cheio de pessoas que estão aqui para celebrar o nosso casamento, não pena por conta da morte iminente. Eu entendo. Só é uma merda... assim como tudo o que é contaminado por seu câncer.

— Aqui. — Ben me entrega um copo de cerveja.

— Obrigado.

Ben e Landon são meus padrinhos. Ben escolheu o caminho do mundo real depois da faculdade, como eu, diferente do caminho da NFL, que Jerome e Josh optaram por seguir. Os dois não conseguirão vir ao meu casamento por conta das agendas.

— Então, pronto para o grande dia amanhã?

Suspiro, inadvertidamente.

— Sim. — Suponho que eu esteja tão pronto quanto possa estar.

— É louco como a vida muda, não é? — pergunta.

Observo-o, em dúvida.

— Como assim?

— Não sei. Nunca pensei que estaríamos aqui, sabe? Assim, estou feliz por você e tudo. Não entenda errado. Eu só... — Ele pausa. — Não vi isso no seu futuro. A vida é uma loucura.

— Com certeza. — Assinto. — Eu te entendo.

Landon fica de pé em nossa mesa, erguendo seu copo de cerveja no ar.

— Um brinde ao meu irmão mais novo. Desde o momento em que nasceu, ele tem sido perfeito em tudo o que já tentou. Ele é o melhor irmão e amigo que um cara poderia pedir. Estou feliz por ver que sua história de perfeição não será manchada, porque ele escolheu a mulher perfeita para ser sua esposa e estou grato de ser parte do seu grande dia amanhã. Gostaria de desejar aos dois uma vida inteira de alegrias. Saúde!

Nosso pequeno grupo de familiares e amigos próximos na festa diz:

— Saúde!

O jantar está delicioso e tudo corre conforme o esperado. Tenho certeza de que a maioria das pessoas aqui não pensa duas vezes em como foi tudo, mas eu penso. Sei que até mesmo nosso jantar de ensaio casual foi habilmente organizado e planejado pela Stella. Ela contribuiu com tudo, da música tranquila tocando ao fundo a noite inteira até o tipo e quantidade de velas em cada mesa.

Ben está do outro lado da mesa, contando todo empolgado a história de sua perseguição à secretária da empresa, que não está dando a mínima para ele.

Com um enorme sorriso no rosto, viro para o lado para olhar para Stella. Meu sorriso se desfaz quando a vejo estremecer. Inclinando-me, sussurro:

— Você está com dor de cabeça?

— Sim, acabou de começar.

Stella começou a ter algumas dores de cabeça por semana e, quando elas chegam, são intensas. Consigo dizer sempre quando ela está tendo uma pelo olhar em seu rosto.

Estendo a mão e, com discrição, pego os analgésicos em sua bolsa. Deslizo-os em sua mão e ela os toma com um copo de água. Ela se apoia mim.

— Pode me levar para casa, Jax?

— Claro.

Aceno para o Sr. e a Sra. Grant, que também estão na mesa. Eles sabem imediatamente o que está acontecendo.

A mãe de Stella a acompanha até o nosso carro, enquanto seu pai e eu tentamos casualmente nos despedir de todos e agradecer por virem.

Quando chego ao carro, encontro Stella com o cinto afivelado no banco do passageiro. Seus olhos estão fechados, e a cabeça apoiada no assento. Ajoelhada ao seu lado, a Sra. Grant acaricia o cabelo de Stella em um movimento reconfortante. Quando me vê, sussurra algo para a filha e beija sua testa de leve antes de fechar a porta do carro.

— Está tudo bem? — pergunto à sua mãe.

— Sim, ela está bem. Só quer ir para casa. — Sorri fraquinho.

A tristeza que vejo em seus olhos manda uma dor aguda em meu peito. Nada é mais intenso do que a dor de uma mãe por seus filhos. Já vi esse olhar torturado nos pais dela algumas vezes, e ainda me deixa nervoso.

Paramos em nossa garagem, e ajudo Stella a sair. Lá dentro, eu a auxilio a tirar o vestido. Passo uma toalha aquecida em seu rosto para remover a maquiagem. Em seguida, eu a coloco na cama. Deitado ao seu lado, estico o braço e ela se aninha ali, descansando o rosto em meu peito.

— Você está bem? Posso pegar alguma coisa?

— Não, estou bem — diz, fraca. — Vou me sentir melhor depois de dormir.

Até agora, após uma enxaqueca dolorosa como essa, ela fica bem depois de acordar e não tem mais nenhuma por alguns dias. Espero que esse padrão seja verdade amanhã.

— Achei que você queria ficar com seus pais hoje à noite — comento, correndo os dedos pelo cabelo espalhado na cama.

— Eu sei, mas só queria estar com você.

Abaixo o queixo e beijo sua cabeça.

— Não dá má sorte ver o outro no dia do casamento? — brinco.

— Não preciso de sorte. Eu já tenho você. — Ela beija meu peito e aperta os braços ao meu redor. — Mal posso esperar por amanhã.

— Nem eu — concordo.

— Amo você — sussurra.

— Também te amo. — Volto a beijar a sua cabeça.

Seguro-a enquanto ela adormece, sua respiração ficando uniforme.

Penso em amanhã. Não sei mais como me sentir quanto a isso. Minhas emoções estão por toda parte. Estou totalmente apavorado por ver a Lily. Na maior parte do tempo, fiquei bastante hábil em bloqueá-la enquanto me concentro em Stella e sua saúde. Mas vê-la diante de mim levará minha decisão a outro patamar, um com que não tenho certeza de que sou capaz de lidar. Ainda que eu tenha que fazer isso, porque não posso arruinar o dia da Stella ao fazê-la se sentir inadequada. Amanhã é o dia pelo qual ela está esperando desde garotinha. Estou desmoronando por dentro. Só espero que minha atuação seja convincente o suficiente para esconder esse fato da Stella.

E então, há a minha noiva. Em um minuto, estou experimentando alegria pura com ela e, no seguinte, estou inundado de preocupação e tristeza. Nos dias em que ela está se sentindo bem, nós criamos memórias e meu coração fica feliz por ela. Posso quase me esquecer do câncer. Mas aí a realidade levanta sua cabeça horrível e algo acontece para fazer tudo ir pelos ares, lembrando-me de que a bolha de alegria em que estamos vivendo vai estourar. Estou aterrorizado com o dia em que isso acontecer, porque tenho medo de que a escuridão vai me puxar para si, e isso pode ser mais do que posso aguentar.

Dezessete

Nunca houve uma noiva mais bonita que a Stella. Enquanto a vejo caminhar pelo corredor, quase consigo ouvir meu coração batendo poderosamente em meu peito. Seu cabelo escuro está preso para cima, com cachos soltos e mechas caindo em cascata, emoldurando seu rosto. O véu está preso em seus cachos, percorrendo suas costas e envolvendo seus ombros nus.

Não tiro meus olhos dela. Quero me lembrar de cada minuto, cada detalhe desse dia. Quero me lembrar disso por ela quando ela não estiver aqui para lembrar por si. Seus brilhantes olhos castanhos-esverdeados estão mais para verdes ao reluzirem de pura alegria. Espero ter muito mais momentos maravilhosos na vida, mas sei que me casar com Stella sempre será um dos meus favoritos.

Ela chega à frente da igreja e beija o pai na bochecha. Ele nos dá a sua bênção e guia sua mão para a minha. Aperto-a e dou uma piscadinha para ela. O pastor começa a falar, mas suas palavras são barulho de fundo durante o meu show da Stella. Ela é tudo o que eu vejo no momento e tudo o que eu quero ver.

Você está tão linda, articulo com os lábios, meu peito pesado com as emoções. *Ela chegou ao dia do casamento*, penso.

— Você também — sussurra de volta.

— Amo você.

— Amo você. — Ela sorri.

O pastor pigarreia e ouço algumas risadas abafadas. Olho para o homem e, ao encontrar o seu olhar paciente e expectante, percebo que perdemos nossa deixa.

É a minha vez de pigarrear.

— Desculpe. Estamos prontos agora. Pode repedir?

Pisco para Stella, que dá uma risadinha.

Estou segurando sua mão, afagando o polegar de um lado para o outro em sua pele macia.

— Eu, Jax, aceito você, Stella... — repito as palavras, conforme o instruído.

Um movimento chama minha atenção. Olho por cima do ombro da Stella e vejo Lily abaixada em um joelho. Sua câmera lhe cobre o rosto, o dedo pressionando um botão no topo. Ela está perto o suficiente para eu ver as lágrimas caindo por seu rosto. Um olho está fechado enquanto o outro se esconde por trás da lente. Mas não tenho que olhar para os seus olhos para saber o que vou encontrar neles. A visão por si só me traz muita dor.

Eu me complico com as palavras por um breve momento, um raio de remorso atravessa o meu coração.

Recomponha-se. Recomponha-se, entoo por dentro.

Trabalho para calar meus sentimentos pela Lily. Eles estão tentando sair e, se fizerem isso, não serei capaz de passar por esse dia. Não posso fazer isso com a Stella. Esse é o único casamento que ela terá. É seu sonho. Não vou estragar isso. Bloquear Lily está exigindo muito mais forças do que eu poderia ter imaginado.

Foco de novo no rosto da Stella.

— Como minha legítima esposa, para amar e respeitar, na alegria e na tristeza, na saúde e na doença, na riqueza e na pobreza, por todos os dias da minha vida, até que a morte nos separe.

Felizmente, o restante dos nossos votos é perfeito.

Não permito que meus olhos procurem Lily outra vez. Eu os mantenho em Stella o tempo todo. Não foco na parte do meu coração que está partida. Concentro-me na parte que dei para Stella, e essa parte está feliz.

Durante a cerimônia, não consigo deixar de me sentir ganancioso por absorver todo o amor que Stella está emitindo. Não dei duro por ele, ainda que receba os benefícios; a mais notável sensação de bênção. Algo acontece quando estamos ao redor de alguém que está inequivocamente feliz. É indescritível. Sou muito grato por isso, pois está me dando a força de que preciso. Alegria irradia dos poros de Stella e afeta todo mundo que veio. Sei que todas as pessoas nesta igreja sentem isso.

Saímos da cerimônia nas nuvens, cada um de nós experimentando a alegria personificada em Stella. É um raro espaço de tempo, longe de tristeza, dor de cabeça, culpa ou preocupação. O amor é tão forte que afasta todo o resto, deixando espaço apenas para si. Enquanto eu viver, vou me lembrar.

— Qual é a razão do sorriso? — A voz da Stella me traz de volta ao presente.

Levanto o olhar do copo d'água que me prendeu em um transe. Sentada ao meu lado na ponta da mesa, ela me lança um sorriso fácil, fazendo meu coração disparar.

— Eu só estou pensando na cerimônia — respondo, inclinando-me para deixar beijos suaves em seus lábios.

Ela abre os olhos, agora nublados de necessidade.

— E?

— E amei cada minuto.

Seu olhar se arregala, uma expressão esperançosa.

— Sério?

— Sério. — Aceno.

Vejo uma sombra de dúvida cruzar seu rosto.

— Stell, não me casei com você porque tinha que fazer isso. Casei com você porque eu quis. Você é uma das pessoas mais incríveis que já conheci. Você faz de mim uma pessoa melhor. Eu amo você. O que você me deu hoje foi um presente que nunca serei capaz de retribuir. Você me fez a pessoa mais feliz do mundo. Tenho tanta sorte de ter você. De verdade.

Seus olhos se enchem de lágrimas.

— Você deveria ter escrito seus próprios votos. — Seus lábios se abrem em um sorriso largo. Eu rio e ela continua: — Tudo o que você disse, multiplicado por cem, é como me sinto. Você não faz ideia do que esse dia significa para mim. Você é a melhor coisa que já me aconteceu, Jax Porter. Eu não trocaria minha vida com você por mais dez sem você.

Meu coração despenca em meu peito e aperto meus lábios, respirando pelo nariz. Meus olhos brilham com lágrimas enquanto encaro os dela.

Lágrimas pesadas estão caindo agora de seus olhos castanho-esverdeados. Minha voz hesita quando digo:

— Eu não teria te dado escolha.

Seguro o seu rosto, pousando cada mão em uma bochecha, seco suas lágrimas com os polegares. Esmago meus lábios nos dela. O beijo é desesperado, amoroso e molhado por lágrimas salgadas.

Leve tudo. Leve tudo o que eu tenho.

Eu daria tudo a essa mulher, mas, infelizmente, o que tenho a oferecer nunca será suficiente.

Nós nos afastamos, respirando com dificuldade.

— Dance comigo. — Sua voz é um sussurro rouco.

Passo os dedos por baixo dos olhos dela mais uma vez.

— Será um prazer.

Pego Stella pela mão e a conduzo até a pista de dança. O jantar terminou e nossos convidados estão espalhados pelo salão; alguns conversando nas mesas, outros dançando, outros parados em fila no bar e mais alguns na longa fila da cabine de fotos.

A primeira metade da recepção foi passada nos misturando com nossa família e amigos. É legal, mas depois de oitenta abraços de parabéns, fica chato. Eu entendo. Sei que todo mundo quer nos dizer o quanto nos amam. É importante, mas, agora, quero ser egoísta e guardá-la para mim. Quero absorver cada momento em nossa bolha de alegria.

Dançando, seguro o corpo magro de Stella junto ao meu. Seu vestido justo de marfim permite que nossos corpos estejam alinhados um contra o outro. Minhas mãos se espalham na base da sua coluna. Sinto seus quadris se movendo abaixo dos meus dedos. Abaixo-me e beijo sua testa.

Na minha visão periférica, vejo uma câmera preta posicionada na frente do rosto do meu primeiro amor. Exige tudo de mim, mas ignoro sua presença, como tenho feito desde o meu deslize durante os votos com Stella. É a única maneira.

Não tenho certeza do que nós dois estávamos pensando quando aceitamos o pedido de Lily para ser nossa fotógrafa. Acho que Stella pensou que tê-la envolvida me ajudaria ou me manteria próximo de Lily de alguma maneira. Está sendo o oposto. Stella obviamente não percebe o quanto o meu amor por Lily é profundo. Se percebesse, saberia que a deixar vir nesse dia, mesmo que só uma fração, me consumiria. Stella tem sido firme em seu desejo de que eu e Lily continuemos amigos e sou grato por isso, pois, mesmo que nossa amizade seja limitada, ela é necessária. Não poderia passar por esta vida sem ter a Lily de alguma maneira. Sei que Stella quer que eu tenha alguém como a Lily com quem contar quando ela se for.

Fui fortemente contra o papel de Lily em nosso casamento de primeira, mas por fim cedi, pois sabia que as fotos que ela tiraria seriam inestimáveis. Ela é a melhor. Mas não posso dar atenção a ela. Eu não serei arrastado para aquele lugar na minha mente e coração onde a Lily existe, onde ela sempre existiu. Tenho que fazer de Stella minha única prioridade no momento.

Espero que Lily saiba que meu comportamento reservado é a única forma de eu lidar com isso hoje. Rezo para que ela saiba o quanto é difícil para mim, que ignorá-la nunca é fácil.

Durante as fotos em grupo, evitei contato visual com ela, já que estava nos dirigindo. Poucas palavras passaram entre nós enquanto ela me instruía a ir para lá ou para cá. Mas, em boa parte do dia, quase ignorei a presença dela nos bastidores. Fui educado, mas muito distante.

Sou um idiota. Sei disso. Mas estou meio que ferrado *de um jeito ou de outro* e agora só tenho que escolher a opção que vai me deixar menos ferrado no final.

Lily e eu tivemos algumas conversas por telefone e mensagens desde que ela se mudou para Nova Iorque. Tentamos manter nossa amizade forte, apesar do meu relacionamento com Stella. Ainda que, pelo telefone, eu tenha que guardar meus sentimentos por ela. Tenho limitações e, no que se refere a ela, agora eu sei quais são. Para me manter fiel a Stella, cem por cento fiel ao meu coração e à minha alma, não posso ter uma relação de verdade com a Lily; pelo menos não agora. Assumi um compromisso com a Stella de me manter ao seu lado pelo resto de seus dias na Terra e estou me empenhando para isso.

— Me beija, marido.

Pisco, trazendo minha atenção de volta para a bela noiva em meus braços.

— Com prazer, esposa. — Inclino-me, pressionando os lábios nos dela. Minha língua acaricia a sua e cada investida comunica meu amor por ela.

Sou imediatamente trazido de volta para a realidade quando ouço a voz melódica e profunda de Elvis.

Wise men say only fools rush in…

Afasto-me do beijo, meu corpo enrijece. Rapidamente olho ao redor, meus olhos se prendem aos de Lily.

Ela está rígida, seus olhos arregalados e cheios de lágrimas não derramadas. Seu olhar me atinge com um tsunami de tristeza. Ela dá um sorriso fraco e dá meia-volta antes de se afastar às pressas.

Observo-a ir, dilacerado pela indecisão.

— Está tudo bem? — Stella pergunta, baixinho.

Engulo com força, o nó na minha garganta dificultando minha respiração.

— Sim. Eu tenho que... Eu só... vi... Eu preciso... alguém. — Respiro fundo, recompondo meus pensamentos. — Está tudo bem. Só preciso falar com alguém bem rapidinho. Já volto.

— Ok — ela responde.

Mas não espero que ela diga mais nada. Deixo minha esposa parada na pista de dança enquanto saio apressadamente da sala.

Vou lá para fora. O ar noturno está quente demais para outubro, mas ainda assim carrega um pouco de frio ao soprar. Frenético, procuro por ela no estacionamento. Vejo a luz do seu carro no canto mais distante e corro na direção dele.

Ela está de costas para mim enquanto guarda a câmera em uma bolsa preta. Seus ombros tremem e posso ouvir seus soluços.

— Little — imploro, baixinho.

Ela congela. Depois, sua mão vai até o rosto para secar as lágrimas, ainda de costas para mim. Ela fala de dentro do carro:

— Desculpa. Vou ter que encerrar a noite. Consegui algumas fotos ótimas. Vocês vão amar.

Coloco a mão em seu ombro e a conexão dispara uma corrente de emoções por mim. Meus joelhos fraquejam e tenho que me obrigar a permanecer de pé.

— Lil, por favor, vire para cá. Fale comigo.

Ela nega com a cabeça.

— Por favor. Me desculpa — digo. — Me desculpa mesmo. Eu pedi ao DJ para não tocar aquela música. Não sei o que aconteceu. Desculpa por tudo. Lil, por favor, fale comigo. — Minha voz falha.

Lily se vira devagar, e deixo minha mão cair ao lado. Seus olhos exalam dor e me paralisam.

— Não, não é culpa sua. Vi minha mãe falando com o DJ há alguns minutos. Você sabe o quanto ela ama essa música. Tenho certeza de que foi coisa dela. Ela consegue ser bem convincente. — Ela me dá um sorriso fraco. — Sinto muito, Jax. Achei que conseguiria fazer isso. Eu queria.

Só tem sido tudo um pouco mais difícil do que imaginei. Me segurei enquanto pude, mas tenho que ir.

— Vem aqui — peço gentilmente, e a puxo para um abraço.

Seus olhos envolvem as minhas costas e ela apoia o rosto em meu peito. Ela funga enquanto as lágrimas continuam a descer por seu rosto.

— A propósito, parabéns — ela sussurra.

Seguro-a com mais força, e meu coração se aperta ao perceber que é a primeira vez que nos falamos de verdade o dia inteiro, no que deveria ser o dia mais importante da minha vida. Mal olhei para a minha melhor amiga no dia do meu casamento. A realidade do quanto hoje deve ter sido difícil para ela me toma, e fico devastado. Stella ocupou minha mente e, mesmo assim, foi excruciantemente doloroso estar tão perto de Lily. Ainda assim, ela enfrentou o dia todo sozinha.

Sou tão idiota.

— Meu Deus, Lil. Sinto muito. Mal consigo dizer o quanto estou me sentindo mal agora. Sinto muito por não ter estado ao seu lado hoje. Eu só... ah! — rosno. — Isso é tão difícil. Não sei como fazer isso direito.

Ela solta uma risada forçada.

— Não acho que haja uma forma correta de fazer isso. — Ela sai do meu abraço, seus olhos azuis perfurando os meus. — Acho que só vai levar um tempo.

Aceno, encarando-a. Nosso olhar está fixo e nossa respiração dança no espaço entre nós. Tantas emoções ficam ali, tanta história, tanto amor... E agora tanta dor. Meu olhar vai para a sua boca. Seus lábios estão inchados e molhados do choro. Sou tomado com um intenso desejo de beijá-la, de sentir seus lábios mais uma vez.

Dou um passo para trás, quebrando a corrente que me puxa para ela.

Lily percebe meu tormento e se afasta também, até estar encostada no carro.

— É melhor eu ir. — Assente, reafirmando.

— Me desculpa, Lil.

— Há tantas razões para se desculpar nesse mundo, Jax, mas amar outra pessoa com tudo o que você tem nunca será uma delas.

— Mas você é essa pessoa — sussurro.

— O quê? — Ela inclina a cabeça para o lado, em dúvida.

— É você que eu amo com tudo o que tenho. É você. — As palavras escapam da minha boca antes que eu possa pará-las. E eu quero fazer pará-las, porque são tão erradas... ainda que não sejam.

Lily ofega, levantando a mão para cobrir a boca, enquanto lágrimas começam a fluir dos seus olhos mais uma vez. Ela balança a cabeça devagar. Deixando as mãos caírem, sua voz treme ao dizer:

— Você não pode dizer isso, Jax. Você se casou com a Stella.

Minha cabeça cai para o peito e meus dedos puxam meus cabelos em frustração antes do meu olhar desesperado encontrar o de Lily mais uma vez.

— Eu sei. Meu Deus, eu sei. Mas não consigo te ver desse jeito. Praticamente te ignorei hoje, porque tudo em mim queria correr até você. Eu te amo agora mais do que nunca e não posso te ter. Sabe o que é isso?

— Sim, eu sei. — O olhar em seu rosto diz tudo e, se há alguém neste planeta que sabe o que estou sentindo, é a linda mulher na minha frente. Seu olhar muda e seus lábios pressionam uma linha antes de ela falar: — Você se casou com outra mulher hoje, Jax. Não tem mais o direito de dizer coisas assim para mim.

Assinto.

— Eu sei. Desculpa. Só quero que você entenda. Não quero te magoar.

— É um pouco tarde para isso, Jax. Não acha? Casamento é eterno.

— Nem todos — digo, baixinho. Meu coração dói por outra mulher agora, e as ramificações do que essa declaração significa para ela.

O olhar de Lily penetra meu interior enquanto ela me estuda com uma expressão que exala pena e decepção.

Ela avança e passa a mão pela minha bochecha, segurando minha mandíbula.

— Estou muito feliz por você e pela Stella e desejo apenas alegria a vocês nessa vida. De verdade. — Ela para, seus olhos presos nos meus. Vejo a guerra em seu interior e sei que há muito mais que ela quer falar. Mas tudo o que diz é: — Você deveria voltar para sua esposa agora. — Com isso, deixa a mão cair e entra no carro.

Fico parado com as mãos no bolso do terno, vendo Lily dirigir para longe da minha vida. Enquanto suas lanternas traseiras desaparecem à distância, permito-me um minuto de pena, um minuto para me sentir mal por mim mesmo. Em seguida, sacudo esses pensamentos da minha cabeça. Estou envergonhado por sentir isso, em primeiro lugar. No jogo da vida, há cartas muito piores do que as que eu recebi.

Dezoito

LILY

— Pare de ficar tão obcecada com essas fotos! — Charlie grita da porta do meu quarto.

Quero ignorá-la, mas é difícil, porque meu quarto minúsculo não me dá o luxo do espaço. Embora ela esteja parada à porta, só está a um passo de distância da minha cama, onde estou sentada com meu notebook, repassando as fotos do casamento do Jax e da Stella pela centésima vez.

— Eu sei. Só quero ter certeza de que estão perfeitas.

— Estão. Estão perfeitas desde que você editou pela primeira vez, há três semanas. Chega. Salve o que você tem. Faça o upload e mande o arquivo para a Stella. Pronto. — Ela gesticula com as mãos, em um sinal de acabou.

— Ok. Ok. Jesus.

Vou fechar o arquivo e percebo que estou encarando uma foto do Jax, sem a Stella. Ele está com o olhar perdido, a expressão mais serena cobre o seu rosto. Seus lábios estão virados em um sorriso largo e, no geral, ele parece contente para caramba. Está lindo de morrer também. Essa foto acaba comigo todas as vezes. Eu me lembro de capturar esse momento. Era a cara dele ao observar Stella percorrendo o corredor.

Não sei o que eu esperava. Obviamente, ele a ama, já que se casou com ela. Mas não consigo lidar com a forma como ele a ama. Ele a adora. É evidente pela maneira como olha para ela.

E machuca demais.

Estou sendo egoísta. Deveria estar emocionada por Jax ter encontrado alguém que coloca esse sorriso em seu rosto. Como sua amiga, eu deveria querer aquilo para ele. E eu quero, em algum lugar lá no fundo. Mas não consigo encontrar tal felicidade por ele, porque não pareço conseguir parar a dor prestes a vir à tona desde que ele me disse que estava noivo.

E aí, vem a declaração de amor aleatória no estacionamento do salão de festas, que eu ainda não consigo entender. Foi como se ele estivesse falando comigo em código, tentando me dizer algo que eu não compreendia. E eu senti, ali, o seu amor por mim. Eu reconheceria aquele sentimento em qualquer lugar. Estava lá e era real. Mas então por que ele se casou com ela? Jax não é alguém de assumir um compromisso levianamente. Senti como se ele estivesse me dizendo para esperar por ele, que esse casamento não seria para sempre. Mas não pode estar correto. Não faz sentido.

Talvez ele só estivesse confuso. Eu estava chateada e ele estava ferido por mim, pois uma parte dele ainda me ama. Sei que é possível amar mais de uma pessoa por vez. Não deixei de amar Jax por estar namorando Trenton. Acho que se você ama alguém de verdade, uma parte sua sempre amará aquela pessoa. Tem que ser assim.

— Droga, Lil. Rala daí.

Sinto meu notebook ser arrancado do meu colo.

— Ei! — protesto.

— São seis horas. Os garotos chegarão aqui em uma hora, e você nem tomou banho. Mande a droga do arquivo e chega.

— Ok, vou mandar, mas preciso do meu computador de volta. — Aponto para ele.

— Promete?

— Prometo. Vou fazer o upload e enviar por e-mail agora. Só vai levar alguns minutos e, em seguida, eu entro no chuveiro.

Estico o dedo mindinho e ela o pega com o dela. Eles se agarram em uma promessa inquebrável.

— Ok, bem, já que você jurou de mindinho, vamos lá. — Ela me devolve. — Uma hora — ameaça.

— Entendido — aceito, enquanto ela sai do meu quarto.

Mando o e-mail para Stella, garantindo ter colocado carinhas felizes extras na mensagem em uma tentativa de convencê-la de que estou extremamente feliz por ela e Jax. Verifico duas vezes no texto se há alguma dica do fato de que olhar para essas fotos todos os dias nas últimas três semanas me causou uma dor imensa.

Não, apenas felicidade e positividade aqui.

Fecho o computador e gemo por dentro quando penso na noite que tenho pela frente. Pelo lado positivo, vou ver o Jerome. Ele e eu, na verdade, nos tornamos bons amigos. Ele joga pelo New York Giants, então tê-lo por perto tem sido maravilhoso. Sempre adorei o Jerome. Ele se tornou meu objeto de transição: a pequena parte do Jax e de casa que eu tenho aqui na minha vida nova; o que vem ajudando no meu desenvolvimento emocional.

O lado negativo é que vamos sair para jantar e beber com um dos seus colegas de equipe, o Rob, que eu sei que tem uma queda por mim. Ele deixou bem claro nas últimas vezes que saímos juntos. Rob é um cara legal e, verdade seja dita, é bem bonito.

Já que o cara por quem estou sofrendo recentemente se casou, eu diria que é hora de seguir em frente. Ok, então um jogador de futebol americano gostosão quer sair comigo. Acho que eu poderia ter problemas piores.

— Então, como foi? — Jerome pergunta, enquanto aguardamos as bebidas.

Em uma mesa próxima, Rob e Charlie estão perseguindo um casal que parece prestes a sair. Charlie é implacável em conseguir mesas, mas, nessa cidade, você tem que ser. É melhor do que ficar de pé a noite toda.

— Foi lindo. O casamento perfeito — digo, animada.

— Ruim assim? — Ele ergue uma sobrancelha.

— O pior de todos.

— Sinto muito, bonequinha. — Ele me puxa para um abraço.

Descanso a cabeça em seu peito e suspiro. Inclinando-me para trás para encará-lo, digo:

— Queria que você e o Josh estivessem lá. Mas, enfim, acho que não teria feito diferença, não para mim. Eu estava atrás da câmera o tempo todo. Pensando bem, não devo ter dito mais de cinco palavras para a minha família.

— É, eu me sinto mal por não ter conseguido ir, mas espero que o Jax entenda.

— Você sabe que entende.

— Então... Jax está casado e você, não. Quem diria?

— Quanta delicadeza, seu idiota.

Jerome joga a cabeça para trás, rindo.

— Desculpa. Desculpa mesmo, Lil — diz, divertido. — Bem, agora que o Jax está fora da jogada, o que você acha do Rob?

Eu rio.

— Você parece uma garotinha oferecendo a melhor amiga dela. Assim você acaba comigo, J.

— Sério, Lil, o cara está louco por você. Ele é um dos raros caras bons. Sabe que eu não o deixaria nem chegar perto de você se não fosse.

— Eu sei. Também sinto essa *vibe* nele. E, para ser sincera, meio que estou a fim dele também.

— Sério? — pergunta, confuso.

Dou de ombros.

— Sim, é algo recente.

— Legal. Bem, essa noite acabou de ficar bem mais interessante.

Ele pega dois dos drinques que acabaram de ser colocados no bar, e eu pego os outros dois. Começamos a abrir caminho pela multidão, indo até a mesa em que Charlie e Rob agora estão sentados.

— E a Charlie?

— J, a menos que você esteja cento e dez por cento recuperado da sua galinhagem, é melhor ficar bem longe dela.

Ouço sua risada por cima da música alta.

— Entendido — responde.

Dezenove

JAX

— Não vou fazer isso, Jax! E cansei de falar do assunto! — Stella grita.

Ela passa por mim enfurecida, segurando uma toalha ao redor do corpo com uma das mãos e usando a outra para procurar algo na gaveta da cômoda. Ela fica de costas enquanto gotas de água caem de seu cabelo molhado, rolando por suas costas até a toalha absorvê-las.

— Stella, por favor — imploro. — Apenas tente. Pode fazer a diferença. Não desista.

Para dizer o mínimo, as coisas têm sido estressantes ultimamente. De acordo com os exames, o câncer está crescendo. A terapia à base de proteínas que Stella tem feito não parece estar desacelerando seu crescimento mais. Stella também tem experimentado mais efeitos colaterais tanto do câncer quanto dos novos remédios que está tomando para combater essas reações.

Sua saúde mudou muito nas seis semanas em que estivemos casados. A novidade mais assustadora, para mim, são as convulsões. Até Stella, eu nunca tinha testemunhado uma, o que é angustiante. É ainda mais assustador observar alguém que eu amo ter uma, sabendo que um câncer fatal em seu cérebro está causando isso. Stella não se lembra das convulsões depois de elas acontecerem, e fico grato por essa pequena bênção. Os médicos querem tentar uma rodada de quimioterapia agressiva, mas ela não quer nem saber disso.

— Não estou desistindo, Jax — diz, virando-se para mim. — Mas você ouviu o que o Dr. Thompson disse. Os pacientes que tentaram esses tratamentos quimioterápicos apenas viveram mais um mês, em média. Por que se dar ao trabalho?

— É um mês, Stell. Um mês a mais na vida. E quem sabe? Você poderia conseguir mais do que isso.

Sua voz cai, e ela é revestida por um ar de exaustão.

— O que há de bom em viver mais um mês se o tempo será passado comigo doente? Claro que eu quero viver mais, Jax. Mas quero aproveitar o tempo que tenho sobrando. Não quero passá-lo miseravelmente.

— Mas talvez...

— Jax — ela me corta —, você sabe o que a quimioterapia faz com o seu corpo? Tem noção de como eu ficaria? Já jogou no Google?

Nego. Não pesquisei nada esses tempos. Toda vez que faço isso, fico mais desesperado do que antes.

Procurei por glioblastoma logo depois que a Stella me falou do diagnóstico e fiquei tão traumatizado pelo que li que literalmente me deixou doente. Quando procurei pelas estatísticas e números relacionados ao câncer, fiquei devastado.

Mas não é assim que eu vejo a Stella. Ela não é uma estatística. Ela é um milagre e espero que ela consiga um. *Mas como ela vai conseguir se não tentar?*

Sei que é a batalha dela e que ela deveria ser capaz de fazer isso do jeito que quer. Mas é tão difícil ficar sentado, apenas vendo seu corpo se deteriorar diante dos meus olhos.

Quero tentar tudo: cada terapia, cada tratamento, qualquer coisa que puder ajudá-la. Sem glúten, sem laticínios, orgânico, sem soja, sem transgênicos; óleos essenciais; óleo de coco; terapias com proteínas; e remédios. Tentamos de tudo para ver se algo faria diferença. Sei que ela fez tudo aquilo por mim. Ela concordou com tudo o que sugeri, porque me deixava feliz em viver sob a ilusão de que estamos combatendo a doença. Se um artigo em uma revista que eu li enquanto espero por ela no consultório diz que comer uma colher de pólen de abelha diariamente ajuda, então, assim que saímos da consulta, compramos pólen de abelha.

Mas, esses dias, ela não tem investido tanto em nenhuma das mudanças de dietas experimentais e ela está especialmente desinteressada na quimio que o médico sugeriu.

Ela veste uma calcinha, um sutiã e um suéter grande, depois vira para mim.

— Jax — sua voz está resignada —, sei que você está pensando no melhor para mim. Eu sei. Acredite em mim, quero viver tanto quanto você quer que eu viva, mas algumas coisas não estão sob nosso controle. Tenho tempo limitado, e não quero gastá-lo brigando com você. E também não quero gastá-lo doente da quimio ou por causa de quaisquer outros tratamentos que não se provaram um sucesso. Fiz a pesquisa. Li todas as estatísticas. Sei que elas são uma porcaria e sei que não é o que você quer ouvir, mas essa é a nossa realidade.

Ela vem até mim, pega a minha mão, e engole em seco.

— Não tenho muito tempo sobrando e ainda há muitas coisas que quero fazer. Se eu fizer a quimio, não vamos conseguir ir para o Havaí, e vou perder a oportunidade por nada. Por favor, Jax — implora, sua voz falha. — Estou tão cansada de brigar por causa disso. Quero dedicar toda a energia que eu tenho para coisas boas, não em discussões. Por favor, deixe para lá.

— Não quero que você sinta que estou desistindo de você, Stella. — Minha voz sai embargada, carregada de tristeza.

Ela passa os braços pela minha cintura.

— Você não está. Sei disso. Sei que, se você tivesse escolha, lutaria por mim até o fim dos tempos. Mas não é escolha sua. E também não é minha. — Ela suspira, seu queixo treme. — É desse jeito mesmo. É terrível. Mas lembre-se... — Ela pausa. — Só preciso que você me ame enquanto isso.

Eu odeio isso. Meu Deus, eu odeio. Estou tão bravo que quero gritar. Quero gritar até não poder mais, até minha voz sumir. Quero que meus berros sejam ouvidos para que todo mundo saiba a merda que isso é, para que todo mundo sinta um pouco da minha dor porque, na maioria dos dias, é quase demais para lidar. Fico firme o melhor que posso pela Stella. Ela merece minha força. Deus sabe que ela já tem muito com o que lidar sem ter que se preocupar com a minha fraqueza.

Sabia que seria difícil. Mas é muito mais difícil do que eu poderia ter imaginado. Não sou bom em ficar parado vendo Stella perder sua batalha. Há uma vontade inata em mim que quer lutar.

Mas sei que ela está certa. Também li as estatísticas. Não dá para vencer esse tipo de câncer. Eu vi os exames. Sei o quão espalhada a doença está. Lá no fundo, sei que nenhum dos tratamentos vai funcionar. Mas a culpa associada à aceitação é algo que não posso encarar ainda. Ao deixar para lá, sinto que estou desistindo dela; e é muito difícil... difícil para caramba.

— Eu te amo, Stell. De verdade.

Abraço-a apertado e ela descansa o rosto em meu peito. Ficamos ali envolvidos, em silêncio, prisioneiros dos nossos próprios pensamentos.

— Deixe-me pegar nossas malas. Podemos começar a arrumar as coisas.

Ela me solta e dá um passo para trás.

— Boa ideia.

Deixo Stella terminar de se vestir e perambulo pela casa procurando por elas. Procuro nos armários dos quartos de hóspedes, sem conseguir me lembrar de onde as escondemos depois que voltamos da nossa lua de mel há um mês.

O porão. Relembro e vou até lá.

Subo os degraus, segurando todas as malas que posso carregar para dar opções a Stella. Quando chego à cozinha, consigo ouvir seu choro. Uivos guturais altos compostos de pura agonia e dor fluem pelos espaços abertos da nossa casa. Ofego, largando as malas e corro tão rápido quanto meus pés conseguem me levar até ela.

Lançando-me para o quarto, paro por um momento e a absorvo. Ela está sentada no chão, soluçando. Seus ombros estão curvados e sobem e descem com seus soluços de dor. Seu rosto está parcialmente escondido de mim, mas as partes que consigo ver estão vermelhas e molhadas pelas lágrimas. Ela está segurando as mãos no colo, cerrando os punhos enquanto aperta o suéter, os nós dos dedos estão brancos.

Corro até ela.

— O que foi? O que está doendo? Você está bem? — pergunto, em rápida sucessão. Frenético, olho para o meu celular no caso de precisar ligar para a ambulância.

— Não cabem. Nenhuma delas! — chora.

Levo um momento para perceber do que ela está falando, mas percebo a quantidade de jeans jogados pelo quarto.

— Suas calças não cabem? — pergunto, baixinho.

— Nenhuma delas, Jax! Nenhuma! Não tenho nada para vestir! — Ela soluça, limpando o nariz no suéter.

Sento-me perto dela e a puxo para o meu colo. Ela passa os braços pelo meu pescoço e continua a chorar no meu peito.

— Tudo bem. Vamos comprar novos jeans para você.

— Não quero jeans. Odeio jeans! — ela grita.

A aparência da Stella começou a mudar bastante ultimamente. Ela ganhou peso e seu rosto está redondo. Sei que isso a incomoda, mas ela não tem como controlar. É um efeito colateral das novas medicações que ela está tomando, especialmente os esteroides. Para ser sincero, não percebo tanto isso, a menos que eu pare para pensar no assunto. Quando olho para ela, ainda vejo a mulher com quem me casei. Para mim, a Stella sempre será uma das mulheres mais bonitas no mundo.

Minha pequena lutadora, ela é tão forte. Ela fala da morte como se fosse algo corriqueiro. Sai das consultas do médico com um sorriso no rosto, apesar das notícias preocupantes que recebeu. Ela está sempre me tranquilizando, tentando se certificar de que estou bem. Ela sempre se mantém firme. Estou maravilhado com ela.

Em seguida, a droga de um jeans a deixa à beira do precipício, fazendo as emoções contidas virem à tona.

Vou tacar fogo na porra desses jeans.

— E adivinha?

— O quê? — Ela funga.

— No Havaí, você vai usar vestido. Sabe aqueles grandes, confortáveis e típicos havaianos?

— Não vou usar um vestido típico havaiano. — Ela ri, entre as lágrimas.

— Sim, você vai. E eu vou usar uma camisa de estampa floral terrivelmente gigante e espalhafatosa. Nossas roupas serão tão largas e distrativas, que ninguém saberá como somos por baixo delas.

— Eu posso usar um vestido maxi — sugere, baixinho.

— Vestido maxi é confortável?

— Sim, e estica.

— Perfeito. Viu? Você não precisa de jeans. Na verdade, o jeans que se exploda. Não acho que você deveria usá-los de novo. Quer saber de uma coisa?

— O quê? — Ela sorri. Seus olhos marejados encaram os meus.

— Você deveria usar só calça legging — declaro.

— Ah, é?

— Sim. Elas são confortáveis e você fica gostosa nelas. — Abaixo o queixo e beijo sua cabeça.

— E elas esticam — diz, baixinho.

— O que é sempre um bônus. — Olho para baixo e vejo seu lábio tremendo. — Você é tão linda, Stella. Sabe disso, certo?

Lágrimas escorrem pelo seu rosto. Ela solta um suspiro sentido.

— Não mais. — E olha para baixo.

Com a mão, ergo seu queixo, assim seus olhos encontram os meus.

— Nada nesse mundo vai tirar sua beleza, Stella. Você é linda, por dentro e por fora.

— Eu odeio isso, Jax. Odeio. Odeio, odeio, odeio. — Uma nova rodada de lágrimas desce por seu rosto. Ela o apoia em meu peito, encharcando minha camisa. — Eu odeio.

Abraço-a e percebo que estou balançando para frente e para trás de levinho, segurando-a bem apertado.

— Também odeio. Também odeio, porra.

Meu peito queima em agonia. Vivemos todos os dias com uma dolorosa lembrança de que Stella não tem mais muitos dias sobrando, e essa é a pior dor. É completamente horrível.

— Preciso do seu Top 10 Havaí — peço.

Adquirimos o hábito de fazer listas para tudo, querendo fazer cada dia e cada experiência ser cheia de significados para ela. Tempo é algo que não desperdiçamos. Isso não quer dizer que estamos sempre correndo. Às vezes, simplesmente relaxar é um evento, se for feito direito. Ao acordar, Stella costuma fazer um Top 10 de coisas que ela quer fazer no dia, que podem incluir algo mínimo como tomar uma boa xícara de café até alguma coisa que consuma mais tempo, como ir dirigindo até o Lago Michigan e caminhar na praia.

Todos os dias em que ela está viva são um presente. Não damos nada disso como garantido. Quero tornar reais quantos sonhos da Stella forem possíveis, dos menores desejos aos maiores. Se estiver dentro das minhas possibilidades, eu faço acontecer.

— Vejamos — começa. — Nadar no oceano, ir a um luau, mergulhar, procurar a melhor barraca de sorvete da ilha, encontrar o melhor restaurante de frutos do mar — ela está contando os itens nos dedos —, ir a Turtle Beach e nadar com as tartarugas, surfar em North Shore, mergulhar com snorkel e... — Ela segura o dedo anelar da mão esquerda enquanto pensa. — Ah, já sei! Vamos pegar um daqueles barcos de passeio para vermos as baleias ou golfinhos, e um passeio de helicóptero pela ilha. — Sorri para mim, felicidade substituindo sua expressão triste de momentos atrás.

— Parece um Top 10 perfeito, amor.

— Mal posso esperar. Sempre quis ir ao Havaí.

— Eu também — concordo. — Estou tão feliz por ir com você. — Beijo sua cabeça antes de ficar de pé, trazendo-a comigo. — Bem, nós vamos amanhã. É melhor irmos às compras. Temos alguns vestidos maxi e calças legging para comprar.

Ela solta uma risada.

— Eu tenho vários dos dois.

— Tem certeza?

— Sim. Mesmo assim, obrigada.

— Bem, o que você quer fazer hoje?

— Podemos apenas fazer as malas e relaxar? Talvez tirar uma longa soneca? — pergunta, hesitante.

— Você está com dor de cabeça?

Ela suspira.

— Sim. E mais, preciso descansar para guardar energia para as nossas aventuras havaianas. — Seu sorriso é fraco.

— Parece bom. — Beijo seus lábios. — Amo você.

— Também amo você.

Hoje tem sido um dia difícil e ainda não é nem meio-dia. Mas tenho medo de que, no futuro, quando eu olhar para trás, este será considerado um dos dias fáceis, e esse é um pensamento preocupante.

Vinte

Deitados na cama, assistindo à TV de tela plana presa na parede, ou, para ser mais exato, estou assistindo à Stella dormir tranquilamente em meus braços. Ela se lançou à missão de assistir a todos os vencedores do Oscar de Melhor Filme do Ano. Começamos com o ganhador deste ano e estamos seguindo a ordem decrescente. No momento, estamos no campeão de 1991, *Dança com lobos*. Na verdade, é um filme muito bom, já que nem todo filme premiado tem sido surpreendente.

Stella se mexe e olha para mim, um sorriso sonolento agraciando seu rosto.

— Desculpa. Caí no sono de novo.

Beijo-a na testa.

— Tudo bem. Podemos ver de novo depois. É um filme muito bom.

— Sim, eu já tinha visto esse antes, mas faz tempo.

— Está melhor depois do cochilo?

— Um pouco — responde, baixinho.

— Posso pegar algo para você? Está com sede?

— Não, estou bem por enquanto.

Ela esfrega o rosto na lateral do meu corpo e eu a seguro bem perto.

— Devemos planejar nosso Top 10 de amanhã? — sugiro. — A neve finalmente derreteu e deve ficar mais quente. Podemos sair de casa, se você quiser.

— Não acho que estou muito a fim de fazer outro Top 10, Jax. Estou cansada demais.

— Ainda podemos fazer um Top 10, Stell. Vamos lá, diga uma coisa que você quer fazer.

— *Conduzindo Miss Daisy*, de 1990.
— Ok, é o primeiro da lista.
— Uma soneca ou duas.
— Check e check.
— Me aconchegar perto da lareira.
— Ótimo. Eu mesmo aperto o botão de ligar para você — garanto, o que arranca uma risadinha dela.
— Me aconchegar na cama.
— Entendido.
— Se lembra daquele camarão que comemos daquele lugar à beira da estrada no Havaí? Podemos encontrar algum lugar que venda o prato para o almoço?
— Então, pedir comida de todos os restaurantes de Ann Arbor que tenham camarão no menu. Com certeza. O que mais?
— Pedir para minha mãe e meu pai virem nos visitar.
— Cada um deles conta como um só no seu Top 10?
— Sim, eles são dois itens. Estou ficando sem opções.
— Ok, faltam dois.
— Para terminar, quero um banho quente de espuma e uma deliciosa xícara de cappuccino.
— Parece um ótimo dia, amor.
— Todos os dias são ótimos. Todos os dias são bênçãos. — Nós nos sentamos em silêncio por poucos minutos antes de Stella dizer: — Jax, você vai ficar bem quando eu partir?
Fecho os olhos, tentando bloquear as visões que aquela pergunta traz.
— Amor, eu vou ficar bem.
— Não tenho muito tempo, Jax.
Pigarreio.
— Você não tem como saber.
— Não, eu sei. Está quase na hora. — Sua voz está carregada de tristeza.
Respiro fundo, controlando minhas emoções.
— Pode ser que tenhamos muito mais tempo ainda. Vamos pensar positivo.
— Sabe a convulsão que eu tive ontem?
Não respondo, porque é claro que eu lembro. *Como eu poderia esquecer?*
— Depois daquilo, eu não sabia quem você era, Jax, não pelo que pareceu ser bastante tempo. Na minha cabeça, eu entendia que te conhecia de alguma forma, mas não conseguia descobrir como.

— Você sempre fica um pouco desorientada depois de uma convulsão.

— Não, Jax. Foi diferente. As coisas estão ficando cada vez piores. Não tenho muito tempo. Posso sentir.

Suspiro.

— Só... por favor... não... — Fecho os olhos com força, implorando que as lágrimas não caiam. — Não vamos falar disso. Só quero ficar aqui com você sem a conversa sobre o que está por vir.

— Eu sei. Quero isso também. Só quero ter certeza de que você vai ficar bem quando eu partir. Você vai? Não vai?

— Vou ficar bem — engasgo.

— Prometa.

— Eu prometo.

— Amo você, Jax. Muito obrigada por me amar.

Lágrimas caem enquanto eu abraço Stella junto ao peito.

— Eu amo você, Stella. Mesmo. Eu faria qualquer coisa por você.

— Apesar de tudo, quero que saiba que esse tem sido o melhor ano da minha vida.

— Ah, Stella. — Choro enquanto a abraço mais apertado. — Queria poder mudar as coisas.

— Eu também. Mas tivemos esse ano e conseguimos encaixar uns bons dez anos de vida nele. Sou abençoada. — Ela engasga com as próprias palavras ao chorar.

Mais palavras me faltam. Não consigo falar enquanto as lágrimas caem silenciosamente pelo meu rosto. Abraço-a, absorvendo seu calor. Minha mão em suas costas conta as batidas de seu coração, e seu hálito quente aquece minha pele; todos os sinais de que ela ainda está aqui comigo, todas as sensações as quais quero me agarrar quando ela não estiver.

Caímos no sono, enrolados um no outro, os dois acalmando o coração partido um do outro. Não dizemos mais nenhuma palavra; nem mesmo um adeus. Ainda assim, enquanto caio no sono, não consigo evitar o sentimento de que um adeus era exatamente o que isso foi.

Stella morreu hoje.

Ela tinha partido quando acordei hoje de manhã. Bem assim, ela estava aqui ontem e indo bem — não no seu melhor, mas estava viva — e, hoje, ela não está.

Eu deveria saber que estava chegando. Ela passou a maior parte das últimas duas semanas dormindo, mas eu me agarrei à esperança de que ela tinha mais tempo.

Cerca de um mês atrás, Stella finalmente contou para outras pessoas da família dela e para os amigos. Suponho que a rotatividade de visitantes que vieram à nossa casa e todas as lágrimas que foram derramadas enquanto todo mundo dizia o que queria para ela deveria ter sido uma indicação de que o final estava próximo. Mas, ainda assim, eu esperei — pelo que, não sei. Talvez por mais tempo ou por um milagre.

Eu sabia no que estava me metendo quando concordei com isso; pelo menos, sabia tanto quanto era possível entender quando se entrava nessa. Sabia, quando me casei com Stella, que, a menos que houvesse um milagre, ela morreria. Eu sabia. Na minha cabeça, eu sabia. Mas de jeito nenhum consegui preparar meu coração.

Nós fizemos os arranjos. Juntos, escrevemos seus desejos. Discutimos o que ela gostaria depois da morte. Ela queria ser cremada? Enterrada? Queria um caixão aberto ou fechado? Que tipo de flores? Queria uma arrecadação de fundos em memória dela? Que passagem bíblica ou poema ela queria que fosse lido em seu velório? O que ela queria que eu fizesse com suas coisas? Doasse? Desse para a família? Nós planejamos tudo. Nós nos preparamos. Resolvemos tudo, cada detalhe. Tínhamos um plano.

Ainda assim, nunca me senti mais perdido na vida.

Não há como se preparar para perder alguém que você ama.

Como eu vou conseguir passar por esse dia, sabendo que ela nunca mais sorrirá para mim? Ela nunca vai abraçar a família. Nunca vai iluminar um cômodo com sua personalidade contagiante outra vez. Ela não vai fazer nada... nunca mais. Nunca. Ela não vai ter segundas chances. Não terá mais o amanhã. Ela apenas se foi.

Não sei o que fazer. Só sei que ela queria rosas cor-de-rosa no seu caixão. Ela queria uma citação no folheto do seu velório: *Não chore porque terminou. Sorria porque aconteceu.* Sei que ela queria um caixão fechado com uma foto sua de antes de estar doente à mostra ao lado dele. Sei de todos os detalhes. Entendo todos os seus desejos.

Mas não consigo descobrir como parar a dor no meu coração.

É uma dor tão sufocante que tenho dificuldades de respirar. Estou me afogando em tristeza. Tentando sair dessa com as minhas garras, mas é inútil.

Onde está o plano para isso? Como faço essa dor parar?

Mais do que qualquer coisa, estou puto para caramba. Estou tão bravo por isso ter acontecido com uma pessoa tão maravilhosa como a Stella. Não consigo superar o fato de que ela não terá mais dias nessa Terra para espalhar sua alegria. Não é certo.

Por que ela? Por que agora?

Ela tinha tanto para viver, tanto para fazer. Foi cedo demais. Ela não merecia o que recebeu e só quero saber o porquê.

Por quê? Por quê?

A injustiça disso tudo está me deixando para baixo, um peso impossível sobre mim. Nesse momento, sinto como se fosse continuar afundando até estar completamente achatado. Eu vou ser esmagado por esses sentimentos de injustiça até virar pó. Em seguida, vou explodir sem deixar um rastro de que sequer estive aqui.

Eu me sento na cama, o cheiro da Stella ainda está forte nos lençóis. Ela sempre teve cheiro de conforto, de felicidade... duas coisas que eu nunca vou ter de volta.

Não importa o que aconteça em minha vida, sempre saberei que estou aqui e ela, não. Não tive uma escolha no resultado, mas me sinto culpado do mesmo jeito.

Eu estou aqui.

Ela não está.

E nada que eu faça a trará de volta.

Vinte e um

LILY

— O que você disse? — grito ao telefone.

— Ela tinha câncer no cérebro, querida. Acho que eles sabem já faz um ano — a voz triste da minha mãe responde.

— Ela morreu? — pergunto de novo, lágrimas escorrendo por minhas bochechas.

— Eu sei. É um choque.

— Por... por que ele não me falou? — Penso no que deve ter sido a vida do Jax durante o último ano e estou devastada por não ter estado ao seu lado, por não saber.

— Susie disse que ninguém sabia, na verdade, além de Jax e dos pais dela, até o fim. Ele disse que Stella queria viver a vida dela como se não estivesse morrendo.

— Não consigo acreditar.

— Eu sei, querida.

Não falamos nada por alguns momentos enquanto eu choro ao telefone.

— O velório é no sábado — avisa.

— Ok. Vou pegar um voo amanhã — respondo automaticamente.

— Bem, avise o horário do voo. Um de nós vai te buscar no aeroporto.

— Ok, mãe. Obrigada por ligar.

— Vejo você em breve, querida.

Largo o celular no sofá ao meu lado e caio de joelhos. Estou grata por estar sozinha no apartamento, porque não consigo conter a minha dor. Soluço em minhas mãos enquanto me movo para frente e para trás.

Estou tão triste; pelo Jax, pela Stella, pela família dela. Tanta dor irradia do meu peito. Sei que é uma fração do que ele deve estar sentindo, e esse pensamento me traz mais agonia.

Mas nada me machuca mais do que a vergonha que eu sinto, pois, em meio ao choque e a tristeza, uma pequena sensação de alívio surge. Ela aparece antes que eu perceba e me paralisa com sua presença. E não importa o que eu faça, nunca serei capaz de me convencer de que ela não estava lá.

Vinte e dois

JAX

O funeral é bonito… suponho. A igreja inteira está coberta de rosas cor-de-rosa. Velas são colocadas na frente de cada vitral. O altar está adornado com flores cheirosas e o calor do brilho de mais velas.

Se alguém não soubesse que isso era um funeral, poderia pensar que estávamos em um casamento. Tudo no lugar irradia paz, amor e serenidade. Não é surpresa nenhuma que Stella tenha trazido beleza para a morte, como ela fez em vida.

Sento-me na primeira fila, o retrato enorme de Stella me encarando. Posso ver todos os detalhes do seu rosto, toda a perfeição, e isso me atinge. Eu amo… eu amava o seu sorriso mais que tudo. Ela iluminava o ambiente com seu lindo sorriso largo. Seus olhos eram tão expressivos, tão calorosos. Sempre senti que eles eram os instrumentos dos seus superpoderes, o que lhe dava a habilidade de olhar dentro da alma de qualquer um e saber do que essa pessoa precisava.

Parando para pensar, é muito verdade. Não importa o que eu estava sentindo ou do que estava precisando, ela sabia sem questionar. Ela foi uma amiga tão boa para mim na faculdade, sempre lá para me ouvir desabafar, dando-me palavras de conforto ou sendo uma boa ouvinte para o mundo de problemas do Jax. Ela me deixava saltar de uma ideia para a outra até encontrar respostas. Talvez ela já fosse um anjo em vida.

Será que eu a amei o suficiente? Eu fui o suficiente?

Ela merecia o mundo, e não acho que dei isso a ela. Tentei, mas ela merecia mais do que eu podia dar. Se eu só tivesse mais tempo para ser melhor, para fazer melhor por ela...

Alguém sobe no púlpito para dizer coisas bonitas sobre Stella. Há uma fila interminável de pessoas que se sentem compelidas a compartilhar alguma coisa. Eu os desligo e permaneço focado em sua foto. Não preciso ouvir as palavras de ninguém. Sei o que dirão. Eu sei, melhor do que ninguém, a pessoa maravilhosa que ela era. Estou me afogando nas minhas próprias memórias sobre ela. Não preciso que ninguém despeje mais nenhuma em mim e me empurre ainda mais para baixo.

A parte mais difícil é assistir ao caixão ser abaixado na terra. Durante o dia inteiro, tenho sido um buraco negro entorpecido de tristeza. Acho que chorei cada lágrima que tinha durante os últimos dois dias. Assistir à caixa marrom brilhante descer para o meio da terra fria, sabendo que seu corpo descansa dentro dele, é quase demais. Lágrimas escorrem pelo meu rosto, e a visão ameaça arrancar meu coração do peito.

Minha mãe fica de pé ao meu lado e segura a minha mão, apertando com carinho. Aperto a sua de volta, aquela conexão me dando algo parecido com controle. Respiro fundo. Deixando meu queixo cair para o peito, fecho os olhos e só respiro, bloqueando tudo ao meu redor.

Todo mundo deixou o cemitério. Fico parado, sozinho, em frente ao buraco recém-cavado no chão. Olho para baixo e vejo o caixão lá no fundo, esperando que os coveiros venham cobri-lo com terra. Algum homem, que provavelmente não ganha mais do que o salário-mínimo, virá cobri-la às pressas com terra, para poder terminar seu turno e voltar para casa, para a família. Ele não faz ideia de quem descansa naquele caixão. Provavelmente nem liga. Pensar nisso me deixa mal.

Eu me curvo e pego um punhado de pétalas de rosas, restos que caíram do caixão mais cedo. Passo as pétalas sedosas entre os dedos. Estico o braço, abro a mão e as deixo cair.

Uma lágrima solitária escapa e escorre pelo meu rosto.

— Sinto muito, Stell. Sinto muito mesmo. Eu teria feito qualquer coisa para te manter aqui. Sabe disso, né? Eu não pude... — Minha voz vacila quando a sensação esmagadora de impotência me engolfa. — Não pude te manter aqui. Sinto muito — paro, puxando bastante ar e o solto. — Amo você, Stella. Obrigado por me amar.

A celebração da vida da Stella está em pleno andamento quando chego ao seu restaurante italiano favorito, que os pais dela alugaram para a festa. Sou recebido pelos abraços calorosos de seus familiares. Ao olhar ao redor, consigo ver toques de Stella em todo canto. Isso, como todo o resto, foi planejado por ela.

Agora que estou longe da tristeza do funeral e do cemitério, consigo finalmente respirar. Sou capaz de reparar em todas as pessoas aqui. Há tantas. Algumas que eu conheço e outras que não, mas a vasta quantidade delas é um atestado real de Stella e da maneira como ela viveu a vida: amando todos ao seu redor.

A festa é uma comemoração genuína, do jeito que ela ia querer. Ao olhar ao redor, não consigo evitar sorrir. Todo mundo tem uma bebida na mão e um sorriso no rosto. Ando em meio à multidão, ouvindo as conversas no caminho. Alguns estão contando memórias sobre ela. Outros, não... mas todo mundo parece feliz. O que se encaixa, pois Stella era a pessoa mais positiva que já conheci.

— Jax, puxa uma cadeira — Ben chama e me entrega uma cerveja.

— Valeu, cara. — Sorrio fraquinho e cumprimento todo mundo na mesa, incluindo Jerome, Josh e alguns dos nossos antigos colegas de equipe.

Nós colocamos a conversa em dia, falando do que tinha se passado na vida de todo mundo. Apesar dos motivos da reunião, é bom reencontrar meus amigos, alguns dos quais eu não via desde a formatura.

Depois de uns minutos, peço licença, precisando encontrar minha família. Vejo-os em uma mesa no canto de trás, sentados ao lado de Lily e de sua família, e vou até eles. Cumprimento-os e eles ficam de pé para me abraçar.

— Como você está, querido? — minha mãe pergunta.

— Estou bem. Obrigado, mãe.

Landon enfia um copo de shot na minha mão.

— Aqui, mano.

Viro-me para ver todo mundo segurando um também. Estendemos o braço até o centro da mesa, brindando.

— À Stella — Landon brinda.

— À Stella — respondemos.

À minha bela Stella.

A tarde avança. É bom estar com a família da Lily. Senti falta de suas irmãs e de seus pais. Não consigo me lembrar da última vez que me sentei com eles e conversei, sem que fosse estranho. É bom passar um tempo com minha mãe e Landon também. É quase como nos velhos tempos, exceto pelo fato de que meu pai não dirigiu mais de duas palavras para mim, e me sinto culpado por ter notado o quanto a Lily está bonita hoje. Além do mais, há o fato de que estamos aqui celebrando a vida da minha esposa morta. Fora isso... é como nos velhos tempos.

Algumas horas se passam e a multidão começa a diminuir. Sou deixado com abraços finais e desejos de melhoras dos amigos da Stella e de sua família. Dispenso as ofertas de sair com os caras, mas prometo que continuaremos em contato.

Depois que Ben e os outros vão embora, começo a me arrepender de não ter aceitado o convite. O medo começa a se afundar quando percebo que tenho que voltar para casa... para a nossa casa. Só quero que essa ilusão de felicidade alimentada por boa comida, álcool e amigos continue um pouco mais. Sei que assim que pisar na casa que dividi com Stella, o fantasma do que perdi vai me assombrar de novo. Não estou pronto para isso. Já faz muito tempo, mesmo antes de sua morte, desde que me senti tão leve, tão despreocupado. Ainda não posso encarar a escuridão.

Viro-me para Lily.

— Little, não quero ir para casa.

— Então não vá — responde. — O que você quer fazer?

— Não sei.

— Bem, poderíamos ir para outro bar aqui por perto? — sugere.

Penso por um momento.

— Não... definitivamente não.

Não apenas todos os bares da região me lembram da Stella, mas também tenho certeza de que serei reconhecido. A última coisa que quero agora é uma selfie com uma universitária bêbada ou falar do jogo com todos os sabichões do futebol americano ao redor do mundo. *Definitivamente não.*

— Ok. Bem, por que a gente não pega um táxi e vê onde acabamos parando? — Lily dá de ombros e sorri.

— Pegar um táxi? — indago. — E apenas ver onde acabamos parando? —repito suas palavras devagar.

— Sim. Por que não? O que mais você tem para fazer hoje? Vamos viver uma aventura. — Ela ri.

— Quanto você bebeu hoje?

Ela dá de ombros.

— Não tanto a ponto de não conseguir pensar direito, mas o suficiente para não conseguir pensar com clareza.

— Isso não faz nenhum sentido. — Eu rio.

Ela bate no meu braço de brincadeira.

— Sim, faz sim. Faz total sentido.

— Não, Little. Não faz, mas acho que estou nessa com você.

Nossas famílias, assim como os últimos convidados, vão embora. Despeço-me dos pais da Stella, prometendo não sumir.

Lily e eu saímos do restaurante.

— Ok. Vamos repassar. — Ela soluça. — Chamou o táxi?

— Check — respondo.

— Está com a carteira?

Procuro por ela no bolso.

— Check.

— Sabemos para onde estamos indo.

Balanço a cabeça.

— Não.

— Então, check. — Ela sorri.

O táxi amarelo para e nós entramos, deslizando pelo banco traseiro.

— Para onde? — o motorista pergunta.

Lily se vira para mim.

— Rapidinho. Leste ou oeste?

— O quê? — pergunto.

— Vamos lá, Jax. Prefere ir para leste ou oeste? Não pense. Apenas responda.

— Como pode a nossa vida inteira ter sido preenchida com essas perguntas? — Meu cérebro bêbado assume. — A gente já não deveria saber as respostas a esse ponto?

— Jax! — ela reclama.

— Ok. Leste — respondo.

Lily bate as mãos e fala com o motorista.

— Você pode pegar a I-94 sentido leste?

— Claro. Para onde? — o homem responde.

— Ainda não sabemos. Apenas vá sentido leste.

— Ok... — o motorista diz, claramente confuso.

O carro entra na rodovia.

— Então, e agora? — indago.

— Não sei. Saberemos quando for a hora.

— Certo. Saberemos quando for a hora — repito.

Lily e eu nos sentamos juntos no meio do banco. Estamos no carro por quase meia hora, brincando da versão encurtada do nosso jogo de infância, Você prefere.

— Shots ou cerveja? — ela pergunta.

— Cerveja.

— Cerveja de garrafa ou chope?

— Chope.

— Disney World ou Disneylândia?

— World.

— Manga ou pêssego?

— Manga.

— Diamantes ou pérolas?

— Diamantes — respondo.

— Por quê?

Penso por um momento.

— São fortes, brilhantes, bonitos e eternos.

— Sim. — Ela acena, pensando profundamente. Então se senta de repente. — Viu aquilo?

— O quê?

— Aquele lugar. Acabamos de passar por um lugar. É chamado de Diamond alguma coisa.

— Não vi.

— Ei — Lily chama o motorista —, nós passamos agora por um lugar chamado Diamond alguma coisa. O que é?

— É um bar de música country.

Ela bate palmas, olhando para mim.

— Ouviu isso? É um bar! Só pode ser um sinal.

— É um bar country. A gente nem gosta de música country.

— Exatamente! Vai ser divertido! — Ela se inclina e se dirige ao motorista. — Pode dar a volta e nos levar para o bar?

— Claro — diz, soando aliviado.

Pagamos a corrida e abrimos caminho até o bar, ou Saloon, como está escrito na placa. Nós nos deparamos imediatamente com uma música country barulhenta que eu nunca tinha ouvido. Dois níveis de assentos estão colocados em volta de uma grande pista de dança no centro.

Há várias botas de cowboy, chapéus e calças jeans Wrangler preenchendo o espaço.

Sinto-me um estranho de terno e gravata.

— Não acho que estamos vestidos adequadamente para um lugar como esse — falo para a Lily.

Ela segura minha mão e acena para a multidão.

— Quem liga?

Chegamos ao balcão, e Lily pede uma rodada de shots. Tomamos nossas bebidas e pedimos mais algumas cervejas antes de pegar um lugar na mesinha pequena perto do bar.

Uma tigela de amendoins está sobre a mesa e Lily joga um na boca. Sua bochecha se move enquanto gira o amendoim ali antes de cuspir a casca no chão.

— Isso se chama talento! — grita.

— Você é maluca. — Rio, balançando a cabeça.

— Ah! Acabei de ter uma ideia. Já volto! — Ela pega a bolsa.

Observo-a conversar com o barman, que acena e entrega algo a ela. Lily se afasta do bar e desaparece na multidão.

Um grupo de pessoas dançando na pista prende minha atenção enquanto aguardo o retorno dela. Penso em centenas de coisas, nenhuma delas pertinentes à minha vida. Conto as diferentes cores dos feixes de luzes que iluminam o chão. Observo com interesse os passos que os dançarinos fazem e tento prever o próximo movimento em sua dança em linha.

— Este assento está ocupado? — Lily diz, com um sotaque sulista horrível.

Paro de olhar os dançarinos para focar em Lily, e meus olhos se arregalam quando a vejo. Seu cabelo, que estava preso em algum tipo de coque para o funeral, agora está solto, ondas delicadas fluindo em cascatas sobre seus ombros. O vestido preto e simples costumava ter mangas, mas agora alças simples o estão segurando. A frente do vestido está com um decote maior, apenas revelando o topo da renda do sutiã preto. Ele também está mais curto, parando a uns bons quinze centímetros acima dos seus joelhos. Por último, meus olhos descem até seus saltos altos de tiras, que tenho certeza de que pareciam elegantes quando combinados com o outro vestido. Agora, parecem bastante sexys.

— Que diabos você fez? — pergunto, perplexo.

— Peguei uma tesoura emprestada do bar. O que você acha? — Ela dá uma voltinha, mostrando seu talento como designer de banheiro de bar.

— Acho que você pode ter negligenciado sua vocação de estilista. — Rio, e ela me acompanha.

— Não, assim que você enxergar o meu look com as luzes acesas, vai perceber que ainda tenho um longo caminho pela frente. Ei, tenho algo para você também. — Ela se estica para a cadeira, levanta um chapéu de cowboy que deve ter colocado lá quando voltou e o coloca na minha cabeça.

— Onde foi que você conseguiu isso? Você usou as tesouras para fazer um chapéu com o porta-toalhas do banheiro?

— Não, comprei de um cara. Tentei fazê-lo vender as botas de cowboy também, mas ele foi firme ao dizer não para essa.

Ela tira meu paletó e desfaz minha gravata.

— Pronto. — Esfrega as mãos. — Muito melhor. Você fica bem de chapéu de cowboy.

— Obrigado. Você fica bem em um vestido preto feito com uma tesoura.

Seu sorriso se alarga antes que ela solte uma risada.

— Vamos tomar outra e descobrir como dançar em linha.

Nego.

— Sei lá, Lil. Isso pode ser demais.

— Não. Nós vamos aprender. Nós conseguimos.

— Você é maluca.

— Sim, mas você me ama de todo jeito. — Ela segura minha mão e me puxa para o bar.

Amo mesmo, penso comigo mesmo.

Vinte e três

— Estamos mandando muito! — Lily exclama, ao pisar na ponta do meu sapato.

— Ah, sim, Little. *Dancing with the Stars* vai bater na nossa porta se algum dia fizerem uma edição country.

Ela cai um pouco para longe em um dos seus passos e eu passo os braços por sua cintura, evitando a sua queda.

— Aqui, me dá a sua mão. — Lily entrelaça os dedos nos meus, posicionando-se perto de mim. — Vamos lá, lembre-se do que a Tammi disse — relembra, em referência ao que explicou a garota que está nos mostrando os passos na última meia hora. — Pé direito atrás do esquerdo, pé esquerdo para a esquerda, pé direito para frente, passo para frente para a esquerda e gira!

Nós dois giramos para dentro até nos encararmos. Lily ri.

— Não acho que viramos para o lado certo.

— Little Love, tudo isso parece chinês agora. Não consigo mais me concentrar nos passos. — Solto uma risada.

— Ok, apenas dance comigo, então.

— Isso eu posso fazer.

Ela passa os braços pelo meu pescoço e espalho as mãos na base de suas costas, trazendo-a para mim. Lily apoia a cabeça em meu peito.

— Isso é bom — diz, preguiçosamente. — Senti falta de dançar com você.

Fecho os olhos e pressiono os lábios em seu cabelo.

— Eu também — sussurro nos fios macios.

Sei que não deveria me sentir tão bem. Eu deveria estar de luto. Deveria estar deprimido, sentindo apenas o desespero pela perda da minha esposa. Coloco a culpa no álcool e na paz que Lily me traz.

Apenas por essa noite, permito-me dar uma trégua à tristeza. Permito-me a respirar e sentir a alegria na vida, em vez da dor que está me oprimindo há tanto tempo.

— Sinto muito mesmo, Jax. Não tive a chance de te dizer isso mais cedo, mas sinto muito de verdade.

Suspiro.

— Sim. Eu também.

— A vida é louca às vezes, né?

— É sim.

Abraçamos um ao outro e dançamos em nosso próprio ritmo. É tão bom ter Lily em meus braços. Ela me traz uma sensação de conforto, segurança, casa, paz. Tê-la em meus braços e sentindo seu corpo se mover devagar junto ao meu está me ajudando ainda mais do que ela poderia saber. Sei que não deveria ser assim, mas a verdade é que é. Estive em um estado tão obscuro nos últimos dias, na verdade, no último mês, desde que Stella começou a ficar realmente doente. Lily sempre foi a minha luz e preciso dela agora mais do que nunca.

— Estou com fome — ela deixa escapar.

— Eu também — concordo, rindo.

Ela se afasta para poder me olhar nos olhos.

— Então, vamos ao Denny's ou assaltar a geladeira?

Pressiono os lábios, pensando.

— Quer saber? Vamos lá para casa. Minha geladeira está lotada de comida. Todo mundo em um raio de trinta quilômetros deixou comida lá essa semana. Deve ser o assalto à geladeira mais épico da história.

Ela sorri.

— Parece um bom plano.

Estou nervoso de entrar em casa. Foi uma noite tão boa e estou aterrorizado de a minha mente voltar para onde esteve hoje de manhã. Espero que uma profunda tristeza me atinja quando entramos na casa, mas não acontece.

Lily está brincando e rindo por alguma coisa. Francamente, nem sei do que ela está falando. Estou focado demais em observá-la. Sempre amei o jeito que ela ri. Todo seu rosto se acende de alegria.

— Sente-se aqui. — Ela dá um tapinha em um dos bancos da ilha da cozinha.

Faço o que ela pediu e descanso os cotovelos no granito frio. Apoiado em minhas mãos, observo seu corpo esguio desaparecer por trás da porta da geladeira.

— Para começar — diz, entregando-me uma garrafa de cerveja.

Abro. Jogando a cabeça para trás, deixo o líquido frio descer pela minha garganta.

— Agora, vamos ver. — Ela começa colocando os potes de comida no balcão e tirando as tampas. Depois me entrega um prato e um garfo. — Ok. Parece enchiladas de frango. Ah, legal. — Ela acena, aprovando. Lily sempre amou qualquer coisa que se parecesse com comida mexicana. — Lasanha, frango assado, algum tipo de... — Ela cutuca o alimento. — Acho que vamos chamar esse de massa misteriosa. — Ela aperta os lábios, e eu rio. — E outra lasanha, outra lasanha e... espere um pouco — ela pausa, dando efeito dramático. — Mais uma lasanha.

— Então, lasanha definitivamente é uma opção — declaro, inexpressivo.

— Com certeza. Na verdade, lasanha pode ser uma opção viável pelas próximas três ou quatro semanas, a não ser que acabe mofando.

Jogo a cabeça para trás e rio. Isso é tão bom. Volto a olhar para Lily.

— Eu te amo — digo a ela, com um sorriso largo.

Ela para de cutucar uma das lasanhas e levanta a cabeça, o olhar encontrando o meu. Incerteza dança em seu olhar antes de trazer um sorriso ao seu rosto.

— O que vai ser, mocinho?

— Hum, acho que vou passar a lasanha e partir para as enchiladas. E, já que estou me sentindo maluco, também vou querer um pouco do prato misterioso.

Lily esquenta nossa comida no micro-ondas e pega mais uma cerveja da geladeira.

— Vamos fazer um brinde. — Ela levanta a garrafa e seguro minha garrafa contra a dela. — À Stella — diz, um sorriso triste em seu rosto.

— À Stella — concordo.

— Às memórias — continua.

— À felicidade — ofereço.

— À vida.

— Ao amor.

— A aproveitar o tempo que temos aqui. — Ela me dá um sorriso melancólico.

— Com certeza — concordo. — Saúde.

— Então, você prefere ter um sexto dedo em vez de uma verruga gigante no rosto? — Lily esclarece.

Estamos sentados no chão da sala, com as costas apoiadas no sofá, encarando a lareira com chamas inexistentes. Estou cansado demais para me levantar e ligar o interruptor que ilumina as toras falsas.

— Sim.

— Mas é apenas uma verruga. Um sexto dedo é nojento.

— Uma verruga gigante é nojenta. Você disse que era enorme. Estou imaginando uma bolha nojenta que ocupe um quarto do rosto, Lil. Pelo menos eu posso usar sapatos e esconder o dedo extra.

— Verdade. Mas você poderia remover a verruga.

— E elas não costumam crescer de novo?

— Não tenho certeza. Acho que não.

— Acredito que sim. Enfim, vou ficar com o dedo extra. Não tem um velho ditado que diz que *dedos nunca são demais*?

Lily ri, o som fazendo com que meus lábios se ergam em um sorriso.

— Hum, não. Esse, sem sombra de dúvida, não é um ditado. — Ela bate na minha perna de brincadeira. — Ok, sua vez.

Puxo as pernas esticadas, dobrando-as para poder apoiar os cotovelos nos joelhos.

— Ok, você prefere viajar ao redor do mundo como domadora de leões ou fazer uma turnê com um grupo de dançarinos de gelo?

— Circo — ela logo responde.

— Com um *leão*? — digo, enfatizando a última palavra para lembrar a ela que estamos falando de um animal poderoso com vários dentes.

— Em primeiro lugar, você sabe que eu sou uma patinadora horrível. De jeito nenhum eu poderia ser uma boa dançarina de gelo. E leões são lindos.

Tenho certeza de que entraríamos em um acordo. Eles saberiam que sou um doce de pessoa e não iam querer me comer.

— Exato. Eles sentiriam o cheiro da sua doçura a quilômetros de distância e pulariam em você no segundo que tivessem a oportunidade.

— Não. Eles são apenas gatinhos grandes. Eu só faria um carinho e falaria gentilmente. Daria tudo certo. Eles não me machucariam.

— Bem, fico feliz que você confie nas suas habilidades de domadora de leões. — Rio.

— Eu confio. Obrigada. Então... — Lily fica em silêncio por um momento, pensando. — Você prefere nadar com os golfinhos ou ir a um safári africano?

Pressiono a palma da mão no peito, tentando acalmar a dor lá.

— A última viagem que fiz foi para o Havaí. Stella e eu nadamos com os golfinhos no parque de lá. — Minha voz está baixa conforme minha mente relembra daquela viagem maravilhosa.

— Ah, Jax. Sinto muito. Eu não me liguei. — Lily apoia a mão na minha coxa e aperta gentilmente, oferecendo-me apoio.

— Tudo bem. Você não sabia. É só que... — Eu paro, tentando fazer meu cérebro entender as palavras que quero dizer. — Meu Deus, Lil. É uma merda. Uma merda. — As lágrimas que estavam ameaçando escapar o dia inteiro caem livremente. O peso dos eventos do dia enfim as empurra para fora.

— Sinto muito, Jax. — Sua voz também fica embargada enquanto lágrimas rolam por suas bochechas. — Vem aqui. — Ela envolve os braços ao meu redor, puxando-me para um abraço de lado.

Deito a cabeça em seu ombro.

A mão de Lily afaga meu braço em um movimento ritmado. Ficamos assim por um bom tempo, até minhas pálpebras começarem a ficar pesadas. Nenhuma palavra é dita, mas a calma que ela me traz alivia a pressão em meu peito.

— Acho que vou para a cama — digo, enfim.

— Tudo bem, vamos lá.

Ficamos de pé e vamos para o meu quarto. Tiro as roupas, exceto as boxers. Olho para Lily e vejo seu vestido cortado.

— Aqui. — Pego uma camiseta e uma boxer no armário e jogo para ela. Saindo para me trocar, entro no banheiro e escovo os dentes.

Ao sair, Lily está de pé no meio do meu quarto. Ela está nervosa. Isso fica evidente em sua postura. Admito, tê-la aqui é diferente e não estou inteiramente certo de como processar isso ainda. Mas, nesse momento, estou exausto demais para tentar.

— Tem escovas de dente extras na segunda gaveta da direita na pia, se quiser — ofereço.

— Ah, perfeito. Obrigada. — Ela vai até lá.

Puxo o edredom e rastejo para debaixo dele, envolvendo-o apertado em meu corpo. Lily sai do banheiro e vem para o meu lado na cama. Ela passa os dedos de levinho pelo meu cabelo, um olhar sério cruzando seu rosto. Não tenho certeza, mas se tivesse que adivinhar, diria que é uma mistura de tristeza e saudade.

— Você está bem? — ela pergunta, baixinho.

Solto um suspiro.

— Não sei, Little. Enterrei minha esposa hoje. Não tenho certeza de como processar isso.

Ela acena.

— Eu sei. Sinto muito, Jax. — Ela passa a mão pela minha testa até chegar ao meu cabelo. É um gesto reconfortante, quase maternal. — Vou dormir no seu sofá, se estiver tudo bem.

— Não, durma no quarto de hóspedes. A cama está arrumada.

— Ok — ela diz, afastando-se. Quando chega na porta do quarto, ela se vira para mim. — Vai ficar tudo bem — garante, com um sorriso triste.

Ela apaga a luz, mas, antes de sair, eu chamo:

— Ah, Lil?

— Sim? — Ela se vira para me encarar.

— Eu teria escolhido o safári africano.

— O que você quer fazer hoje? — Lily pergunta da cozinha, onde está tentando fazer omeletes para nós com quatro ovos, um quarto de um pacote de queijo ralado e uma lata de cogumelos.

Além de todos os pratos de jantar que foram deixados por amigos e familiares, tenho comida limitada. Não vou ao mercado há algum tempo. Stella não estava comendo muito no final e a maioria da nossa comida era de delivery.

Estico-me no sofá, as pernas espalhadas pelas almofadas de couro. Lily coloca a cabeça na porta para esperar minha resposta.

— Nada, na verdade — respondo, honestamente.

— Então, quer apenas ficar aqui?

— Sim. — Aceno.

— Quer que eu lhe dê um tempo para si mesmo? Quer que eu vá embora?

Eu quero?

Ter Lily aqui, na verdade, é bem reconfortante. Ela é a única pessoa que eu quero por perto. Apenas sua presença me traz uma fração de alegria neste dia que, de outra forma, seria sombrio.

— Não, fique.

— Tem certeza?

— Absoluta.

Ela sorri antes de voltar a cabeça para a cozinha. O som de armários e gavetas abrindo e fechando ecoam no espaço aberto.

Em seguida, Lily vem até mim trazendo dois pratos, e me entrega um deles.

— Fiz o que pude. Não será o melhor café da manhã que você já comeu. — Seus lábios formam um sorriso peculiar enquanto se senta no sofá, perto do meu pé.

— Tenho certeza de que está bom. Obrigado.

— Sugiro pedirmos comida pelo resto das nossas refeições a partir de agora. — Ela pega um pouco do ovo.

— Concordo.

— A menos que você queira fazer outro assalto à geladeira. Tem mais ou menos dez potes de lasanha chamando por você.

Solto uma risada.

— Vou deixar passar. — Não sei se vou conseguir comer lasanha de novo, ainda mais em um futuro próximo.

— Não se culpe nisso. Depois de comermos, quer ir buscar nossos carros?

— Não — respondo.

— Ok. Vou ligar para o restaurante e avisar que vamos deixá-los lá mais um pouco, para não rebocarem — comenta, e eu concordo.

— Ei, Lil. Lembra aquela brincadeira que fazíamos quando crianças em que fingíamos que a sua cama era o nosso navio e estávamos perdidos no mar?

Lily ri.

— Claro que lembro. A gente ficava no nosso navio o dia inteiro. Comíamos lá, jogávamos, conversávamos. Era muito divertido.

— Exatamente. Não podíamos sair do navio, porque tudo ao redor da cama era oceano e não havia para onde ir.

— Ai, caramba. Lembra aquela vez que ficamos "encalhados" — Lily faz aspas com os dedos na última palavra — e recitamos todo o filme da *Pequena Sereia*, com as músicas e tudo, do começo ao fim, duas vezes?

A memória me faz rir.

— Sim. Ainda sei cada palavra daquela droga de música que o *chef* canta quando está cozinhando o peixe, *"Les Poissons"*?

— Eu também. É um clássico. E "Pobres corações infelizes"?

— Meu Deus. Sim, sei a letra inteira dessa também.

— Bons tempos. — Lily ri.

— Bem, vamos dizer que essa casa é nosso navio e tudo lá fora é o oceano. Só quero me esconder aqui sem pensar no mundo exterior. Talvez eu esteja sendo bobo, mas, aqui, com você, eu estou bem. Sei que, no segundo que eu sair, serei tomado pela realidade e ainda não estou pronto. Os últimos meses foram difíceis e, por apenas alguns dias, eu quero fingir. Quero ficar no meu navio com a minha melhor amiga e me esquecer de tudo por um tempo.

Lily coloca a mão no meu tornozelo e me lança um sorriso melancólico.

— Você não é bobo. Se quer ficar trancado aqui, encalhado em um navio, então você tem todo o direito de estar. Com uma condição.

— Qual?

— Que estejamos encalhados em um oceano com outros navios que oferecem serviços de entrega.

— Combinado.

— E mais uma condição — avisa. — Você tem que cantar *Les Poissons* inteirinha pelo menos uma vez.

— Nossa, agora você está sendo cruel, Little Love. Muito cruel.

Vinte e quatro

Faz três dias que enterrei minha esposa e dois que estou fingindo que nada aconteceu enquanto me escondo em casa com minha melhor amiga. Sei que esta existência falsa não pode durar para sempre, mas a fuga da realidade tem sido boa. Em algum momento, terei de encarnar o adulto e encarar a vida, mas não vai ser hoje.

— Viu? Eu te disse! Sou sempre a porra do professor com quatro crianças e uma minivan. Esse jogo é deprimente — declaro, com falsa irritação.

— Bem — Lily sorri —, você só pode se animar e fazer o melhor que puder com isso. Algumas coisas no Jogo da Vida são deixadas ao acaso.

— E eu sempre saio por baixo.

— Depende de como você olha para isso, eu acho.

Passamos os últimos dois dias relaxando. Vimos filmes, jogamos, fizemos perguntas, pedimos comida e dormimos. Acabamos de jogar Detetive, em que Lily descobriu que foi o Coronel Mostarda com um castiçal no saguão antes que eu tivesse a chance de descartar a senhorita Rosa. Ela também acabou comigo no Combate, Uno, Monopoly e LIG4.

— Desde quando você se tornou especialista em jogos? — indago. — Você acabou comigo em tudo.

Ela ri.

— Sempre fui melhor que você em jogos de tabuleiro.

— Acho que não.

— Acho que sim! — Ela ri.

— Não. — Balanço a cabeça.

— Ok, vamos concordar em discordar, Sr. Competitivo. O que quer fazer agora? — Ela coloca as peças do Jogo da Vida de volta na caixa.

Penso por um momento.

— Vamos pedir comida.

— Claro — responde, acenando.

— Depois, vamos encher a cara.

— O quê? — Ela ri, levantando o olhar da caixa.

— Já faz três dias desde que bebemos. Acho que é hora de pôr fim ao nosso período de seca — afirmo, sério.

Lily me estuda, uma expressão de dúvida no rosto, antes de finalmente dar de ombros.

— Claro. Por que não? O que você quer pedir?

— Está a fim de comida chinesa? Caranguejo rangoon com molho agridoce?

— Humm... — Ela fecha os olhos por pouco tempo, certamente imaginando o sabor dos caranguejos, que são seus favoritos. — Você me conhece tão bem.

— Assim, considerando que comemos comida mexicana ontem, concluí que essa era a segunda melhor opção.

— Você concluiu certo. — Ela bate na minha perna de brincadeira antes de se levantar da mesa para colocar o jogo no armário. Ao voltar para a mesa, pergunta: — Vamos ter que sair para comprar bebida?

Nego.

— Não podemos. O oceano, lembra? E mais, eu tenho um monte. Venha comigo, Little. — Estico a mão e ela a pega. — Deixe-me te mostrar o porão.

— Hum... isso soa meio assustador, Jax. — Ela dá uma risadinha. Eu a acompanho.

— Sim, soa. Enfim, deixe-me te mostrar o bar. Que tal?

— Melhor — concorda.

Guio Lily até o porão, onde nós temos na parede do fundo um bar cheio de destilados e de vinho. Caminho por detrás do balcão.

— O que posso pegar para você?

— Você tem vodca aromatizada? — pergunta.

— Tenho sim. Tenho uva, melancia e algodão doce.

— Todas parecem uma delícia. Você tem Sprite? — pergunta, e eu aceno. — Ok, então vou tomar uma de uva com Sprite dessa vez. Em seguida, vou provar os outros sabores.

— Você entendeu o lance. — Abro o pequeno freezer embaixo do bar e encho um copo com gelo antes de preparar a bebida.

— O que você vai tomar?

— Acho que vou começar com uísque e mudar para cerveja mais tarde. — Encho um copo com o líquido âmbar.

— Esse é um homem que se planeja.

Bebidas nas mãos, subimos as escadas e pedimos a comida.

Seis horas e ainda mais bebidas depois, nos sentamos de pernas cruzadas no tapete da sala, encarando um ao outro. Uma grande tigela de mousse de chocolate descansa no chão entre nós.

Duas horas antes, já levemente alterada, Lily estava louca por chocolate, então ligou para um restaurante a alguns quarteirões daqui, mas eles não entregavam. Ela implorou que a garçonete encontrasse alguém para nos entregar uma porção gigante de mousse de chocolate. Por fim, ela conseguiu convencer a jovem a fazer o namorado dela pegar nosso pedido e deixar aqui por uma gorjeta generosa. Foi o mais caro que já paguei por uma sobremesa, mas valeu muito a pena. Suponho que podíamos ter apenas ido buscar a pé, mas com o oceano para enfrentar e o fato de que estávamos bêbados, não conseguimos.

Lily come um pouco, seus olhos virando para trás.

— Sério, eu poderia viver dentro desse negócio.

Ela mergulha a colher no chocolate, enchendo bem e me dá.

Perco a noção de há quanto tempo estamos aqui. Nostalgia passa por mim. Sinto como se tudo fosse como era antes dos términos, dores, novos amores e morte. Tenho minha melhor amiga de volta e em algum lugar lá no fundo, por baixo de todas as circunstâncias de merda e todos os sentimentos induzidos pelo álcool, reside alguma culpa por isso. Mas eu não escuto nada, pois, pela primeira vez em muito tempo, sinto-me leve, o peso da minha existência se dissipa, permitindo que eu saboreie a alegria que esse tempo com a Lily traz.

Esses dois últimos dias foram incríveis. Hoje à noite, nós falamos sobre tudo o que aconteceu no último ano: empregos, famílias, hobbies, novidades que ouvimos de nossos amigos do ensino médio, como Ben tem ido no novo emprego e os dois Jotas que estão na NFL. Passamos por tudo, com apenas duas grandes exceções. Nem Trenton nem Stella surgem, e sou grato por isso. É tão revigorante apenas falar sem o sofrimento.

Lily tem chocolate no canto do lábio.

— Aqui. Deixa comigo. — Estico-me e passo o polegar para limpar, depois levo à boca e lambo.

Os olhos azuis de Lily queimam em mim, enviando arrepios pelo meu corpo.

Só com isso, a atmosfera leve a que estávamos nos agarrando nos últimos dois dias termina, o ar entre nós muda. Ele fica mais quente e espesso enquanto nossa respiração fica mais ofegante. Tiro a tigela com a sobremesa de chocolate da mesa e avanço até meu rosto estar a centímetros dela. A sensação de tocá-la bate forte em minhas veias. É um desejo que não posso ignorar.

Levo as duas mãos ao seu rosto, segurando sua mandíbula. Passo os polegares por sua pele. Ela fecha os olhos.

Meu Deus, como senti falta de sua pele, tão quente e macia.

Corro o toque por seu rosto, pescoço, ombros, braços, sentindo os arrepios que isso traz. O peito da Lily se expande e retrai a cada respiração. Ele reflete o meu movimento enquanto luto para conseguir ar, meu coração bate descontroladamente.

Devagar levo as mãos para o seu rosto, os olhos dela ainda fechados.

— Lily, olhe para mim.

Ela morde o lábio e nega.

— Lily, por favor — suplico.

Ela nega outra vez, enquanto lágrimas gordas começam a descer por suas bochechas.

— Por que não?

— Estou com medo. — Sua voz é um sussurro embargado.

— Do quê?

Ela fica em silêncio enquanto as lágrimas continuam escorrendo.

— Do que você está com medo? — insisto. — Por favor, me diga.

Ela finalmente abre os olhos. O desejo que emana deles tem uma linha direta para a minha alma. Sempre pensei que a Lily fosse a mulher mais deslumbrante do mundo e, quando ela me olha do jeito que está olhando agora, minha necessidade por ela é quase debilitante.

— De tudo — ela engasga. — Estou com medo de você parar. Estou com medo de não parar. Estou com medo de ter você de novo, apenas para te perder mais uma vez.

Por um breve segundo, sinto alguma apreensão. Meu cérebro está nublado com álcool e dor. Sei que deveria tirar um minuto para limpar a cabeça e pensar direito, mas a intensa necessidade que eu sinto por Lily sobrepõe toda a razão. Minha Lily está sentada na minha frente, mais bonita que nunca. Ela está aqui, e o único pensamento que reconheço é que estou a meros segundos de enfim ter o que quero há tanto tempo.

O ar está carregado com uma necessidade tangível, nossas respirações audíveis cortando o silêncio. Sofro com uma necessidade tão intensa que me deixa nervoso.

— Também estou com medo, Little. Não consigo pensar nisso agora. Tudo o que sei é que preciso tanto de você que dói. Por favor? — imploro.

Ela morde o lábio inferior. Fechando os olhos, acena.

O pequeno movimento é tudo de que preciso. Reduzo a distância entre nós rapidamente, capturando seus lábios com os meus. Nossas línguas se encontram em uma dança desesperada. Gemidos ressoam alto, nós dois vocalizando nosso prazer em nossa sinfonia pessoal de êxtase.

Soltando sua boca, beijo seu rosto e continuo descendo por seu pescoço e até a orelha. Puxo o lóbulo entre os lábios e minhas mãos se arrastam por sua pele, marcando-a com meu toque. Ela está ofegante, suas respirações são ásperas e irregulares.

Inclino-me para trás e removo minhas roupas em um ritmo febril, enquanto ela faz o mesmo. Nós nos juntamos: mãos e lábios, beijos e toques. Cada um desesperado em sua tentativa de reivindicar o outro.

Tomo um mamilo na boca, trabalhando nele até ela estar se contorcendo por debaixo de mim. Minhas mãos exploram sua pele aquecida. Um gemido animalesco sai da minha garganta quando meus dedos entram nela. Lily está tão molhada, tão pronta, que me leva à beira da loucura.

— Porra, Lil. Preciso de você agora.

Erguendo suas pernas, eu as empurro para o lado e as seguro de cada lado dela. Lily está totalmente aberta para mim e apenas essa visão me leva ao limite.

Minhas mãos apertam suas coxas e eu mergulho nela. Nós dois gritamos e começo meu ritmo implacável. Nossos corpos brilham de suor e os sons de pele contra pele tomam a sala conforme eu continuo a penetrar Lily sobre o tapete. Sua respiração muda, suas costas arqueiam no chão e seus olhos reviram. Sei que ela está perto. Seu corpo começa a tremer e ela afunda as unhas em meu peito. Meu orgasmo me atinge com força e encontramos nossa liberação juntos.

Liberto suas pernas e me deito por cima dela. Nós não falamos, dando ao corpo a oportunidade de se recuperar. Quando minha mente está coerente o suficiente para voltar à realidade, percebo que estou dentro da minha Lily e fico pronto de novo imediatamente.

Começo a beijar seu corpo, precisando saboreá-la.

Ela entrelaça os dedos no meu cabelo.

— Jax... Jax... Jax. — Meu nome é um apelo sussurrado saindo de seus lábios conforme lambo e provo seu ponto mais sensível.

Seu gosto é o mesmo de que me lembro, só que ter a coisa real é muito melhor do que a memória. Não demora muito tempo até seu corpo se arquear de novo e ela estar gritando meu nome e tremendo na minha boca. Quando seu corpo para, suas pernas e braços caem frouxos ao seu lado.

Sento-me e me apoio no sofá, puxando Lily para mim.

— Monte em mim, Li.

Seus olhos escurecem enquanto ela sobe em mim, prendendo minhas pernas esticadas com os joelhos. Encaramos os olhos um do outro enquanto eu me guio para dentro dela mais uma vez, muito pronto para senti-la de novo.

Agarro as laterais dos seus quadris, meus dedos apertando a pele macia, movendo-a para cima e para baixo no meu comprimento.

— Você. Está. Tão. Gostosa — murmuro, cada palavra pausada. — Tão gostosa — sussurro, sem ar.

Enquanto nos movemos, ela guia as mãos pelo meu cabelo, trazendo minha cabeça para si. Nossos lábios se conectam. Dessa vez, nossas línguas se envolvem uma na outra com languidez. Nós fazemos amor com a boca, espelhando a ação do nosso corpo. É lentidão. É necessidade. É maravilhoso.

Meu corpo está a caminho de gozar. Afasto a boca da sua e cubro seu seio com os lábios. Mordisco e puxo seu mamilo, agarrando sua bunda e empurrando-a contra mim com um pouco mais de urgência. Movo-me dentro dela e meu orgasmo me rasga, acendendo todas as minhas terminações nervosas. Sinto seu corpo convulsionar com o meu, e ela grita.

Envolvo os braços ao redor dela e a puxo para mais perto. Lily passa as pernas pelas minhas costas e enterra meu rosto no seu pescoço.

Minha pele ainda vibra e eu fico de pé, carregando-a comigo. Entro no quarto de visitas, onde Lily estava dormindo, e a coloco na cama. Subindo ao seu lado, puxo suas costas para o meu peito e beijo de leve os seus ombros.

— Você é tudo, Lily. Tudo — sussurro, contra sua pele.

Meus braços estão envolvidos em sua cintura e ela aperta minhas mãos que estão apoiadas em sua barriga.

— Você é meu — responde, o tom da sua voz carregado com uma adoração saciada.

Nos poucos segundos antes que o sono me tome, nada entra na minha mente, exceto a forma como meu corpo e minha alma se sentem nesse momento: contentes. Não permito que memórias do passado ou preocupações com o futuro permeiem o espaço onde tudo no mundo finalmente faz sentido. Em segundos, caio em um sono profundo, meus lábios ainda contra sua pele, e estou feliz. Infelizmente, o amanhã virá; pelo menos para mim, de todo jeito.

Vinte e cinco

Raios brilhantes da luz da manhã acariciam meu rosto, tremulando em minhas pálpebras fechadas. Começo a despertar, meus pensamentos mudando dos sonhos para a realidade. Sinto a pele quente e macia debaixo das minhas mãos e sorrio preguiçosamente. Meus olhos ainda estão fechados e eu respiro fundo, percebendo o cabelo macio espalhado no travesseiro perto do meu rosto.

Fico confuso por um momento quando o cheiro de um paraíso tropical não vem. O aroma é familiar, atraente e maravilhoso… mas não é de coco e frutas. Em minha névoa sonolenta, levo alguns segundos para entender tudo.

Meu corpo se retrai e abro os olhos para encontrar mechas loiras e pele branca cremosa.

As costas nuas da Lily sobem e descem no sono.

Ah, caralho.

Porra! Porra!

Não! Não! Não! Não!

Enterrei minha esposa há poucos dias.

Enterrei minha esposa! Lembro a mim mesmo da realidade que pareço ter esquecido.

A tragédia volta para mim, toda ela: o câncer, o casamento, o ano passado, sua doença, sua morte e, finalmente, seu funeral.

Tento me agarrar à calmaria dos últimos dois dias. *Navio. Oceano. Felicidade.*

Não consigo registar, porque tudo o que me lembro no momento é da dor e do desespero que senti no funeral.

Eu me recordo dos últimos dias. Lembro-me da mudança de humor no restaurante quando passei a tarde com a minha família e com a Lily. Visões de beber, rir, dançar em linha, chapéus de cowboy, um vestido cortado e uma roleta russa na geladeira retornam. Então, experimentei dois dias de negação, vivendo em uma fantasia infantil onde minha maior preocupação era como nós conseguiríamos que o restaurante entregasse nossa sobremesa. Finalmente, as imagens de fazer amor com a Lily voltam com força total. Apesar de todas essas ações terem me trazido muito prazer na noite passada, as visões agora estão causando dor e confusão, como nada que eu já tinha experimentado.

Saio da cama feito um raio. Meu peito arfa e passo os dedos pelo cabelo. *Que porra eu fiz? Eu enterrei minha esposa há três dias!*

Olho ao redor, percebo que estou no quarto de hóspedes, e corro até meu quarto, pego uma boxer e uma camiseta antes de me vestir a toda pressa.

Caralho.

Caralho.

Caralho.

Lembrando-me que Lily está vivendo com as minhas boxers e camisetas nos últimos três dias, pego uma de cada para ela e volto para o quarto de hóspedes.

Jogo as peças extras aos pés da cama e a observo por um momento, antes de ela se mover. Ela se estica e se vira para mim. Está exibindo um sorriso com olhos pesados, que se transforma para uma carranca preocupada quando seu olhar encontra o meu.

Ela se senta rapidamente, o temor gravado em seu rosto.

— O que foi, Jax?

Fecho um punho em meu cabelo de novo. Balançando a cabeça, olho para Lily. Ela está deitada na cama, seu corpo perfeito enrolado em um lençol. Ela parece um anjo. Os vastos cabelos loiros caem por seus ombros em ondas. Os olhos estão arregalados de medo, mas a intensidade neles aprofunda o azul brilhando para mim.

Ela é meu sonho vivo. Tudo o que eu já quis está aqui, na minha casa. Ainda assim, olhar para ela agora faz uma onda de dor passar por mim. É tão forte que me dá náuseas.

Dor, arrependimento, tristeza e culpa: todas essas emoções estão pulsando tão fortes que me abalam até a alma. *O que foi que eu fiz?* Meu coração se contorce e eu continuo a encarar a Lily. Não consigo falar, as palavras sumiram nas profundezas da minha confusão.

— Lily. — Minha voz embarga, e sou dilacerado por um caos interior. Estou tentando decifrar tudo o que estou sentindo.

Estou encarando a Lily, minha alma gêmea, mas olhar para ela está me causando um tumulto imenso que está em desacordo com o que meu coração deveria estar sentindo quando a encaro.

A noite passada foi um erro. É difícil pensar racionalmente por que algo tão incrível é tão errado, mas é. Eu sinto. O peso das consequências de ontem são demais para lidar.

Com uma inspiração trêmula, murmuro:

— Lil, preciso que você vá embora. Preciso que você vá embora agora.

— O quê? — pergunta, inclinando a cabeça para o lado.

— Preciso que você vá agora — respondo, com mais autoridade na voz.

Ela engole em seco.

— Ah, ok.

Giro em um pé e saio do quarto. As provas da noite passada estão espalhadas pela sala: nossas roupas, garrafas de cerveja, uma enorme tigela de mousse de chocolate. Apressado, pego nossas roupas espalhadas.

Ao voltar para o quarto, encontro Lily de pé, imóvel, bem no meio do cômodo. Com um olhar de total confusão, ela está enrolada em um lençol branco como uma princesa romana.

Eu me abaixo e pego as roupas que joguei na cama. Elas devem ter caído no chão quando ela se levantou com o lençol. Entrego-as para a Lily.

— Trouxe para você.

— Certo — ela murmura, assentindo.

Deixo-a no quarto e vou para a cozinha. Começo a jogar fora todos os potes de comida chinesa que deixamos no balcão. Lily chega momentos depois.

— Jax, podemos falar da noite passada? Não gosto da forma como estou me sentindo agora e não quero sair assim.

Abaixo a cabeça e respiro devagar.

— Little, a noite passada foi um erro, um erro enorme. Não há mais nada para falar a respeito disso.

Ao olhar para cima, encontro o olhar dela, cheio de choque e dor. Seus olhos se enchem com as lágrimas não derramadas.

— Como você pode dizer isso? — Uma ponta de perplexidade envolve sua voz.

— Como eu posso dizer isso? — repito, meu tom subindo uma oitava. — Eu enterrei a porra da minha esposa há três dias, Lily! Como eu posso não dizer isso? — grito.

Seus olhos se arregalam e ela agarra o respaldo da cadeira da cozinha, equilibrando-se.

— Eu sei disso. É claro que eu sei, mas isso não faz de nós um erro. Nós nunca fomos um erro, Jax.

— Não, o que nós fizemos ontem foi um erro. Nunca deveria ter acontecido — rebato. — Eu nunca deveria ter saído com você depois do funeral. Eu nunca deveria ter pedido para você ficar aqui. Eu nunca deveria ter fingido que a minha vida é diferente do que é. Na noite passada, eu não deveria ter ficado tão bêbado. E aquilo — aponto para a bagunça na sala — nunca deveria ter acontecido. Não está certo.

Lily respira fundo.

— Eu entendo. Mesmo. Foi... — ela para por um momento e pensa em outras palavras. — Foi muito cedo. Mas, ao mesmo tempo, foi incrível. Não diminua o que foi.

— Lil, eu não tenho o direito de experimentar algo incrível. O corpo da Stella foi enterrado há dois dias, porra. Onde está o incrível dela? Como sequer é justo com ela que eu caia na cama com você no segundo que ela se foi? Estou tão enojado comigo mesmo e com meu comportamento da noite passada que está difícil até olhar para você agora.

Lily solta um ofego audível e seus lábios começam a tremer.

— Sei que foi muito cedo. Mas quer saber? Stella não esperava que você passasse o resto da sua vida sozinho. Você tem vinte e três anos. É para nunca mais você experimentar o amor de novo? Ela gostaria que você fosse feliz, Jax.

— De alguma forma, não acho que ela ficaria de boa comigo fodendo a minha ex-namorada três dias depois do enterro — digo, seco.

Duas lágrimas grandes escorrem pelas bochechas de Lily.

— Somos mais do que isso.

— Não importa realmente o que nós somos ou o que fomos. O fato é que o que fizemos na noite passada foi horrível.

— Estávamos bêbados. Emoções são amplificadas quando as pessoas bebem — oferece.

Esse fato não diminui em nada a minha culpa.

— Não importa, Lily! Foi errado e não consigo lidar com a culpa agora.

Preciso de um pouco de espaço. Preciso de tempo para ficar de luto pela minha esposa antes de lidar com esse drama.

— Bem, você quer falar disso… da Stella? Sei que você não queria, nos últimos dias. Mas estou aqui se precisar de uma amiga.

Lily avança e pega minha mão. Deixo o calor da sua pele me confortar por alguns momentos, mas então a puxo de volta.

— Talvez. Mas não pode ser com você. — Dou um passo para longe dela. Agora percebo que estava me iludindo ao pensar que ela era a resposta.

O cômodo fica quieto por um momento. Apenas o som da nossa respiração quebra o silêncio. Posso ver Lily apertando as mãos. Sua cabeça está abaixada e, em seguida, ela a ergue, seu olhar encontrando o meu. Pura determinação emana do seu rosto.

— Sei que você está magoado. Sei que termos feito amor na noite passada está te causando um monte de culpa e quero me arrepender, mas não vou. Eu te amo desde sempre, Jax. Na noite passada, eu finalmente pude te sentir de novo. Você sabe o que é ver a sua alma gêmea se casar com outra pessoa? Sabe o que eu senti ao pensar que nunca mais beijaria você? Doeu. Dor é dor. Não há um concurso que julgue quem sentiu mais. Independente da causa, dói de todo jeito. — Ela dá um passo para frente, mas não me toca de novo. — Eu quero estar ao seu lado. Sei que você está sofrendo há muito tempo. Não consigo nem imaginar como foi nos perder e depois saber que perderia a Stella. Você tem vivido na miséria. Deixe-me estar aqui por você. Deixe-me te ajudar. Se você não estiver pronto para mais do que uma amizade, então prometo que sua amiga é tudo o que serei. Só não quero que você passe por isso sozinho.

Suspiro.

— Venha aqui.

Pego a mão da Lily, levando-a para a sala. Nós nos sentamos lá, encarando um ao outro. Começo a falar, minha voz está fraca; exausta:

— Você não entende o que a culpa faz comigo. — Meus olhos queimam com lágrimas não derramadas. — Sempre foi você para mim, Lil. A única. Enquanto crescíamos, você sempre foi minha. Então, a vida nos separou. Você não era mais minha e eu não consegui te trazer de volta. Eu segui em frente e comecei a sair com a Stella, mas meu amor por você continuou. Claro que eu amei a Stella, mas eu sabia que ela não era você e, lá no fundo, sempre quis que ela fosse. E agora que ela não está aqui e eu finalmente posso ter você… em vez de sentir alívio ou alegria, eu sinto uma culpa devastadora. Sinto culpa de poder te amar e agora ainda mais, porque você me quer e parte de mim não sente que eu mereço. Estou desonrando-a? Estou dizendo que o que tivemos não era suficiente? Sinto que estou e não quero isso. Ela merece algo melhor.

— Mas... — Lily começa a protestar.

Coloco o indicador em seus lábios, silenciando seu argumento.

— Não, Lil. Sei o que você vai falar. Sei tudo isso, mas não me cai bem. A verdade é que a Stella me escolheu e, agora, não estou me sentindo muito merecedor desse amor. Ela merece mais. O que isso implica... não tenho certeza. A única coisa que sei é que não consigo pensar nisso se você estiver aqui. Não consigo pensar direito quando você está perto de mim. Não quero te magoar, mas preciso mesmo que você vá embora.

Ela deixa sua cabeça cair, o queixo apoiado no peito, e observo seus ombros subirem enquanto ela inspira.

Erguendo o rosto, ela encontra meu olhar.

— Ok, eu vou. Eu entendo. Vou voltar para Nova Iorque em alguns dias. Posso passar aqui antes de ir?

— Sinto muito, Lil. — Balanço a cabeça. — Não posso.

— Ok. — Ela se levanta, resignada. — Você pode me levar até meu carro ou devo pedir um táxi?

— Claro que vou te levar.

Estou com medo de levá-la no carro da Stella. É como se fosse um gigante "vá se foder" do universo... lembrando-me de tudo o que fiz de errado. Ainda não consigo entender tudo o que estou sentindo e provavelmente não conseguirei por um tempo. Só sei que me sinto um merda.

— Então, acho que nosso navio não está mais encalhado no oceano — Lily declara baixinho para si mesma quando entramos no carro da Stella.

O navio pode ter alcançado a terra, mas não faço ideia de onde ir a partir daqui.

Vinte e seis

Ouço as batidas na porta. São incessantes, um incômodo constante. Ouvi-as várias vezes, todos os dias, na última semana. Ignorei todas elas.

O tempo para as gentilezas acabou. No funeral da Stella, eu coloquei um sorriso, abracei e confortei cada pessoa que queria me dizer o quanto a amavam, o quanto sentiam e como eu poderia contar com eles caso precisasse.

Quer saber? Que todos se fodam. Cada um deles, porra.

Vão se ferrar.

Não vou abraçar outra pessoa. Não ligo para a perda deles. Não ligo para o quanto amavam a Stella. Quem não amava? Eles se acham especiais? Porque não são. Se há alguém por aí que conheceu a Stella e não a amava, se alguém estiver feliz por ela ter morrido… *essa* pessoa seria única. *Essa* pessoa teria algo a dizer que eu ainda não ouvi. Todas as outras estão apenas cuspindo a mesma torrente de merda que já escutei uma e outra vez. E estou cansado disso.

As batidas na porta param e a campainha não toca mais.

Graças a Deus. Quem quer que fosse finalmente foi embora. *Bom.*

Tenho uma novidade para a pessoa que estava à minha porta. Não preciso da porra da sua lasanha. Na verdade, eu nunca mais vou comer lasanha. É provavelmente a pior comida da história da porra dessas comidas. *Filhos da puta.*

Já se passou uma semana desde o funeral da Stella. *Eu acho.* Perdi a noção do tempo. Perdeu importância. Meus dias consistem em beber cerveja, dormir e… bem, é, basicamente isso. Meu telefone morreu há alguns dias e não vejo necessidade de carregá-lo. Não me importo com as mensagens e enjoei das ligações.

Sei que as pessoas querem o meu bem. Mas não consigo dar a mínima. Tenho certeza de que o Sr. Grant está se perguntando quando vou voltar a trabalhar. Já não trabalho há nove meses. Dois meses antes do casamento, tirei uma licença prolongada. Eu não ia passar meus dias trabalhando sendo que a Stella tinha tão poucos dias. Em vez disso, passamos os últimos nove meses da vida dela juntos, lutando para fazer cada dia valer a pena, para deixar cada um especial.

Quando saí de licença meses atrás, o Sr. Grant me afirmou que meu cargo estaria me esperando quando eu decidisse retornar. Sou grato por isso, por ele ter entendido. Mas com a forma como me sinto agora... não sei como vou fazer para deixar essa casa de novo, ainda mais me tornar um membro de valor para a sociedade. Não preciso do dinheiro. Stella me deixou tudo. Tenho certeza de que o dinheiro vai acabar em algum momento e, em algum ponto, terei que voltar a trabalhar. Ou posso apenas diminuir o ritmo e viver com o que tenho até essa dor no meu peito ir embora, até eu poder respirar de novo sem a agonia que cada respiração traz. Cada uma delas me faz lembrar que Stella não está aqui, que ela não está respirando. Cada inspiração faz uma nova rodada de agonia bater em meu peito. Não vejo como isso desaparecerá. Não sei como ficarei bem de novo.

Há um ano, quando Stella me contou que estava morrendo, eu soube que a minha vida nunca mais seria a mesma. É difícil me fazer entender que só faz um ano desde o diagnóstico. Ela morreu um ano depois de ser diagnosticada, quase no mesmo dia. Um ano não é nada. Ainda, ao mesmo tempo, sinto que vivemos uma vida inteira em um curto espaço de tempo. Eu amei e perdi... experimentei tantas emoções. Aos vinte e três anos, sinto como se minha vida devesse ter terminado, mas não terminou. Só a da Stella.

É difícil. Não acho que alguém consiga entender o que é estar nesse espaço onde, na minha idade, eu perdi minha esposa para uma batalha horrível contra o câncer. A menos que tenham passado por algo similar, ninguém saberia como é. Eu daria tudo para não conhecer essa dor. Mas esse não era o meu caminho. Este aqui é, e concordei com ele, para o bem ou para o mal.

Que escolha eu tinha? Mesmo se eu soubesse o que a dor e a culpa por perder Stella traria... eu teria tomado a mesma decisão, de todo jeito. Não importa o que acontecesse, eu sempre escolheria apoiá-la. Deixá-la lutar contra o câncer sozinha nunca foi uma opção.

E aí, tem a Lily.

Como pode alguém que eu amo me causar tanta dor? Ou, mais precisamente, foi o que nós fizemos que está sendo difícil de aceitar. Tentei ser racional. Eu estava triste. Sozinho. Bêbado. Lily sempre foi o meu porto seguro, o meu conforto. Naquela hora, eu queria sentir tudo o que a Lily sempre me deu. Eu queria sentir qualquer coisa que não fosse tristeza.

Sei que Stella se foi e que ela queria que eu seguisse em frente. Mas estou certo de que ela não teria ficado animada com a velocidade e a forma como fiz isso. Foi deplorável e imperdoável.

Apesar do amor infinito que sinto por Lily, mal posso olhar para ela agora. Até pensar nela faz a culpa correr por mim, o que me traz uma agonia tamanha que faz ser difícil respirar.

A culpa tem me atormentado há muito tempo. Foi a culpa por não fazer de Lily uma prioridade na minha vida que me fez terminar com ela há três anos, em primeiro lugar. Foi aquele término que me colocou no curso que estou hoje. Agora, a culpa é a única coisa que me impede de finalmente ser capaz de ficar com ela de novo. Queria poder bloquear isso, mas, por alguma razão, o sentimento é capaz de me segurar tão apertado que não consigo deixar para lá.

Realmente não sei quando é ok seguir em frente depois que a esposa morre. *Quanto é um tempo respeitável para se esperar?* Não faço ideia. Mas tenho cem por cento de certeza de que três noites depois do funeral não é o momento mais oportuno. Senti tanta vergonha e fiquei tão triste com o desrespeito que demonstrei pela memória da Stella. Não tenho certeza se esse remorso vai embora.

Estou perdido. Preciso que Stella me diga o que fazer. Preciso que ela me dê permissão para viver, porque sinto tanta culpa por seguir em frente sem ela. Nós nos planejamos para tudo, mas nunca pensamos em como eu seguiria com a minha vida depois que ela partisse. Não sei o que fazer nem por onde começar. Tudo o que eu sei é que algo tem que acontecer, porque estou me afogando em dor e remorso. Não tenho certeza de por quanto tempo mais consigo segurar minha respiração antes de inalar tudo e deixar a sensação me afogar.

A sensação mais estranha do mundo me atinge. Sinto alguém me movendo. Ouço meu nome e a sensação de que não estou sozinho me atinge. Mas não registo isso porque estou muito solitário.

— Jax! Acorde!

Uma voz familiar me puxa do meu sono induzido pelo álcool.

Landon?

— Jax!

Continuo ouvindo meu nome e sinto mãos empurrando meus ombros.

— Jax!

Ouço de novo antes de abrir os olhos devagar, semicerrando-os por conta do brilho forte da luz do quarto.

— Argh, o quê? — Minha voz está rouca por causa dos muitos dias de sono e da falta de uso. *Espere um minuto...* — Como você entrou aqui? — resmungo.

— Sim, mano, você precisa substituir a fechadura da sua porta. Está quebrada — Landon declara.

— Você quebrou a minha porta? — indago, colocando um travesseiro na cara para bloquear a luz incômoda.

— Você esperava o quê, Jax? Você não atende nem o telefone nem a porta há mais de uma semana. Todo mundo está louco de preocupação. A mãe está surtando. Ela queria vir até aqui hoje e dar um jeito de entrar. Percebi que era melhor eu fazer isso, porque ela não precisava te ver desse jeito. Estou feliz por ter vindo. Você está fedendo pra caralho, cara.

— Vá se foder.

— Vamos lá. Sua bunda precisa de um chuveiro.

— Não — protesto.

— Cara, você vai tomar banho. Pode andar até lá por conta própria ou eu jogo você lá dentro. A escolha é sua.

— Gostaria de ver você tentar. — Bufo.

A voz do Landon sai como um apelo:

— Vamos lá, Jax. — Ouço a preocupação tomando conta dele. — Você precisa se limpar. Vai te fazer se sentir melhor. Por favor, tome um banho. Por favor.

— Não vai.

— Não vai o quê?

— Me fazer sentir melhor.

Ele suspira.

— Talvez não, mas tenho certeza de que vai te fazer cheirar melhor. Vamos lá. — Ele puxa o cobertor para o lado e puxa meu braço.

Cedo e me levanto devagar. Minha cabeça dispara com a sensação incomum de ficar de pé combinada à de falta de comida e ao excesso de bebida. Landon passa o braço pelo meu ombro e me estabiliza.

Eu me arrasto até o banheiro. Dispo-me, ligo o chuveiro e entro. Fico no chuveiro por tempo demais, mas a água quente está extraordinária. Quando saio de lá enrolado em uma toalha, vejo Landon colocando um lençol limpo na minha cama.

— Você trocou minha roupa de cama? — pergunto, com um risinho.

— Troquei — resmunga. — Você está me devendo. Eles estavam com cheiro de suor, cerveja e todo tipo de nojeira. Coloquei na máquina de lavar na configuração de limpeza mais quente, mas eu lavaria de novo se fosse você.

Meus olhos reparam no aspirador de pó.

— Você também passou o aspirador? — pergunto, espantado.

— Cara, estava uma catinga do caralho aqui. Limpei a cozinha e abri as janelas também. Parece que tinha um morto-vivo aqui. Sei que você está triste, mas ainda tem que viver, Jax.

Entro cambaleando na cozinha e, com certeza, tudo está limpo e a lava-louças está funcionando. Abro a geladeira e pego uma garrafa d'água. Viro a coisa toda.

— Quando foi a última vez que você comeu? — Landon questiona.

— Não sei. — Pego outra garrafa de água e vejo os potes de comida. Bato a porta da geladeira. — Por favor, jogue esse caralho dessa comida no lixo — digo para Landon, minhas palavras comedidas. — Não consigo lidar com elas.

— Consegue sim. — Ele abre a geladeira. — Devo raspar tudo e lavar as embalagens?

— Não. Jogue as embalagens fora. Não quero nada disso na minha casa. Na verdade, jogue fora até a última coisa aí dentro.

— Sério? Ketchup e tudo?

— Tudo, Landon. Eu não quero. — Não sei por que a comida está me deixando no limite, mas está.

Só quero recomeçar. Não quero ter que me perguntar se a última pessoa a usar a maionese foi a Stella. Não posso ter uma lembrança dela me assombrando a cada momento.

Landon leva dois sacos de lixo lotados com potes e condimentos para fora. Abro a geladeira, completamente vazia. De alguma forma, aquele fato me dá uma pequena sensação de alívio.

— Vamos sair para comer — Landon avisa, quando retorna. — O jogo do Tigers está rolando se quiser ir a algum bar de esportes.

Não quero ir me sentar em um bar para assistir a um jogo de basebol, mas também não quero ficar aqui. *Então, por que não?* Não dá para me fazer sentir pior.

— Ok — cedo. — Acho que posso comer alguma coisa. — Agora que estou de banho tomado, vestido e de pé, percebo que estou faminto.

— Acha? — Landon ri.

O hambúrguer estava uma delícia enquanto eu comia, mas, agora, parado no meu estômago, está me causando dor enquanto a indigestão sobe feito fogo pelo meu esôfago.

— Droga, meu estômago está queimando.

— Bem, quando você fica uma semana sem comer e em seguida ingere um prato gigante de gordura isso acontece.

— Obrigado por vir hoje. — Apesar da minha irritação inicial, sei que precisava de alguém para ser o catalisador e me tirar da sarjeta em que eu estava. Não estou, de forma nenhuma, completamente bem agora. Mas é impressionante o que um banho, um pouco de comida, ar fresco e interação humana podem fazer com você.

— Quando precisar, cara — Landon responde rapidamente, os olhos focados no jogo na tela.

Estou grato por ele não estar fazendo um grande caso disso.

Vemos o jogo em silêncio por um tempo. Tomo meu copo d'água.

— O que eu faço agora?

— Não tenho certeza, Jax. Para ser sincero, não sei o que te dizer. Acho que você vive um dia de cada vez e vê onde isso te leva.

— Um dia de cada vez — repito. Parece clichê, mas faz sentido. O pensamento de um futuro no geral é avassalador, mas eu consigo me concentrar em um dia. O conceito do amanhã pode me causar um pouco de ansiedade, mas a realidade do hoje é administrável.

— Sim. E, hoje, nós assistimos aos Tigers — Landon comenta. Continuamos olhando para a tela até ele falar de novo: — Ah, e quando voltarmos, falamos com a nossa mãe.

— O quê?

— Mandei uma foto da sua geladeira vazia. Ela está lá agora, enchendo a coisa.

— Por que você fez isso?

— Porque é a nossa mãe. Ela precisava fazer alguma coisa, ajudar de alguma forma. E vamos encarar: você precisa de comida.

— Sim — cedo.

— E mais, ela quer te ver. Está preocupada com você. Chega de ignorar sua família, esse é o meu outro conselho. Um dia de cada vez e chega de ignorar sua família.

— Quem diria que você estava tão cheio de sábios conselhos? — Bufo, com uma risadinha seca.

— Sim. Faço o que posso. Faço o que posso. — Landon leva a garrafa de cerveja aos lábios.

Sentar em um bar e assistir a um jogo de futebol parece quase normal, e me dá esperança de que, um dia, eu me sentirei bem de novo. Um dia, a dor diminuirá e poderei viver a minha vida... um dia.

Vinte e sete

LILY

Sirenes soam e o som se aproxima até um enorme caminhão de bombeiros passar voando. É uma bela manhã de maio e uma das raras, porque Charlie e eu conseguimos pegar uma das poucas mesas do lado de fora da nossa cafeteria favorita.

Encaro meu notebook enquanto dou uma viajada. O ar da manhã balança meu cabelo e o conhecido barulho de fundo de Nova Iorque mal é registrado no canto mais distante da minha consciência. O caos constante de carros, buzinas e pessoas desaparece, ficando em segundo plano nos meus pensamentos.

Meus olhos estão focados na tela do computador, mas minha mente está em Jax. Já faz duas semanas desde que ele me deixou no meu carro no restaurante onde celebramos a vida de sua falecida esposa.

Ainda é estranho se referir a alguém como esposa do Jax. Jax tem… teve uma esposa… que não era eu. O conceito é muito estranho. Sei que é realidade. Testemunhei o casamento deles em primeira mão. Mas ainda é inacreditável.

Não tive notícias de Jax desde que ele me deixou no meu carro. Já mandei várias mensagens de texto para ele desde que voltei para Nova Iorque. Todas ficaram sem resposta, exceto por uma:

Jax: Não posso.

Não tenho certeza do que ele quer dizer. *Não pode o quê? Trocar mensagens? Ligações? Namorar? Agora? Nunca?*

Parei de mandar mensagens depois dessa resposta, mas sinto falta dele. Estou preocupada com ele. Independentemente de eu ter ou não aprovado sua união com a Stella, ele perdeu alguém com quem se importava. Está machucado e eu não posso fazer nada para ajudar. Ele não deixa.

Sei que ele se sente culpado pelo que aconteceu conosco noites depois do funeral. *Sou uma pessoa horrível por não me arrepender? Talvez. Foi cedo demais? Sim, provavelmente foi.* Mas aconteceu, e eu nunca desejaria o contrário. Nunca vou me arrepender de nenhum momento que passei com Jax.

Não estou feliz por Stella ter morrido. Nunca desejaria esse destino para ninguém. Meu coração está partido por ela, por sua família e por Jax. Ainda assim, estaria mentindo se dissesse que não me sinto levemente melhor sabendo que a doença foi o maior fator para Jax decidir se casar com ela. Porque me sinto. Ele nunca admitiu para mim que foi essa a razão para ele se casar, mas sei que foi. Mesmo que toda a situação seja devastadora por si só, este pequeno fato me dá esperança para o meu futuro com o Jax.

— Um café gelado e um ovo caro demais. — Charlie coloca o meu pedido na mesa.

— Com licença, é uma omelete de portobello com queijo Asiago — digo, no meu melhor tom esnobe. — E é deliciosa.

Ela se senta do outro lado da mesa.

— É ovo, queijo e fungo.

— Cala a boca. — Rio, cortando um pedaço da omelete e jogando nela.

Ela se inclina para o lado, desviando da minha tentativa débil. Sentando-se direito, pega um pedaço do muffin e joga na boca.

— Se um passarinho comer aquilo, você vai ter contribuído com o canibalismo.

— O passarinho vai superar.

Charlie acena em direção ao notebook.

— Você sequer olhou as fotos?

Desvio o olhar para as imagens que eu deveria estar editando.

— Não.

— Ainda nada do Jax?

— Não. — Suspiro. — Quanto tempo devo esperar para entrar em contato de novo?

Ela dá de ombros.

— Nem ideia. Você o conhece melhor do que ninguém. O que você acha?

— Queria saber. Este é um território novo para nós.

Deixo minha mente viajar de volta para o funeral. A cerimônia em si foi uma das coisas mais bonitas, e trágicas, que já vi. Foi uma das raras situações em que eu não sabia o que dizer ao Jax. Ele parecia estar em seu próprio mundo sombrio e eu o deixei estar. Não sabia exatamente do que ele precisava, mas tinha consciência de que necessitava de tempo para dizer adeus à Stella.

A atmosfera no restaurante estava muito diferente. Foi uma comemoração de verdade, que era o que os pais da Stella disseram que eles queriam que fosse quando fizeram um pequeno discurso no começo. Palavras não podem descrever o quanto foi bom ter a minha família com os Porter de novo. Sinto-me mal quando penso no quanto me diverti na ocasião, considerando o motivo que nos levou a ela. Mas tudo enfim parecia certo de novo.

Assim que as bebidas começaram a fluir, toda a estranheza entre Jax e eu desapareceu. Paramos de pensar demais nas coisas. Paramos de nos preocupar com o que era apropriado para dois amigos na nossa situação dizerem ou fazerem e o que não era. Apenas vivemos o momento; pela primeira vez em três anos, pelo que parece. Deixar a dor ir embora e dançar com Jax no bar country foi uma terapia no seu melhor.

Talvez os eventos na casa do Jax tenham sido apressados. Pelo menos para ele e seu bem-estar mental, foram. Mas os três dias inteiros foram tão maravilhosos. Eu precisava daquele tempo com ele. Conectar-me com Jax daquela forma preencheu um espaço na minha alma que apenas ele poderia preencher. Partes de mim que estavam adormecidas por muito tempo enfim foram capazes de respirar.

Agora eu sei, como eu sempre soube lá no fundo, que só existe uma pessoa no mundo feita para mim. *Eu poderia ser feliz vivendo uma vida sem o Jax?* Suponho que sim. Estou muito mais forte e segura de mim do que nunca. Sei que poderia viver uma boa vida, apesar do meu desejo de estar com ele. Mas eu não quero.

O negócio com a felicidade é que ela vem em degraus diferentes. Estou feliz agora. Sentada aqui, estou contente. Amo meu trabalho, meus amigos e minha vida. Ainda assim, quando estou com Jax... aquele nível de euforia é indescritível. E eu quero aquilo. Eu o quero de volta.

— Terra para Lily.

Olho para Charlie, encontrando seu olhar ansioso.

— Voltou? Você meio que ficou olhando para o nada.

— Desculpa. Só não sei o que fazer. — Mordo o lábio inferior.

Ela balança a cabeça.

— Não sei o que te dizer, Lil. Mas você deveria terminar seu café da manhã. O Ethan vai nos matar se nos atrasarmos de novo.

Aceno com a mão, indicando que ela não precisa se preocupar.

— Ah, por favor. Ele só late, mas não morde.

Os olhos da Charlie se arregalam e ela nega, discordando.

— Não tenho tanta certeza disso. Além do que, suas latidas já são bem aterrorizantes. Eu me esforço para evitar. Então, corre.

— Ok. — Dou uma grande mordida na minha omelete. Guardo o notebook na mochila, passando a alça por cima do ombro, então pego o café gelado da mesa. — Tudo bem. Vamos lá. Não quero que o Ethan tente arrancar a cueca pela cabeça.

— É, eu imagino que ele seja o tipo de cara que usa boxer — brinca.

— Bem, não imagino a roupa íntima dele. Ponto final.

Lanço um olhar conhecedor para ela, que afasta o rosto e continua caminhando pela calçada. Ela bufa.

— Nem eu — diz, indignada. Enquanto vamos para o prédio, Charlie fala: — Então, vi que você recebeu flores de novo ontem.

— Sim. — Suspiro. — Eu disse a ele para não mandar mais.

— Se você realmente quiser que ele pare, precisa mostrar que está falando sério.

— Já mostrei, mas vou ligar hoje à noite. Feliz?

— A escolha é sua, *chica*. Pessoalmente, amo que nosso apartamento sempre tenha cheiro de flores frescas. Mas se você não está a fim de se relacionar com o Rob, precisa se certificar de que ele entenda isso.

— Eu sei. Como eu disse, vou ligar para ele hoje.

Rob continua me mandando flores a cada duas semanas. Ele tem feito isso há meses. Suponho que seja sua forma de me dizer que ainda está interessado, mantendo-o em primeiro lugar na minha mente. Mesmo que eu tenha tentado explicar a ele, o cara não percebe que já tem alguém na minha cabeça, no meu coração e na minha alma. Nenhuma quantidade de flores bonitas ou encontros fofinhos poderia mudar isso.

Depois do casamento do Jax, tentei dar uma chance ao relacionamento com Rob. Nunca fomos além de alguns encontros incríveis e beijos inofensivos. Eu simplesmente não conseguia. Queria seguir em frente, mas não estava pronta. Ainda não estou. Cometi o erro de seguir em frente antes de estar pronta e isso quase me custou o Jax para sempre. Com aquela experiência, aprendi a confiar no meu coração e, agora, meu coração me diz para esperar. Então eu vou esperar.

Vinte e oito

JAX

Já se passaram quase quatro meses desde que a Stella morreu.

Estou na cozinha da minha mãe e ela está fazendo alguma salada com gelatina para levar para a casa dos Madison. É aniversário da Lily, e ela veio passar o fim de semana aqui para comemorar com a família.

Hesitei em vir, mas Landon e minha mãe me convenceram. Ela só quer que a vida volte ao normal, e eu concordo. Em um mundo *normal*, Lily e eu somos melhores amigos e eu nunca perderia seu aniversário.

Dou a volta na casa dos Madison. Posso ouvir as vozes no deck perto da piscina. O cheiro de carne assando na churrasqueira enche o ar quente de agosto.

Os olhos de Miranda se alargam quando me veem.

— Jax! Não sabia que você viria! — Ela vem até mim e me puxa para um abraço.

Ela me aperta e devolvo seu abraço com o mesmo entusiasmo. É ótimo vê-la.

— Bem, é aniversário da Lily — ofereço como explicação.

Seus lábios se abrem em um sorriso que emite calor genuíno.

— Ela está na piscina. — Ela me abraça mais uma vez antes de me soltar, recuando.

Vou para a área da piscina e vejo Lily sentada em uma espreguiçadeira debaixo de um guarda-sol enorme. Keeley está sentada ao seu lado, as duas estão conversando com sorrisos enormes no rosto. Lily está incrível em seu biquíni, mas, de novo, ela fica incrível em qualquer coisa. A visão da pele clara, das curvas e do cabelo loiro caindo por suas costas é o suficiente para acabar comigo. Apesar dos meus protestos internos, cada pedaço de mim quer todos os pedaços dela. Nunca foi bem uma escolha quando se trata da Lily. Ela sempre foi tudo o que eu quero.

Durante a nossa vida, ela sempre me deu exatamente o que eu precisava. Quando éramos jovens, e eu precisava de um coleguinha, ela se tornou a melhor coleguinha que um garoto poderia querer. Fui crescendo e precisei de uma confidente com quem falar dos meus problemas, e ela se tornou uma amiga maravilhosa. Quando nossa atração se intensificou, e nosso amor um pelo outro foi além da amizade, ela foi a namorada perfeita. É estranho pensar que não importa do que eu precisasse, ela era a resposta. Ela sempre foi a resposta.

Eu a quero. Meu Deus, como a quero. Estou com tanto medo de que ela tenha encontrado uma nova versão do Trenton em Nova Iorque. Algum idiota com um ego enorme e mais amor por si mesmo do que poderia dar a outra pessoa e que a fará perder a cabeça. Ele não a merecerá nem a amará do jeito que ela merece. E talvez, na próxima vez que ela namorar alguém, será a última. Ela poderá seguir em frente e se casar.

Ninguém vai amá-la como eu. Ninguém. Ela é minha outra metade. Nós nascemos neste mundo como almas gêmeas, destinados um ao outro. Disso eu tenho certeza. O que não sei é como seguir em frente. Encontro-me em um lugar estranho onde estou preso entre a vida que eu quero e a vida que eu tenho. Não tenho certeza de como seguir em frente e viver uma vida que seja livre de remorso.

Lily deve sentir meu olhar, pois se vira. Seu sorriso desaparece quando ela me vê, e uma expressão de choque aparece. Ela se recupera rápido, o sorriso volta e ela fica de pé. Nós nos encontramos no meio do caminho e eu a puxo para um abraço. Sua pele está quente e macia sob meu toque.

— Feliz aniversário, Little Love.

Ela não responde imediatamente e continuamos parados nesse abraço.

— Você veio — diz, enfim, com a voz embargada.

Ainda com as mãos ao redor da sua cintura, inclino a cabeça para trás para ter uma visão clara do seu rosto. Seus olhos brilham com lágrimas e vejo a ferida que reside ali.

— Sinto muito. — Puxo-a para mim de novo e seguro-a contra o peito. — Sinto muito, Lil.

— Não, você não tem motivo para sentir muito. Só estou feliz que você veio. Senti tanto a sua falta. — Funga.

— Claro que eu vim. Não poderia perder o aniversário de vinte e quatro anos da minha Little, poderia?

— Obrigada — diz, antes de ficar na ponta dos pés e beijar minha bochecha. — É o melhor presente de aniversário de todos.

Estou segurando meu copo de chá gelado e olhando ao redor do deck para a nossa família. Landon e Amy estão sentados em um banco ao lado, rindo de alguma coisa. Nossos pais estão frente a frente; e nossas mães estão em uma conversa animada. Lily, Keeley e eu estamos deitados lado a lado nas espreguiçadeiras debaixo dos guarda-sóis da piscina.

Keeley está falando de algum cara que ela conheceu no campus. Um sorriso se espalha no rosto da Lily ao ouvir a irmã. Quero guardar este momento de normalidade. Já faz tanto tempo que tive um desses, e é uma experiência poderosa. Tinha esquecido como era bom.

A longa história da Keeley é interrompida quando Miranda chama, dizendo que é hora do bolo.

Miranda traz um bolo nuvem, coberto com chantili e morangos, para a mesa do pátio. Um punhado de velas longas e finas foram acesas e colocadas em círculo pelo perímetro do bolo.

Todos ficamos ao redor e cantamos feliz aniversário para uma Lily sorridente.

— Faça um pedido! — Amy grita.

Lily fecha os olhos, acenando de leve, e faz seu pedido na cabeça antes de voltar a abrir os olhos e soprar as velas.

Pegamos uma fatia do bolo e a minha mãe e a dela começam a limpar a mesa.

— Quer dar uma volta? — pergunto.

— Claro. — Lily coloca os chinelos e começa a caminhar em direção ao jardim.

Por cima da roupa de banho, ela está usando um tipo de vestido que fica a alguns centímetros dos joelhos. Aquele pedaço de tecido é uma das coisas mais sensuais que já vi.

Vamos em direção a nossa árvore, nós dois sabendo, por instinto, onde vamos parar. A grama embaixo do carvalho está mais alta do que me lembro de ter visto.

— Olha. — Lily aponta para o nosso cantinho. — Não há mais sinal de nós lá. Já faz muito tempo.

— Eu sei. Veja o quanto a grama cresceu. Não me lembro de ela crescer debaixo da árvore. Você lembra?

Ela nega.

— Não. Eu achava que não crescia direito por causa da sombra. Mas talvez fosse porque estávamos sempre aqui, pisoteando tudo.

— Não sei. Estranho — murmuro para mim mesmo.

— Aqui. — Lily tira o vestido.

— O que você está fazendo? — pergunto, quase em pânico.

Ela dá uma risadinha.

— Calma. Só estou arrumando algo em que nos sentarmos. Toda essa grama deve pinicar, não acha? — Ela estica a peça na sua frente e coloca na grama debaixo da árvore. Ela pisa em cima do tecido até estar nivelado. — Sente-se. — Ela aponta para o chão.

Engulo em seco. Estou tendo dificuldade de me concentrar em qualquer coisa, exceto no corpo da Lily de biquíni, que está sendo tão perfeitamente à mostra na minha frente.

— Ok.

Sento-me e ela se joga ao meu lado. Ficamos em silêncio por um momento antes de ela questionar:

— Como você está levando?

— Estou levando bem. Fica mais fácil a cada dia — admito. — Como você está? Como é Nova Iorque?

— É ótimo. Eu amo. Amo meu trabalho. Amo minha colega de quarto — diz, empolgada.

Ela começa a contar histórias sobre Charlie, sobre o trabalho em uma empresa de marketing e sobre o chefe babaca, Ethan. Fecho os olhos e absorvo suas palavras, absorvendo sua alegria. Senti falta disso. Senti falta de conversar com ela e apenas ouvir suas histórias. Ela sempre conta as melhores.

Ela para de falar por um momento antes de perguntar:

— Está me ouvindo?

Abro os olhos e a encaro.

— Claro que estou.

— Bem, parecia que você estava dormindo.

— Só estava aproveitando a sua voz, só isso.

Ela ri.

— Dava para ter me enganado. Parecia que você estava dormindo.

Balanço a cabeça.

— Não. Apenas ouvindo.

A verdade é que sua voz é tão excitante para mim que, quando se junta ao seu belo corpo, que está convenientemente sentado ao meu lado, e ao seu belo rosto, é demais. Não quero voltar ao lugar onde eu estava em abril, depois que dormimos juntos.

— Ok, bem, que tal você falar, já que estou te colocando para dormir?

Encaro seus olhos azuis, deixando-me vagar momentaneamente até os lábios carnudos.

— Você não estava me colocando para dormir. — Dou um largo sorriso.

— Bem, quero ouvir o que você tem feito. — Ela sorri também.

— Não tenho muito para contar. Tenho uma vida bem entediante. Voltei a trabalhar agora. Então, basicamente, me joguei no trabalho e é isso.

— Amy disse que vocês saíram juntos algumas vezes?

— Sim, tenho visto Landon com bastante frequência e saímos com a Amy em algumas. É legal ter os dois por perto.

— Aposto que sim — concorda. — Sinto falta disso — ela pausa. — Amo muito a Charlie e ela se tornou uma ótima amiga no último ano, mas sinto falta de poder voltar para casa dirigindo.

Tenho que saber, mesmo que esteja aterrorizado pela resposta:

— Você está namorando alguém? — tento soar casual, mas sai apressado, e pareço um adolescente.

— Não — responde, hesitante.

— Você não parece ter tanta certeza disso.

— Eu tenho. Não namorei ninguém desde… bem, você sabe.

Presumo que ela esteja se referindo ao babaca e não a culpo por não querer falar dele. O cara era perverso.

— Estou surpreso — declaro.

— Por quê? — questiona, confusa.

— Porque você é uma mulher maravilhosa. Só achei que os caras estariam caindo em cima de você.

Ela suspira.

— Aprendi minha lição, Jax. Não estou interessada em namorar ninguém.

— Sério?

— Sim. Não vou cometer aquele erro de novo. Já estou apaixonada por alguém e espero que, um dia, ele também me ame.

— Ele já te ama. — Minha voz fica embargada.

Sua resposta é baixa, incerta.

— Talvez um dia ele me queira.

— Ele quer você. Sempre vai te querer.

— Então por que ele não fica comigo?

— Porque ele está aos pedaços, Lil, e você merece alguém que esteja inteiro.

— Você simplesmente não entende, né? — Sua voz está alta agora, o que me assusta. — Foi isso que começou tudo. Toda essa ideia de que você não é suficiente para mim do jeito que você é. Me escute, Jax. — Ela se vira, assim estamos cara a cara, e aponta o dedo para o meu peito. — Você é tudo para mim, desde sempre. Tem que saber que quando se ama alguém, quando se ama alguém de verdade do jeito que eu te amo, não importam os defeitos que você tenha ou os erros que cometeu. Você é suficiente para me fazer feliz... do jeito que você é. Não te amo porque você é perfeito. Não te amei porque era um ótimo jogador de futebol americano e um aluno nota dez. Eu não dava a mínima para nada disso. No final das contas, tudo o que importa é o que está aqui. — Ela apoia a mão no meu peito, sobre o coração. — Aqui, você é tudo. Talvez não seja perfeito, mas é perfeito para mim.

Lágrimas escorrem pelo meu rosto enquanto ela continua a segurar a mão em meu peito.

— Só você pode me amar do jeito que eu preciso. Só você foi colocado neste planeta com a habilidade de me dar uma vida de pura felicidade. Você é tudo para mim; não por causa da sua perfeição, mas apesar dela. Amo você por tudo o que você é e por tudo o que não é. Amo você por todos os seus erros e os seus triunfos. Amo você em todos os lugares que você está aos pedaços e nas formas como me completa. Amo você porque o tipo de amor que nós temos é eterno. É raro, Jax. Nem todo mundo consegue experimentar tamanho amor e nós temos isso.

Encaro-a. Meu coração está martelando no peito, debaixo de sua mão. Seus olhos brilham com lágrimas enquanto ela continua:

— Você me amaria apesar de qualquer coisa. Não importam os defeitos que eu tenha, você me amaria. Mas você não me deixa te amar por quem você é. Não entende isso? Eu só quero você. Só quero você — repete as últimas palavras, um apelo um tanto desesperado.

Suas palavras fazem algo comigo e, durante esse espaço de tempo, esqueço-me de tudo, exceto do meu amor por ela.

Meu Deus, eu a amo.

Seguro seu rosto entre as mãos, encarando seus olhos por um momento, antes de esmagar os lábios nos seus, tomando-a em um beijo de devorar a alma. Tomo o que é meu, o que eu quero, o que sempre quis.

Ela geme na minha boca e nossas línguas se unem em uma dança familiar, enroscando-se em um ritmo perfeito. Enquanto a beijo, seus lábios me mandam em uma espiral, em uma nuvem de desejo e luxúria. Meus lábios são implacáveis enquanto tomam o que eu quis por muito tempo. Em toda a minha vida, ninguém me fez sentir assim com um beijo. Ninguém teve o efeito que Lily tem em mim. Meu corpo a anseia, deseja e necessita.

Agora, a sensação que sobrecarrega todos os meus sentidos é a necessidade primitiva de tomar Lily, de sentir a conexão que apenas ela pode me dar.

Sempre foi ela. Sempre será ela.

Minhas mãos se movem em sua pele quente e meus lábios continuam nos seus enquanto a deito na grama. Percorro sua pele, acariciando cada centímetro que venho necessitando há muito tempo.

Em movimentos apressados, nos livramos das nossas roupas, nosso corpo nu um contra o outro. Entrelaço os dedos nos dela e ergo nossas mãos sobre sua cabeça. Olhamo-nos nos olhos, nossa conexão nunca oscilando, enquanto a penetro com um gemido profundo.

Começo um ritmo implacável de prazer incomparável.

— Jax, Jax, Jax — ela ecoa meu nome no ar quente noturno.

Nossos corpos deslizam um contra o outro. Enterro o rosto na curva do seu pescoço, sentindo sua pele úmida e inalando a essência que é unicamente da Lily.

Nós nos perdemos na conexão até estarmos gemendo e tremendo por causa do orgasmo. O corpo da Lily se aperta ao meu redor, levando tudo o que tenho para oferecer. Ainda conectados, caio por cima dela enquanto nos recuperamos, inspirando profundamente.

— Te amo, Jax. — Seus olhos estão nublados, seu cabelo despenteado e sexy contra o chão.

As palavras da Lily causam uma alegria imensa que expande meu peito.

— Te amo mais.

Seus olhos azuis vagueiam sobre mim, um sorrisinho acendendo-os. Meu coração se retorce com o amor que sinto por ela.

Mas conforme encaro as profundezas azuis, lembro-me do estado da minha vida e a minha amiga já bem familiar, a culpa, volta para me marcar. Todo sentimento feliz e satisfeito que eu tive é substituído por remorso de novo.

Como eu posso seguir em frente? Racionalmente, eu sei que está tudo bem. É o próximo passo. Mas a devastação da morte da Stella ainda me perturba com uma intensidade crua. Sua morte ainda é muito recente na minha cabeça, como se tivesse acontecido ontem, oprimindo-me com o desespero. Não quero ficar assim, mas não consigo me deter.

Os olhos da Lily se arregalam em resposta ao que quer que ela veja no meu rosto.

— Não, Jax. Por favor, não faça isso — apela.

— Sinto muito — é tudo o que consigo dizer. Fico de pé e me visto, apressado.

— Não. Por favor, não — implora.

— Tenho que ir. Sinto muito. — Começo minha retirada.

— Jax! — Lily grita.

Viro-me para encará-la. As lágrimas escorrem pelo seu rosto.

— Não faça isso. Não me deixe.

— Sinto muito — peço de novo.

— Você está partindo meu coração. — Ela chora. — Por favor, fique.

— Eu te falei, Lil. Estou aos cacos — digo, triste, uma onda de impotência me consumindo. — Eu te amo, Little. Acho que o máximo que alguém pode amar outra pessoa. Mas não estou em um bom momento agora. Tenho que sair dessa depressão em que estou. Tenho que me corrigir antes de poder começar uma vida com você. Desculpa por te magoar de novo. Estou tentando. Estou realmente tentando voltar para você. Vou tentar para sempre e só espero que, quando eu conseguir, não seja tarde demais.

E com isso, eu me viro e me afasto do som do seu coração se estilhaçando... de novo.

Vinte e nove

Apago a luz do escritório e me encaminho para os elevadores. Não tem ninguém aqui e os corredores escuros estão assustadoramente silenciosos. Foi um longo dia. Pego o celular e vejo algumas mensagens não respondidas de Landon, Ben e da minha mãe. Leio rapidamente antes de devolver o aparelho ao bolso.

Saio do prédio e o ar frio da noite está gostoso. Respiro fundo e o cheiro de hambúrgueres que vem do pub no fim da rua invade meu nariz, fazendo meu estômago roncar. Fico tentado a pegar algo para comer, mas opto por ir para casa. Tenho vivido de sanduíches de manteiga de amendoim e geleia ou de queijo quente, ovos pochê e atum por meses. Um desses vai servir para hoje à noite. Não é que eu não seja capaz de cozinhar algo decente. Eu só não sinto vontade.

Já faz mais de um mês desde o aniversário da Lily. Foi outro mês cheio de remorso.

Puxo o meu cabelo com as mãos em punhos. Estou tão frustrado, tão cansado de tudo. O tempo que fiquei com a Lily debaixo da árvore naquele dia me fez recuar dez passos, e voltei para perto de onde estava depois da morte da Stella. Não foi tão ruim, mas ainda foi ruim. Não quero voltar para lá. Quero seguir em frente, mas simplesmente não consigo e não tenho certeza do motivo.

Odeio estar machucando a Lily. Detesto demais, mas não sei mais o que fazer. Não posso chegar a um estado de espírito em que está tudo bem superar a Stella, em que fazer isso seja certo. A mera ideia disso me enche de culpa e sinto como se estivesse sendo infiel a Stella, como se estivesse manchando sua memória de alguma forma.

Ainda a sinto em todo lugar. Ela está no trabalho. Está na nossa casa. Está enraizada em minhas memórias. Não consigo escapar disso e, até conseguir, não posso seguir em frente. Fazer isso a magoaria, ou o que penso que lhe causaria mágoa, e não sou capaz de fazer isso com ela.

Destranco a porta e sou imediatamente recebido por um miau.

— Ei, Buddha. O que foi? Ficou sem comida, gorduchinho?

Ele ronrona alto enquanto esfrega a lateral do corpo na minha perna.

Abaixo-me e pego o monstrinho rechonchudo, que enfia a cabeça no meu pescoço, ronronando.

— Devemos comer atum hoje? Sei que você ama — digo, em uma voz doce demais. Estou feliz que não haja ninguém por aqui para me ouvir.

Amy e Landon apareceram aqui há uns dois meses com esse gato obeso que eles resgataram em um abrigo de animais aqui da cidade. Eles insistiram em que eu precisava de um bichinho. Discordei deles na época, considerando que eu mal conseguia cuidar de mim mesmo. Mas eles insistiram até eu aceitar um período de teste. Consenti em ficar com ele por uma semana e estava convicto de que o devolveria depois que o tempo acabasse, mas aquela bola gorda e peluda me fez comer na palma da sua pata desde o primeiro dia.

Sempre pensei em mim mesmo como alguém que gosta de cachorros. Nunca pensei em ter um gato, mas, como Amy pontuou, gatos não precisam de muita atenção, ao contrário dos cachorros. Tudo que o Buddha precisa é do seu pote de água, do de comida e uma caixa de areia quando eu não estiver, e eu não estou com frequência. Trabalho em jornadas muito longas, todos os dias.

Admito que gosto de ter companhia. Ele se enrola perto de mim toda noite quando estou dormindo e algo em seu calor e ronronar ritmado me acalma.

Buddha e eu comemos nosso atum, e tomo um banho. Depois de vestir a calça de pijama, paro para olhar ao redor do quarto. Já faz cinco meses desde que Stella morreu, embora, se alguém olhasse para o cômodo, poderia pensar que ela esteve aqui esta manhã. Seus chinelos ainda estão encostados na mesinha de cabeceira do seu lado da cama e o Kindle permanece lá, intocado. Seu suéter vermelho está enrolado na cadeira em frente à penteadeira, exatamente onde ela o deixou. Não mexi em nada que era dela. Parte de mim estava com medo de fazer isso. Deixei tudo exatamente no mesmo lugar em que ela colocou da última vez.

Meus olhos se enchem de lágrimas. Não é à toa que não consigo escapar da sua memória. *Como eu poderia se nem mesmo tentei?*

Vou empacotar suas coisas. Chegou a hora. Não posso viver mais no *limbo*. Estou constantemente preso entre o passado e o presente, incapaz de deixar as coisas para trás e de seguir em frente. É um lugar solitário para se estar.

Vou para a garagem, onde ainda estão algumas caixas da nossa mudança. Pego-as e levo para o quarto. Junto as caixas e pego uma caneta piloto na minha mesa para escrever nelas. Vou passar tudo para os pais da Stella, junto da lista que ela escreveu, indicando para onde tudo deveria ir. A maioria das coisas será doada, mas as mais pessoais ficarão com a família.

Começo com o closet. Não me importo em dobrar nada. Jogo as roupas nas caixas. As peças enchem três das grandes. Em seguida, coloco os sapatos em outra.

Fico de pé, encarando o armário vazio e um sentimento inexplicável me sacode. É a combinação mais estranha de uma tristeza quase tangível e de uma alegria libertadora.

Sacudo a cabeça conforme me movo em direção à penteadeira e decido limpá-la na sequência. Ponho toda sua maquiagem, acessórios de cabelo e joias em uma caixa. Empilhada ali em cima, está uma pilha de revistas de fofoca. Duvido que seus pais vão querer guardar edições desatualizadas da *Us Weekly* e da *People*, mas começo a jogá-las na caixa de toda forma.

Quando pego a última, vejo um envelope por baixo dela. Vou jogar na caixa, mas meu nome chama minha atenção. Respiro fundo e minhas mãos tremem enquanto seguro a carta. Viro o envelope e vejo que está selado. Viro novamente e passo o dedo por cima do meu nome, escrito na letra cheia de curvas da Stella.

Recuo até minhas pernas tocarem a cama e me sento, sem tirar os olhos da carta. Meu peito lateja e puxo várias respirações para juntar coragem. Deslizo o dedo pelo lacre do envelope e o abro. Tiro de lá um pedaço de papel e o desdobro.

Meu querido Jax,

Bem, se você está lendo esta carta, significa que eu parti. Rezo para que você esteja lidando bem com a situação, mas tenho medo que não esteja.

Meu Jax... Estou usando "meu", mas você nunca foi meu. Seu coração nunca pertenceu a mim. Sei disso. Sempre soube disso.

Não estou dizendo isso com raiva, mas com amor e gratidão. Obrigada. Nunca fui a dona do seu coração, mas você me aceitou de todo jeito. Você me amou. Você cuidou de mim. Me deu meu casamento dos sonhos. Casou comigo, sabendo que passaria pelo inferno com e sem mim. Mas você fez isso de todo jeito. Sacrificou sua alegria para eu poder ter a minha. Que presente você me deu.

Quero me desculpar com você. Sinto muito. Fui egoísta. Sabia disso o tempo todo, mas não ligava. Eu estava morrendo e queria você. Queria você, sabendo que estava apaixonado pela Lily. Fiquei tão furiosa que aquilo estava acontecendo comigo. Estava brava porque não teria o meu felizes para sempre. Meu coração estava partido porque eu nunca seria mãe. Estava furiosa, pois a minha vida, que certamente teria sido cheia de aventuras empolgantes, seria encurtada. E pensei que pelo menos eu merecia meu casamento de contos de fadas com meu belo príncipe. Eu merecia isso... certo?

Não me casei com você porque eu estava morrendo. Você sabe disso. Eu te amei com todo o meu coração e isso foi o suficiente para mim, mesmo sabendo que você não sentia o mesmo.

Deitada aqui, escrevendo isso, estou sentindo muito remorso. Posso dizer que não tenho muito mais tempo nesse mundo, mas espero que você tenha. E o que eu fiz com você? Você anda por essa casa, esperando por mim, cuidando de mim, me amando. Você sorri quando me vê, mas a alegria deixou os seus olhos. Você está fingindo, e eu sei disso. Sei o que essa doença fez, o que eu fiz a você. Transformei o homem sexy e confiante com quem me casei em uma casca, alguém desprovido de sentimentos e esperança.

Só posso imaginar o que você deve estar passando e desejo que *pudesse te dizer que mudaria minhas atitudes se pudesse, mas não é verdade. Você me deu muito neste tempo limitado que tivemos. Sinto muito que isso tenha demandado tanto de você no processo. Sei que sou egoísta, mas se uma mulher que está morrendo não pode ser, quem pode?*

Amo você, Jax Porter. Amo você com todo o meu coração. Quando eu der o meu último suspiro, estarei amando você.

Mas saiba disso: quando eu me for, você precisa seguir em frente com a sua vida e voltar ao caminho que estava antes de mim. Espero que Lily esteja ao seu lado agora e torço para que os dois estejam extremamente felizes. Você merece toda a alegria que esse mundo tem a oferecer. Você é um bom homem, Jax — o melhor de todos.

Espero que não esteja desperdiçando um segundo da sua vida de luto por mim. Se estiver, pare. Pare agora. Você não pode se afundar em tristeza por minha causa, porque você foi o melhor presente que eu esperava ter. Eu nunca poderia agradecer a você o suficiente por ser minha luz nestes dias obscuros.

Vá encontrar sua verdadeira felicidade, Jax, porque você me deu a minha.

Te amo para sempre.

Stella

Obs.: Por favor, diga a Lily que eu sinto muito. Espero que ela possa me perdoar algum dia.

Lágrimas rolam pelo meu rosto e eu me encosto no meu travesseiro. Buddha se deita ao meu lado, ronronando feliz enquanto dorme.

Leio a carta uma e outra vez, absorvendo cada palavra. Minhas pálpebras ficam pesadas. A última sensação que sinto antes de a exaustão me abater é alívio.

Trinta

Passaram-se duas semanas desde que encontrei a carta da Stella e já a li quinhentas e setenta e quatro vezes. Pode ser um leve exagerado, mas já a li bastante, vezes demais para contar.

Stella me conhecia, realmente me conhecia. Não são muitas as pessoas que o fazem, mas sou grato por ela me conhecer. Ela sabia que eu teria dificuldades para seguir em frente. Sabia que eu poderia precisar da permissão dela para deixá-la ir. Ainda não consigo entender a enormidade dos últimos anos.

Nos últimos três anos, eu perdi o amor da minha vida. Eu me casei com outra, apenas para perdê-la também. Parti corações, incluindo o meu. Vivi com dor, arrependimento e esperança demais por algo que não era para ser.

Dizem que tudo acontece por um motivo. Mas não sei se acredito mais nisso. *Em que mundo o ato de perder uma pessoa maravilhosa como a Stella deveria ter sentido? Em que universo existe um propósito maior por detrás da morte dela?* Talvez eu ainda esteja um pouco amargurado; e minhas feridas, muito recentes.

Stella espalhou mais bondade em seus vinte e três anos do que a maioria das pessoas a vida inteira. Acho que seria impossível saber como seus atos de bondade alterariam a trajetória de outras pessoas para melhor. Ainda assim, não tenho dúvidas de que ela fez isso.

Ela terá um impacto eterno na minha vida.

Olhando em retrospecto, eu era um merdinha, simples assim. Estava tão estressado com tudo e, na verdade, nada daquilo importava. Perdi minha alma gêmea por conta das minhas falsas prioridades. Mesmo que eu já estivesse começando a perceber meus erros, Stella me ajudou a ver o que importava de verdade.

Se há alguma coisa certa nessa vida é que nada está certo. Nós temos o hoje. E só. Temos este momento no tempo. Perdemos o passado para as memórias e o futuro não é garantido. O que escolhemos fazer com o nosso presente é a qualidade que nos define.

Admito, fiz algumas escolhas horríveis. Eu olhava para cada dia como uma pedra que eu deveria pisar para chegar ao futuro, à vida real que me esperava. Fazendo isso, perdi o presente.

Lily sempre tentou me dizer que a vida era uma jornada, não um destino, mas eu nunca dei ouvidos. Precisei perdê-la para fazer isso.

E foi a Stella quem me fez entender. Ela me ensinou a viver cada dia de forma plena, independente do que o futuro traria. É simplesmente o que qualquer um de nós pode fazer. Sim, sabíamos que o futuro da Stella seria encurtado. Mas, na verdade, ninguém tem o amanhã garantido. Ela foi uma das poucas que recebeu um aviso.

Então, sim… ainda não entendo tudo o que aconteceu nos últimos três anos.

Mas sei de uma coisa com certeza. Vou recuperar a Lily — de vez. Parti seu coração vezes demais agora. Vou passar o resto da minha vida recompensando-a. Vou aproveitar cada dia com ela. Nunca vou dar por garantido outro dia da minha vida.

Olho a hora no meu telefone de novo e suspiro. O voo de Detroit para Nova Iorque leva menos de duas horas, mas cada minuto que passa parecem dez.

Euforia nem começa a descrever o que estou sentindo. Estou empolgado para chegar lá, ver a Lily e finalmente recuperar minha vida, fazer a *nossa* vida voltar para onde deveria estar.

Não contei a ela que estava indo. Vou surpreendê-la. Não tenho certeza ainda de como. Quero fazer algo romântico. Ela merece um reencontro dos sonhos, mas na minha pressa de comprar passagens e vir até aqui, não pensei em nada.

O vídeo que vi do filme *Digam o que quiserem*, onde o cara segura uma caixa de som acima da cabeça passa pela minha mente. Mesmo que ele seja de antes de eu nascer, tenho que admitir que é romântico. Pensei em tocar nossa música do Elvis, *Can't help falling in love*, mas segurar o iPhone por cima da cabeça não tem o mesmo apelo.

Talvez eu apenas vá até ela e diga como me sinto. É uma ideia. Assim, de verdade, cansei de esperar. Passei três anos da minha vida sem a Lily ao meu lado, e três anos é tempo demais.

Após sair do aeroporto, peço ao taxista para parar no hotel, para que eu possa deixar a mala antes de ele me levar ao trabalho da Lily. O motorista vai cortando o trânsito e eu absorvo o cenário lá fora. Sinto orgulho ao imaginar Lily aqui. Esta cidade é completamente diferente de Michigan, incluindo nossas cidades mais populosas. Ela chegou tão longe.

A secretária me informa que Lily está em um compromisso, mas não me diz onde. Talvez eu não devesse ter invadido seu trabalho. Mas, sério, eu não tenho mais paciência.

— Vai, por favor. Eu realmente preciso vê-la. — Dou meu melhor sorriso.

— Sinto muito, senhor. Se você é próximo dela, acho que tem o número de telefone. — Ela ergue uma sobrancelha para mim, como se não acreditasse que eu sou alguém que tenha.

— Eu tenho. — Tento manter a fachada simpática, embora tenha a sensação de que não tem como convencer a mulher. — Mas, como eu disse, quero fazer uma surpresa.

— Bem, sugiro que faça isso quando ela não estiver trabalhando — diz, em um tom amargo. Ela me lembra daquelas bibliotecárias sérias do ensino médio, que também não eram muito boas com pessoas.

— Jax?

Ouço meu nome e giro para encontrar uma garota da minha idade parada atrás de mim.

— Sim? — Fico me perguntando como ela me conhece.

— Você veio atrás da Lily?

Óbvio. Mas eu apenas aceno, sem querer que minha irritação exacerbada com a senhorita Boas-vindas aqui recaia sobre essa garota.

— Venha aqui — pede, com simpatia.

Antes de segui-la, viro-me para a secretária.

— Muito obrigado por sua ajuda — falo, na voz mais gentil que posso.

A garota me leva a um escritório vazio e fecha a porta.

— O que você quer com a Lily? — pergunta, abruptamente.

— Sinto muito. Acho que estou em desvantagem.

Ela olha para mim com indiferença.

— Seu nome? — peço.

Então ela se dá conta.

— Ah, desculpa. Eu sou a Charlie, colega de quarto da Lily e melhor amiga dela.

— Não, eu sou o melhor amigo dela — afirmo, antes de conseguir me impedir.

— Não ultimamente, ao que parece — diz, direto ao ponto. — Então, o que você quer com a Lily?

— Quero vê-la.

— Por quê?

— Sem ofensas, mas por que isso te interessa?

— Porque, senhor Jax Porter — ela pronuncia meu nome com desgosto —, diferente da sua versão de amizade, eu realmente estive ao lado dela no último ano.

Ai. Touché.

— E quero me certificar de que você não vai magoá-la de novo — continua. — Só por isso. Ela está finalmente começando a sair da fossa em que estava quando voltou do aniversário.

— Eu sei. Você está certa, e é uma boa amiga — admito. — Estou aqui para recuperar a Lily.

— Sério? — Charlie pergunta, animada.

— Sim, sério. — Rio. — Eu a amo.

— Bem, já estava na hora de você recuperar o seu juízo.

— Sim, eu sei. Tenho sido um idiota. Então, sabe onde ela está.

Ela assente.

— Sim, no Central Park, tirando algumas fotos para um cliente.

Maravilha.

— Ótimo. Muito obrigado.

O Central Park é maior do que imaginei. Charlie me deu as coordenadas e uma explicação de onde ir no parque, mas, mesmo guiado por ela, sinto como se estivesse caminhando sem rumo pelas trilhas pavimentadas. Estou pensando em pegar o telefone para ligar para a garota quando vejo a Lily.

O reflexo do sol nas lentes é o que chama minha atenção primeiro. Ela está abaixada em um joelho na grama a cerca de cem metros de distância, a câmera focada em um local à minha direita. Olho para lá e vejo um grupo de árvores com folhas que começam a mudar de cor para o outono.

Ando rapidamente para onde imagino que ela vai fotografar e me viro para encará-la. Leva alguns segundos, mas sei o exato momento em que ela me vê pelas lentes. Mesmo daqui, posso ver seu corpo se retesar e ela abaixar a câmera devagar. Meus passos estão determinados quando vou na direção dela. Conforme me aproximo, o choque em seu rosto é evidente. A mão que segura a câmera cai para o lado. A outra está apoiada no peito, os dedos espalhados sobre a regata esvoaçante que ela está vestindo.

— Oi, Little Love — digo, quando estou parado na sua frente.

— Jax — ela gagueja. — O que você está fazendo aqui?

— Tenho alguns negócios para resolver em Nova Iorque.

Seu olhar cai para o chão, mas logo volta para encarar o meu.

— Ah. — Ela não faz um bom trabalho para esconder a decepção em sua voz.

Encaro-a, sem palavras. Sua beleza e a maneira como meu corpo reage ao dela sempre me surpreende. O longo cabelo está preso em um rabo de cavalo alto. Ela parece um anjo moderno, perfeita de todas as formas.

Uma mecha rebelde do seu cabelo voa por seu rosto e eu ergo o braço, colocando-a por trás da sua orelha.

— Sim. — Limpo a garganta. — Vim tratar de negócios. Ao que parece, o amor da minha vida mora nesta cidade, então voei até aqui para tentar reconquistá-la.

Lily expira, seu lábio inferior tremendo. Uma clara falta de confiança está refletida em seus olhos. Tenho estado tão emocionalmente instável nos últimos tempos que posso entender sua hesitação.

— Vim para dizer a ela que a amo; para dizer que sinto muito. — Estico a mão para pegar a que Lily está segurando junto ao peito, apertando-a entre as minhas. — Vim para te encontrar porque quero que saiba que você, senhorita Lily Anne Madison, é o amor da minha vida. Sinto muito por tudo. Sinto muito por viver a minha vida sempre focado no futuro, quando deveria estar aproveitando o presente. Eu julguei errado as minhas prioridades. Na minha cabeça, pensei que estava fazendo o que era melhor para o nosso futuro. Mas agora sei que nada daquilo importava. Só você importava.

Levo sua mão aos lábios e a beijo de leve. Seus olhos estão arregalados, observando minha boca pressionar a pele de sua mão, mas ela continua a me olhar atordoada e interessada.

— Fiz algumas escolhas que alteraram nosso destino. Pensei que a vida era preto no branco. Achei que poderia controlar nossos caminhos, que ficaríamos juntos quando eu estivesse pronto. Mas não é assim que funciona. As escolhas que eu fiz mudaram o curso que nossas vidas tomaram, fazendo com que eu perdesse três anos da minha vida com você. Mas ter esse tempo afastado enraizou um pensamento tão profundamente na minha cabeça que nunca mais esquecerei. Você é tudo — pronuncio cada palavra. — Tudo o que eu vejo. Tudo o que eu quero. Tudo o que importa. Para mim, você é a *única* coisa que importa. Uma vida sem você não seria uma vida de fato.

Lágrimas caem dos olhos da Lily enquanto eu prossigo:

— Em cada momento importante da minha vida, você esteve lá. Sempre foi apenas você. Sinto muito por minhas escolhas terem nos levado por este caminho pedregoso em que tivemos que lutar para voltar um para o outro. Para ser sincero, viver a vida sem você nunca foi uma escolha. Lily, na minha memória mais antiga, eu te amo. Quando eu estiver no meu leito de morte, vou te amar. Vou te amar cada segundo que eu tiver daqui até lá. Lily, quero que saiba que estou pronto. Não vou te magoar de novo. Não quero desperdiçar mais nenhum dia desta vida longe de você. Então, a pergunta é… — Lanço um sorriso largo para ela. — Você prefere passar a vida com o homem que te ama mais do que qualquer coisa no mundo mesmo que ele possa ser um completo idiota? Ou prefere passar com o idiota parado na sua frente, dizendo que sente muito e que te ama mais do que qualquer coisa no mundo?

Antes que eu diga a última palavra, Lily se abaixa e coloca a câmera no chão.

— Você não me deu muita escolha, né?

Ela ri em meio às lágrimas e pula nos meus braços, passando as pernas pela minha cintura. Ela está chorando, o rosto enterrado em meu pescoço. Seguro-a apertado e sinto seus soluços em minhas mãos conforme suas costas se movem para cima e para baixo a cada respiração.

O choro da Lily fica mais intenso, mas ela continua a agarrar meu pescoço com força.

— Você não respondeu a minha pergunta — comento, com um sorriso.

Ela ergue a cabeça até nossos olhares se encontrarem.

— Eu escolho o idiota.

— Boa escolha. Eu estava torcendo por ele.

— É, eu tenho uma queda por idiotas. — Ela sorri de volta.

— Deve ser meu dia de sorte então.

— Não acredito em sorte — responde.

— Ah, é?

— Não, mas eu acredito em destino. E o problema é que ele sempre vence. Às vezes, nos leva a desvios, mas acaba triunfando no final. Eu te amo.

— Eu te amo mais — declaro, antes dos meus lábios encontrarem os seus.

Trinta e um

Minha mão está entrelaçada na de Lily enquanto estamos parados na frente de uma loja caindo aos pedaços. Observo os tijolos antigos, cheios de rachaduras. O toldo pendurado acima da vitrine, suponho, foi amarelo em algum momento, mas, no estado atual, está com uma cor entre mostarda e lama. O dossel sujo se choca com as lagostas vermelhas de cada lado. É impossível ver dentro das janelas opacas por conta das camadas de poluição criada com o passar dos anos. E há uma placa vermelha que pisca e me cega cada vez que mostra as palavras *comida chinesa.*

— Sério? — questiono, confuso. — Te falei para escolher o melhor restaurante da cidade e você me traz aqui? — Tiro os olhos da Lily e me viro para o restaurante mais uma vez, penso melhor, já que minhas pupilas são inundadas pela irritação brilhante de novo. — Só a placa já está me dando enxaqueca. — Rio baixinho.

— Pare de ser metido — Lily provoca.

— Não estou sendo metido, Lil. Uma coisa é ser metido e outra é se preocupar com a saúde. Completamente diferente.

Ela me puxa pela mão.

— Vamos lá. Não se pode julgar um livro pela capa.

— Livros? Talvez não. Lugares para preparar a comida? Com certeza. Acha que eles servem carne de cachorro aqui? — pergunto, baixinho, conforme passamos pela entrada e o sino ecoa pelo restaurante vazio.

— Fica quieto! — pede.

Um chinês mais velho vem mancando em nossa direção.

— Lily, meu amor! Venha! Venha! — Ele nos apressa. — Trouxe um amigo?

— Sim, Bojing, este é o Jax. — Lil sorri para mim. — Jax, este é o melhor chefe de toda Nova Iorque, Bojing. Mas, enfim, todo mundo o chama de Bo.

— Bo? — pergunto.

— Ah! Jax. Sim. Bem-vindo, amigo. Pode me chamar de Bo. Lily me falou bastante de você.

— Estava contando para ele como a sua comida é maravilhosa.

Bo puxa Lily para um abraço apertado.

— Ah, Lily, minha garota. Por aqui, amigos. — Ele se arrasta em direção aos fundos do restaurante. — Onde está a minha Charlie?

— Ela teve que trabalhar até tarde. Disse para eu te dar um beijão na bochecha por ela.

— Ah, vou embalar o prato preferido dela antes de vocês irem embora. Aqui, sentem-se.

— Obrigada, Bo.

Começamos com os rangoons de caranguejo e, tenho que admitir, eles são os melhores que já provei.

— Bom, né? — Lily indaga, mergulhando o ragoon no molho agridoce.

— O melhor — concordo.

Continuamos com uma conversa leve enquanto comemos carne xadrez, frango com gergelim e lo mein; mantemos tudo no meio da mesa, enquanto provamos um pouco de cada prato. Lily me conta das suas responsabilidades na empresa de marketing. Falamos do seu trabalho como fotógrafa freelancer. Ela me atualiza quanto ao que fez com a Charlie no último ano.

Conto a ela do trabalho e meu dia a dia em casa, que não consiste em nada muito animador. Falo das visitas frequentes da Amy e do Landon e, é claro, do Buddha.

— Ai, meu Deus, não consigo te imaginar com um gato! — exclama.

— Eu sei. Pensei que odiasse gatos. Na verdade, o Buddha é a criatura mais legal de todas. Ele tem uma personalidade hilária. É tão engraçado. Também é muito meigo. Não importa onde eu esteja na casa, ele está comigo, ronronando como uma tempestade. Ele gosta de se sentar aos meus pés enquanto faço o jantar. Ele me entretém, para dizer o mínimo.

Lily me encara sem expressão por um momento.

— O quê? — pergunto.

— Desde quando o Jax Porter se tornou uma verdadeira tia dos gatos? — Ela ri. — Estou brincando. Mal posso esperar para conhecê-lo.

Nós nos despedimos de Bo e pegamos a comida da Charlie para levar para o apartamento.

— Uau. — Parado à porta, posso ver todo o lugar.

O apartamento é o menor espaço de moradia que já vi. Nossos dormitórios da faculdade eram maiores.

Lily deixa a embalagem na pequena bancada.

— Este é o estilo de vida de Nova Iorque. É pequeno, mas eu amo. Vou te dar o tour completo. — Ela para no meio do cômodo principal. Aprontando para um lado, diz: — Cozinha.

A cozinha pequena é basicamente uma bancada pequena encostada na parede, alguns armários, uma pia simples e um frigobar. Virando-se, aponta para o outro lado do cômodo.

— Sala.

A sala tem um sofá de dois lugares, uma poltrona reclinável, uma mesa de canto e uma TV de tela plana pendurada na parede. Aponta para trás de si.

— Banheiro. — Em seguida, estica os dois braços, indicando as portas em cada lado do banheiro. — Quartos.

Ela vai para a da direita e, eu a sigo para ver a cama de solteiro e uma cômoda, os dois itens tomando quase todo o espaço do quarto da Lily. Na cômoda, estão cinco fotos emolduradas dela comigo e uma de sua família.

— Gosto do seu estilo de decoração. — Sorrio, segurando uma foto minha e da Lily no baile. *A noite em que tudo começou.*

— Bem, eu tenho bom gosto. O que posso dizer?

Coloco a foto no lugar e puxo Lily para um abraço. Encaro seus olhos, absorvendo a sensação de tê-la em meus braços de novo. *Que sensação maravilhosa.* Seguro sua mandíbula, sentindo sua suave pele.

— Meu Deus, como senti sua falta.

Ela se apoia na minha mão.

— Também senti a sua. É quase surreal, né? Estar aqui, juntos, sem nada de estranho entre nós pela primeira vez em anos.

— Sim, é diferente, sem sombra de dúvida. Vamos ter que nos acostumar. Continuo sentindo como se tudo fosse explodir de novo.

— Eu sei. Eu também. Mas não vai. Nós paramos com tudo aquilo. Daqui para frente, somos você e eu, sempre. Não importa o que a vida jogue em nós, precisamos ficar juntos. Desde que tenhamos um ao outro, podemos passar por cada coisa, certo?

— Certo — concordo. — Precisa fazer uma mala?

— Sim, só me dá um minuto.

É sexta à noite, e Lily e eu vamos passar o fim de semana no Plaza. Lily insistiu que não era necessário. Embora eu tenha certeza de que a Charlie é uma boa pessoa, não quero compartilhá-la com mais ninguém. Quero ter um fim de semana inteiro para nós dois, onde podemos fazer o que quisermos e ser tão barulhentos quanto quisermos. Tenho que compensar muita coisa e tenho certeza de que as paredes deste apartamento não são à prova de som. Nosso próprio espaço no Plaza será muito melhor.

Charlie chega quando estamos prestes a sair.

— Bo mandou comida para você. Está na geladeira — Lily avisa, do banheiro.

— Ah, eu amo aquele homem. — Ela vai até a geladeira e pega a sacola marrom. — Divirtam-se, crianças — diz, quando saímos.

Meus lábios esmagam os da Lily antes mesmo da porta do quarto se fechar atrás de nós. Passar o dia com ela me deixou excitado. Ainda não consigo acreditar que ela finalmente é minha de novo. Estou ansioso para celebrarmos nosso reencontro várias vezes sem o peso da culpa que me oprimiu por tanto tempo.

— Eu te amo, Jax. Eu te amo. — A respiração da Lily fica mais audível conforme meus lábios exploram seu pescoço.

— E eu te amo mais, Little Love, sempre.

Passo os dedos pelo cabelo em sua nuca e cubro seus lábios com os meus. A atração inexplicável que sempre senti pela Lily ainda está lá, mais forte que nunca. Meu querer por ela perpassa meu corpo, sugando toda a racionalidade. Tenho que me forçar a ir devagar. Preciso apreciá-la, deleitar-me neste momento. Quero dizer para Lily como me sinto sem proferir uma única palavra. Quando eu terminar de adorar seu corpo, ela não terá mais nenhuma dúvida. Ela vai saber com certeza que foi colocada nesta Terra para mim, como eu fui para ela.

Nossas bocas se fundem como uma só. As línguas se retorcem e giram, dançando em um encontro requintado.

Lily solta um suspiro. Seu gemido em minha boca incendeia até a minha última terminação nervosa, e eu a beijo com mais força. Puxo-a para mais perto. Quero-a demais. Minha necessidade por essa mulher é infinita.

Em uma agitação frenética de movimentos, nós puxamos, beijamos e empurramos. Nossas roupas caem no chão pelo caminho, deixando um rastro até nosso destino. Parados ao lado da cama, nós dois nus, eu continuo a explorar sua boca com minha língua, reclamando sua alma com meu amor.

Os lábios da Lily deixam os meus e ela começa a ficar de joelhos.

— Lily — ofego seu nome. Quero prová-la primeiro, e mal comecei.

— Me deixa. — Sua voz está carregada com luxúria. — Quero isso há muito tempo.

Lily toma a minha crescente necessidade por ela nas mãos e, quando me envolve com a boca quente e úmida, eu jogo a cabeça para trás, soltando um gemido primitivo.

— Caralho! — grito, enormes raios de prazer ameaçando assaltar meus sentidos. Fecho os olhos com mais força e deixo as sensações assumirem.

Antes que ela me leve ao limite, tiro sua boca de mim. Ela solta um suspiro de protesto.

— Amor, quando eu gozar, vai ser dentro de você. — Puxo-a para mim, meus lábios colidindo com os seus.

Deito-a na cama e começo a beijar, lamber e provocar cada centímetro de sua pele. Começando por sua orelha, trabalho em seu pescoço e desço pelo peito, certificando-me de parar e dar a cada seio ampla atenção. Lily se remexe por baixo de mim, os gemidos de prazer ficando mais altos. Deixo uma trilha de beijos por sua barriga, arrancando arrepios pelo caminho, até chegar ao espaço com que eu tenho sonhado, o local que foi feito apenas para mim.

Dedico muita atenção ao centro dela, até que esteja se contorcendo, as mãos fechadas em meu cabelo. Coloco dois dedos dentro dela, em um ângulo na parede da frente, e minha língua continua seu ataque. Só leva o espaço de alguns segundos antes que Lily esteja tremendo e gritando meu nome no ambiente cheio de paixão ao nosso redor.

— Jax, Jax, Jax — entoa meu nome, conforme cavalga para o orgasmo.

Antes de ela retornar completamente do clímax, entro nela.

— Ai, Deus! — grita.

Com uma das mãos, entrelaço os dedos nos dela e seguro suas mãos sobre a cabeça. Com a outra, agarro a região da sua perna debaixo do seu joelho e empurro-a para trás, em direção ao seu ombro, abrindo-a para mim.

Tomo Lily rápido e com força, empurrando dentro dela com tudo o que tenho. Em seguida, diminuo o ritmo e puxo e empurro devagar, girando os quadris a cada estocada. Nunca tiramos nossos olhares um do outro conforme alterno o ritmo. Os olhos de Lily marejam e ela morde o lábio.

Estar com ela assim é uma mistura inebriante de sensações, tanto para o corpo quanto para o coração.

Naquele belo azul, posso ver tudo o que eu já quis: amor incondicional. O que me preenche com a sensação de segurança e paz que apenas ela pode me dar. Através do seu corpo, posso sentir as mais indescritíveis sensações imagináveis. Os tremores secundários de prazer por si só poderiam me sustentar por uma vida inteira. O aspecto mais surpreendente de tudo isso é que terei isso por toda a eternidade, por tanto tempo quanto a minha "eternidade" possa ser. Não sei por que tenho tanta sorte, mas não voltarei a me negar este amor.

Uma lágrima cai ao lado do rosto de Lily enquanto pego ritmo de novo.

— Eu te amo muito. — Sua voz está cheia de emoções.

— Eu te amo mais. Mais do que um dia poderei te mostrar. Mas do que poderei expressar. Mais do que qualquer coisa. — Trazendo meus lábios aos seus, beijo-a até perder os sentidos.

Com nossas bocas e corpos conectados, experimentamos pura felicidade juntos. Encontramos alívio em uníssono, na sinfonia do amor, desejo e prazer. E eu sinto tudo… sem um pingo de culpa.

Trinta e dois

O sol da manhã nos encontra através das cortinas de linho da janela. Sou trazido de volta para a realidade para encontrar Lily e eu em uma pilha de membros entrelaçados. A sensação de sua pele macia contra a minha é algo do qual nunca vou me cansar. Sua cabeça repousa em meu peito e eu a beijo. Seu cabelo tem o mesmo cheiro de sempre, e o aroma reconfortante traz de volta uma infinidade de memórias.

Nos últimos anos, eu sentia uma dor intensa no peito cada vez que uma lembrança com a Lily surgia. Todas as recordações eram tão cruas e tão cheias de emoção que eu não conseguia deixar minha mente vagar por essa época. As memórias me debilitavam, deixando-me inútil. Eu não poderia fazer isso, especialmente quando Stella ainda estava viva. Tinha que me concentrar nas minhas responsabilidades.

Mas elas enchem meus sentidos agora, cada uma. E, dessa vez, elas trazem felicidade e paz; finalmente. Sou muito grato, porque, quando se trata da Lily, essas memórias são algo que eu tenho e muito. Agora, quero me lembrar de cada uma sem sentir dor. Quero relembrá-las com a reverência e a alegria que merecem.

— Do que você está sorrindo?

Percebo que Lily está acordada. Sua cabeça está inclinada para trás para me olhar.

— Só estava pensando em quando éramos mais jovens.

— Qual parte?

— Tudo, na verdade. Tivemos tantos momentos maravilhosos juntos.

— Sim, tivemos. — Ela suspira, concordando. — Teremos muitos mais também.

— Nós teremos, Little Love.

— Começando pela noite passada. — Há diversão na sua voz.

Abro um sorriso largo.

— Sim, a noite passada foi maravilhosa. Foi uma noite que não vou esquecer tão cedo.

— Nem nunca.

— Combinado.

Lily e eu nos reconectamos de todas as formas possíveis na noite passada. Fizemos amor até não podermos mais ficar acordados.

— Meu corpo parece um espaguete. — Ela ri.

— O meu está bem cansado também.

— Sabe que pode falar comigo sobre qualquer coisa, né, Jax?

— Sei disso.

Mesmo que tenhamos conversado bastante na noite de ontem enquanto nossos corpos se recuperavam para outra rodada, não chegamos a falar das coisas difíceis. Tudo isso tem sido o elefante branco na sala. Sabia que teríamos que abordar o assunto, mas só queria que aproveitássemos nosso reencontro um pouquinho mais primeiro.

Lily se aconchega para mais perto, seus dedos fazendo desenhos aleatórios em meu peito.

— O que finalmente te fez mudar de ideia?

Sei que ela está se referindo ao fato de eu aparecer aqui, querendo-a de volta.

— Encontrei uma carta.

— Uma carta?

— Sim, Stella a escreveu antes de morrer. Vou te deixar ler em algum momento. Basicamente, ela me agradeceu por estar ao lado dela. E me deu permissão para deixá-la partir e disse que era melhor que eu voltasse com você.

— Ela escreveu isso? — Lily parece surpresa.

— Sim, ela sabia que nunca deixei de te amar. Sabia que você sempre seria a única para mim. E queria que eu te dissesse que ela sentia muito.

— Pelo quê?

— Por estar comigo quando ela sabia que eu deveria estar com você.

— Uau.

— É, eu sei. Ler a carta foi bem intenso. Foi tão surreal, porque eu conseguia ouvi-la dizer tudo aquilo, mas ela já tinha partido. Sabe?

— Acho que sim. Bem, estou muito grata por ela ter escrito. Quem sabe quanto tempo levaria até você estar bem?

— Eu sei. Sinto muito, Lil. Eu queria ficar bem. Queria superar. Eu te amava e sabia que, no meu coração, queria ficar com você. Mas a culpa esmagadora de seguir em frente não me deixava. Acho que foi pior porque, quando a Stella estava viva, eu às vezes desejava que as coisas tivessem sido diferentes. Queria ter me casado com você. Tentava não me deixar pensar em coisas assim, porque precisava ficar focado na Stella, mas os pensamentos continuavam se rastejando de todo jeito.

"Então, quando ela partiu, a vergonha de saber que meus pensamentos tinham virado realidade e que eu enfim estava livre para ficar com você fodeu com a minha cabeça de verdade. Eu simplesmente não conseguia superar. Eu te amava e te queria, mas me sentia errado, porque se eu tivesse amado a Stella de verdade da forma como deveria, aquele era o momento de estar de luto por ela."

— Ah, Jax. Ela te amava tanto. Essa parte era óbvia. Ela queria que você fosse feliz. Não acho que ela tenha uma veia vingativa, especialmente em relação a você. Ela nunca ia querer que você sofresse mais do que já tinha sofrido.

— Eu sei. — Suspiro.

— Quero que você saiba que eu entendo. Sei por que você se casou com ela e não te culpo. Era a coisa certa a se fazer, e eu não esperava nada menos de você. Partiu o meu coração, porque eu não sabia. Só quando ela morreu que todas as partes se encaixaram e meu coração começou a se curar.

— Eu a amei, Lil. Ela merecia muito mais do que recebeu nesta vida.

— Sei que amou. Como você poderia não amar? — Consigo ouvir o sorriso em sua voz. — Até eu mesma me vi gostando dela. Eu queria odiá-la, mas não podia. Ela era tão… meiga e agradável.

— Sei o que você quer dizer. — Rio baixinho. — Ela era mesmo.

— Para onde vamos daqui?

A pergunta traz para a luz o fato de que eu finalmente tenho a liberdade de escolher meu próximo passo. Culpa e obrigação não vão mais ter participação nas minhas escolhas.

— Não sei. Você está decidida a ficar em Nova Iorque?

O espaço de tempo antes que ela responda está cheio de nervosismo, enquanto percebo o quanto quero que ela venha para casa comigo.

— Não, não de verdade. Tem sido divertido. Eu amo morar aqui com a Charlie, mas, de verdade, vim para cá para fugir de você e das nossas memórias. Não há nada me prendendo aqui. Amo meu trabalho, mas é apenas um trabalho. Posso sempre conseguir outro.

Minha pergunta escapa dos lábios antes que ela termine a última palavra:

— Então você se mudaria comigo? Podemos morar juntos? — Estou mais do que pronto para começar o resto da minha vida com a Lily.

— Sim! Claro! Ai, meu Deus, sim! — Ela ri, animada. Apoiada em mim, salpica beijos entusiasmados por todo o meu rosto. — Tenho alguns projetos aqui para terminar e, é claro, tenho que dar um aviso prévio ao Ethan, mas, sim, eu amaria morar com você!

— Seria estranho ficarmos na minha casa, a que eu comprei com a Stella?

— Talvez um pouco. Seria estranho para você?

— Sim, um pouco — admito.

— Bem, por um tempo, vai ter que servir. Mas eu amaria comprar uma casa com você. Sabe, uma que escolhêssemos juntos. Quero que tenhamos a *nossa casa*, onde podemos construir nossas próprias memórias. Sua casa é linda, mas sempre será um lembrete do seu tempo com a Stella — ela diz.

— Concordo. Talvez enquanto você resolve tudo aqui, eu trabalho para deixar a casa pronta para venda, assim poderemos comprar uma nova mais cedo do que mais tarde.

Lily beija o meu peito.

— Parece um bom plano. Sinto falta da minha família. Vai ser bom voltar para Michigan.

— Bom, para a sua sorte, Landon e Amy passam por lá o tempo todo. Amy provavelmente vai visitar com mais frequência se você estiver. O hospital onde ela trabalha fica a cinco minutos de carro.

— Mal posso esperar — avisa, animada.

— Você não precisa se preocupar com trabalho também, se não quiser. Eu ganho o suficiente para nós dois.

— Bem, vai funcionar por agora. Mas vou procurar emprego e ver que tipo de ofertas eu consigo. Amaria focar mais no meu trabalho independente: casamentos, fotos de família e esse tipo de coisa. É a minha parte favorita. O trabalho não é sempre consistente, e eu tenho contas a pagar, então tenho tido sorte de trabalhar para o Ethan. Mas, se dinheiro não for uma questão, eu preferiria fotografar clientes individuais.

— Dinheiro não é problema. Quero que você faça o que te deixa feliz, Lil. E mais, você é maravilhosa no que faz. Sua lista de clientes vai explodir em pouco tempo.

— Consegue acreditar que finalmente vamos começar nossa vida juntos?

— Eu sei. É bem surreal.

— Então, seu voo está resolvido? — Lily indaga.

— Sim, só vou embora amanhã de manhã. Mandei e-mail para o trabalho para avisar que não vou amanhã.

— Você vai ter problemas no trabalho?

— Não, vai ficar tudo bem. — Dou um sorriso largo. — Vai me contar por que eu tive que mudar meu voo?

— Não. Eu te disse, é surpresa.

— Vamos ver… Domingo à noite em Nova Iorque. Nós vamos a um show da Broadway?

— Não. Embora, pensando nisso, você não pode voltar até ir a um show. Há tanta coisa que temos para fazer aqui antes de você ir embora.

— Vou voltar no próximo fim de semana. — Sorrio de novo.

— Vai? — Lily salta de animação.

— Sim, e todo fim de semana até você se mudar de novo.

— Sério? — pergunta, espantada.

— Claro. Cinco dias sem você vai ser difícil o suficiente. Não posso esperar mais que isso.

— Ah, sim! Isso é maravilhoso. Agora me sinto melhor.

— O suficiente para me contar a minha surpresa?

— De jeito nenhum. — Ela ri.

— Ok, deixe-me adivinhar. Você vai tentar me matar de novo com algum restaurante que mais parece um buraco nojento?

Ela bate no meu peito de brincadeira.

— Pare! Não fale mal do Bo. Você amou.

— Você está certa. Foi ótimo.

Lily envia algumas mensagens de texto, tendo o cuidado de esconder a tela de mim.

— Tudo bem, estamos resolvidos. O carro deve estar nos esperando lá embaixo. Pronto?

Pego sua mão e descemos as escadas, passamos pelo lobby e entramos no carro. Ela não me dá nenhuma dica conforme o carro nos leva pelas ruas movimentadas. O motorista vai em direção ao Lincoln Tunnel.

— Então, a surpresa é em Jersey?

— Talvez — Lily responde, tímida.

— Bem, é óbvio, a menos que ele esteja tomando um longo desvio. — Rio. Assim que saímos do túnel, vejo a placa para o MetLife Stadium, e cai a ficha. — Nós vamos a um jogo dos Giants? — pergunto, animado.

— Sim! — Lily bate palma. — Jerome nos deu ingressos e vai nos encontrar depois do jogo.

— Isso é foda, Lil. Obrigado. — Inclino-me para o seu lado no assento e puxo seu rosto para o meu, dando-lhe um beijo barulhento.

Não vejo Jerome desde o funeral da Stella.

— E adivinha contra quem eles vão jogar?

Fico envergonhado de dizer que não sei. Não tenho me atualizado muito sobre futebol americano ultimamente.

— Quem?

— Os Lions.

— Sério? — Rio, pensando no time que representa nosso estado. — Caramba, Lily... agora eu me sinto dividido.

— Eu sei. — Ela dá um sorrisão. — Pense assim: não importa quem ganhe, a gente vence.

— Boa. — Solto uma risadinha, trazendo sua mão para os meus lábios e beijando o lado de dentro do seu pulso. — Obrigada por organizar isso, Little. Eu te amo.

Jerome nos conseguiu lugares ótimos algumas fileiras atrás da linha de sessenta jardas. Sinto uma pequena pontada de inveja ao ver os caras no campo. Se eu for honesto comigo mesmo, sinto muita falta de jogar.

Não sinto falta da pressão e do estresse… mas, cara, sinto falta de jogar.

Olho para o lado e, atento, estudo Lily observando o campo e sei que fiz a escolha correta. Eu não trocaria essa vida por nada. Conheço-me bem o suficiente para saber que não conseguiria fazer os dois. Sou tão perfeccionista que, se tivesse me comprometido com uma equipe, ela receberia toda a minha energia. Eu voltaria a ser o monstro estressado que fui e viveria minha vida a um passo de ter um ataque de pânico.

Essa vida, sem estresse e cheia de amor, é bem melhor. Tomei muitas decisões ruins ao longo do caminho, mas pelo menos essa foi certa.

Lily deve sentir que a estou encarando, pois se vira para mim e me dá um sorriso de quem sabe o que estou pensando.

— Está feliz? — questiona.

— O mais feliz possível.

— Puta merda, cara. Você mandou muito bem.

Jerome me puxa para um abraço.

— É ótimo ver você, cara. — Depois de alguns tapas barulhentos em minhas costas, ele me solta do nosso abraço masculino e puxa Lily para os seus braços.

— Lily, querida!

Ela dá um gritinho, passando os braços por seu pescoço.

— Cadê a Charlie?

— Está em casa. Eu queria trazer o Jax.

— Ah, diga a ela que estou sentindo falta daquela carinha bonita.

Lily ri e observo, fascinado, testemunhando uma vida da qual não faço parte. É um sentimento estranho.

— Você conhece a Charlie? — pergunto.

Lily percebe minha confusão.

— Ah, sim. Nós saímos algumas vezes com o Jerome e os amigos dele no último ano.

— Ah, entendi. — Acho que faz total sentido.

— Não vou simplesmente viver na cidade da minha bonequinha e não vê-la — Jerome adiciona.

Sinto-me completamente fora de lugar.

— Certo. Eu nem tinha pensado nisso, para ser sincero.

— Bem, você tinha muita coisa na cabeça. A propósito, sinto muito. Eu deveria ter entrado em contato depois do funeral. Eu só não sabia o que dizer e depois acabei ficando enrolado. Sinto muito.

— Não, eu entendo. Não se preocupe, cara.

Alguns segundos estranhos passam.

— Sinto muito por tudo o que você passou. Saiba que eu estava pensando em você, irmão.

— Obrigado.

Sua voz fica mais animada.

— Estou felizão de te ver aqui com a Lily. Já estava na hora.

Eu rio.

— Concordo.

Acabamos jantando em um lugar que fica aberto por vinte e quatro horas. Em meio à mesa cheia de pratos de comida, nós nos atualizamos, rindo e conversando como se o tempo não tivesse passado.

Um amigo de verdade é aquele que você pode ficar longos períodos sem ver ou falar, mas, no momento em que se encontram, é como se o tempo não tivesse passado. Acho que isso pode ser dito sobre qualquer relacionamento real.

Trinta e três

— Esta é a última caixa. A. Última. De. Todas. — Lily bufa, enquanto coloca uma caixinha de papelão em cima de outras maiores. Ela se joga no sofá, expirando audivelmente.

Coloco a caixa enorme cheia de potes e panelas que estava levando para a cozinha no chão de madeira aos meus pés. Caio no sofá ao seu lado.

— Venha aqui.

Ela se inclina ao meu lado e passo o braço esticado por seu ombro.

— Mudança é exaustivo.

— Extremamente. Todo o meu corpo dói — reclama. — Preciso de um cochilo.

— Não podemos. Ainda não montamos a cama — lembro a ela.

— O colchão vai funcionar — fala, bocejando.

— Você não pode desistir de mim agora, Little. Isso é apenas o intervalo. Precisamos nos reagrupar e ir com força para os dois últimos quartos.

— Ah, não. — Ela balança a cabeça sem tirá-la do meu ombro. — Nunca joguei futebol americano. Não tenho resistência.

— Ah, você é bem durona. Você consegue. — Aperto seu braço. — Te amo. — Vejo-me dizendo isso a ela várias vezes ao dia. Ainda é muito surreal tê-la de volta na minha vida.

A alegria em sua voz retorna:

— Te amo também.

— Te amo mais — completo, antes de beijar o topo da sua cabeça e puxá-la para perto.

Ficamos em silêncio por um momento antes de Lily falar:

— Estou tão feliz, Jax.

— Eu também.

— Demorou um pouco para chegarmos aqui — comenta.

Rio baixinho.

— Demorou. Mas algumas coisas valem a espera — declaro, apertando seu ombro.

Lily vira a cabeça para o lado e me encara. Seus olhos azuis encontram os meus. Dentro deles, vejo meu passado, presente e futuro. Vejo minha razão para tudo. O amor que irradia deles me enche de alívio e de uma gratidão imensa.

Valeu a pena, cada parte. Cada momento dos últimos anos que tinha sido saturado de tristeza, dor e desespero foi importante, porque, de alguma forma, esse caminho nos trouxe até aqui. Talvez sempre estivéssemos destinados a acabar aqui, neste momento. Talvez sempre tenha sido nosso destino. Ainda assim, não me arrependo da nossa jornada nem por um segundo, pois penso que os últimos anos intensificaram meu amor pela Lily. Depois de perdê-la, percebi de verdade o quanto a amo.

Se alguma coisa é certa, é que nunca mais vou dar por garantido o nosso amor e a nossa maravilhosa vida juntos. Não acho que todos neste mundo tenham a sorte de encontrar sua alma gêmea, mas eu encontrei a minha. Antes de ter idade o suficiente para dizer uma palavra, eu a encontrei.

E nunca mais vou deixá-la partir.

Passaram-se dois meses desde que apareci em Nova Iorque para reconquistá-la. Muito aconteceu nesse período.

Em primeiro lugar, vendi a casa que comprei com a Stella. Apesar de bonita, nunca seria uma casa para Lily e eu. Sempre haveria memórias e, mesmo que nem todas fossem ruins, não posso tê-las me seguindo pelo resto da vida. Lily merece tudo de mim, que é o que ela sempre mereceu. Para fazer isso, tenho que fechar a porta do meu passado com a Stella.

Lily finalizou seu trabalho em Nova Iorque e se mudou de volta para Michigan. Atualmente, ela trabalha em período parcial para uma pequena revista de Ann Arbor, localizada a apenas algumas quadras do meu escritório. Ela gosta, mas é apenas algo para mantê-la ocupada. Sinto de verdade que a Lily será muito bem-sucedida com a própria empresa de fotografia. No último outono, ela já tinha feito várias sessões fotográficas com famílias e algumas noivas. Sua lista de clientes está crescendo e acho que vai continuar.

Ela tem um dom quando se trata de capturar as emoções dos clientes em suas fotos. Não importa o que acabe fazendo, só quero que ela seja sempre feliz.

Encontramos essa casa juntos e talvez seja onde viveremos pelo resto da vida. É perfeita. Fica a vinte minutos da cidade, tem vinte mil metros quadrados de terreno. A casa tem um deck enorme na parte de trás com vista para um riacho. Não é o Lago Michigan, mas é nosso. Posso ver nossos filhos nadando lá no futuro e o pensamento me deixa feliz. Nossa propriedade tem centenas de carvalhos altos, o que também traz um sorriso ao meu rosto. Encontramos nosso pequeno pedacinho de paraíso na Terra. Claro, qualquer lugar seria o paraíso se a Lily estivesse ao meu lado.

Bato de levinho na perna dela.

— Vamos lá. Vamos deixar as caixas nos cômodos certos, depois encerramos o dia. Podemos começar a arrumar as coisas amanhã.

— E a cama?

— Vou começar a montar a cama agora. Não se preocupe, Little Love. Você terá um local adequado para dormir.

Ela dá uma risadinha.

— Que bom.

— Montar a cama e separar as caixas não vai demorar mais de uma hora. Que tal, quando a gente terminar, deitarmos em um cobertor no chão, pedir pizza, abrir uma garrafa de vinho e fazer um piquenique de comemoração?

Lily se anima.

— Ah, boa ideia.

— Eu sei. Que pena que não está quente lá fora. Poderíamos fazer o piquenique no deck, ao pôr do sol — comento, pensando em um piquenique similar que fizemos na casa do lago dos meus pais, na noite em que Lily e eu fizemos amor pela primeira vez.

— Você está pensando no que eu estou pensando? — pergunta, com um sorrisão.

— Se você está pensando na vez que fizemos um piquenique parecido com esse e terminamos na cama, tendo todo tipo de maravilhosas primeiras vezes, então sim. — Sorrio.

— Você me conhece bem demais, Jax Porter.

— Eu sei e amo tudo em você, Lily Madison. E, se você estiver com sorte, podemos reviver alguma parte daquela noite — digo, provocando.

Lily ri bem alto, jogando a cabeça para trás.

— Se eu tiver sorte? É mais se você tiver sorte, mocinho.

Giro para o lado, pegando os pulsos da Lily e a levanto, jogando suas costas para trás até ela estar deitada no sofá, de barriga para cima. Coloco os joelhos de cada lado do seu quadril e monto nela.

Inclinando-me até meu rosto estar a poucos centímetros do dela, digo:

— Se *eu* tiver sorte?

Sua voz está despreocupada quando responde:

— Sim. Não ache que vou simplesmente desistir porque você disse.

— Ah, não?

Seus lábios formam uma linha e os olhos se arregalaram quando ela balança a cabeça.

— Humm... que pena — sussurro em sua nuca.

Deixo beijos leves pelo seu pescoço, abrindo caminho até sua orelha. Posso sentir sua pele arrepiada sob os meus lábios. Com eles, puxo gentilmente o lóbulo da orelha e um gemido baixo escapa da sua boca. Salpico beijos da orelha aos lábios. Ela abre a boca para mim e minha língua entra.

Nada nunca será tão mágico quanto a sensação que tenho quando estou conectado com a Lily; seja quando nos juntamos em um beijo ou fazemos amor. Nossos corpos se unem e é uma sensação indescritível, uma ligação tão intensa que ateia fogo em todas as minhas terminações nervosas. Nunca senti nada igual. Poderia simplesmente ser nossa química maravilhosa. Também poderia ser as nossas almas se unindo. O que quer que seja, é perfeito pra caralho, e farei o possível para me agarrar a isso por toda a eternidade.

Depois de vários minutos de êxtase, afasto a boca da sua. Ela abre os olhos, as pupilas dilatadas.

— Não pare — sussurra, sonhadora.

— Não? — Solto uma risada. — Não quero que você desista de tudo só porque eu quero.

— Eu retiro tudo o que disse. Sou uma sortuda. Agora, me beije.

— Desculpa, nós temos planos. Caixas, montar a cama, piquenique, perguntas — repasso a agenda das próximas horas antes de adicionar ao final: — e então vou tirar vantagem de você.

— Perguntas? Você está falando do nosso jogo?

Meu rosto ainda está a poucos centímetros do dela e eu sorrio.

— Claro. Nenhum piquenique estaria completo sem jogarmos Você Prefere.

Lily ri.

— Você já não sabe tudo o que há para saber ao meu respeito, Jax?

— Talvez — cedo. — Mas vou passar o restante da vida garantindo isso. As formas como você me surpreende são infinitas. Então, mesmo que eu saiba a maioria das respostas antes de você dizê-las, há sempre momentos em que você me fascina e eu aprendo algo novo. Eu vivo por esses momentos, porque existo nesta Terra para te amar. E para te amar direito, tenho que entender de verdade tudo o que há para saber de você.

Ficamos quietos por vários segundos, encarando um ao outro. Nenhuma palavra pode ser dita, mas uma centena de pensamentos são trocados. Lily quebra o silêncio primeiro:

— Ok. Concordo com seu plano, mas tenho uma pequena mudança.

— Ah, sim. O que é?

— Antes da parte das caixas... acho que você deveria adicionar *fazer amor com a Lily no sofá*. Por favor.

Paro por um momento, meus lábios se curvando para cima em alegria conforme a absorvo. Sua beleza nunca deixa de roubar meu fôlego. Em seguida, deixo a boca cair na sua, puxando seus lábios em um beijo ardente. Porque, quando o amor da minha vida pede por favor, eu ouço.

A reunião da Noite de Natal da nossa família é na casa dos Madison este ano. O feriado sempre foi um dos favoritos meu e da Lily, mas, tenho que admitir, não foi dos melhores nos últimos três anos. Não passei o último com a minha família, optando por ficar com a família da Stella.

É quase terapêutico entrar na casa dos Madison de mãos dadas com a Lily sem qualquer mágoa, saudade ou estranheza nos rodeando. É como se finalmente tivéssemos encontrado nosso lugar de volta para onde sempre estivemos.

Os gritos das mulheres da família dela são quase imediatos quando entramos na casa. A mãe e as irmãs da Lily a cumprimentam com beijos e abraços antes de fazerem o mesmo comigo.

— Feliz Natal, Jax, querido — Miranda diz, puxando-me para um abraço caloroso.

— Feliz Natal — respondo.

Adentramos mais na casa e vemos minha família conversando com o pai da Lily na sala. Minha mãe nos cumprimenta com a mesma exuberância que as irmãs da Lily.

O clima na sala é de celebração. Acho que todo mundo está feliz de ter nossas famílias unidas da forma que todos sempre acharam que deveria ser.

Lily abraça o pai enquanto o meu aperta minha mão.

— É bom te ver, Jax.

— A você também, pai — ofereço.

Tive várias conversas com meu pai desde que Lily e eu voltamos. Eu o ajudei a ver o que era ser filho dele. Não estou dizendo que nós temos a relação perfeita agora, porque não temos. Mas me aventuro a dizer que está ficando melhor a cada dia.

Lily e eu conversamos muito sobre o meu pai. Ela me ajudou a ver que ele fez o melhor que pôde. Não será a forma como escolherei criar meus garotos, se tiver a sorte de ter filhos um dia, mas foi o jeito que ele achou que seria melhor. Vejo que, do seu próprio jeito, ele estava tentando me fazer alcançar meu pleno potencial.

Nunca vou esquecer o que é crescer com um pai como o meu. Mas eu o perdoo.

A vida é curta demais para guardar raiva de alguém.

Lily me ajudou a ver que meu ressentimento em relação ao meu pai estava me machucando mais do que a qualquer outro. No momento que eu decidi esquecer e perdoar, quase pude sentir um peso sendo tirado de mim.

Nós comemos, rimos, jogamos e trocamos presentes. Foi a melhor comemoração de Natal que tivemos em muito tempo, e a parte boa é que eu sei que nossos feriados só ficarão melhores.

Trinta e quatro

Acordo na manhã de Natal com a suavidade do corpo da Lily enrolado ao meu enquanto estamos deitados e enterrados debaixo do nosso edredom. Puxo-a para mais perto, deleitando-me com o conforto que ela me traz.

Alegria pura é a emoção que começa a inundar meus sentidos toda manhã quando acordo, substituindo as menos desejáveis dos últimos três anos. Estou contente. Tudo finalmente está se encaixando. Estou vivendo a vida que sempre pensei que viveria, o destino que sempre foi para ser meu. E mais, o medo e a ansiedade não estão mais me assombrando.

Não penso mais em Stella com tanta frequência. Na verdade, passam mais pela minha cabeça pensamentos que não a incluem do que os que a incluem. A parte boa é que, quando penso nela, eu me lembro de todas as coisas maravilhosas: sua bondade, coisas engraçadas que ela dizia, seu sorriso, o amor pelos outros, nossa amizade. Não tenho certeza para o destino ter querido que a passagem da Stella por esta Terra fosse tão curta, mas talvez não caiba a mim entender. Sei que fui capaz de abandonar a culpa irracional que nutria desde a morte dela. Nunca tive o poder de salvá-la. Eu sei disso. Penso que qualquer um que perde alguém com quem se importa tem um luto diferente. A minha maneira foi segurar a culpa por coisas sobre as quais não tenho controle. Pensar na Stella agora traz um sorriso ao meu rosto. Sei que ela estaria feliz por mim. Ela sempre quis que eu fosse feliz.

Também fui capaz de abandonar a culpa que carregava por terminar com a Lily em primeiro lugar. Depois de tentar reconquistá-la e vê-la escolher o Trenton, tudo ficou tão óbvio. Finalmente percebi o que era importante e o que não era. Fui um tolo por desistir da Lily para começar, iludido por pensar que seria o melhor para ela. Olhar para trás sempre coloca as coisas em perspectiva. A agonia que a escolha de deixar a Lily me trouxe firmou residência em meu coração por muito tempo. Mas o que entendi é que fiz o que pensei que seria certo tendo como base o que eu sabia na época. Eu era um cara de vinte e um anos cujo maior estresse na vida era o futebol americano. Sério, o que eu poderia saber?

Esse é o ponto. Eu não sabia. E vim a aceitar o fato.

Uma escolha que é feita com a melhor das intenções é tudo o que alguém pode fazer. Ninguém pode saber que cada decisão vai alterar seu futuro até trilhar o caminho criado pelo resultado de suas ações. Tudo o que alguém pode fazer é tomar as decisões tendo como base as boas intenções. Depois disso, só temos que nos desapegar e esperar que o destino encontre um caminho.

E ele encontrou.

Deitado aqui com a Lily, nada esteve mais claro do que isso. *O destino encontrará um caminho.* Estou exatamente onde deveria estar e talvez eu tenha chegado no caminho que deveria trilhar. Talvez a Stella sempre tivesse que ter feito parte da minha jornada também. Eu sei, sem dúvidas, que sou uma pessoa melhor por ter conhecido a minha falecida esposa.

Lily se vira em meus braços para me encarar, seus olhos pesados de sono.

— Feliz Natal, Little Love — sussurro.

— Feliz Natal. — Ela dá um sorriso largo antes de se inclinar para me beijar.

Tomo seus lábios nos meus por alguns momentos antes de me afastar. Normalmente, não há nada melhor neste mundo do que fazer amor com a Lily, mas hoje há.

— Vamos abrir os presentes — digo.

Ela dá uma risadinha.

— Ok, alguém está impaciente.

— Não consigo evitar. É nosso primeiro Natal juntos.

— Tecnicamente, não — responde.

— É, eu sei. Mas é diferente dessa vez.

— Verdade — admite. — Ok, podemos abrir os presentes. Tenho tempo de escovar os dentes antes? — brinca.

— Acho que podemos conseguir tempo para isso.

A árvore está na frente de uma parede de janelas que dá para o jardim. Além do pisca-pisca aceso, o sol se ergue sobre a neve acima do nosso lago coberto de gelo.

Lily está no grande tapete em frente à árvore, abrindo as bugigangas e os doces que estão em sua meia. Finjo empolgação pelos itens da minha pelo que parece ser um tempo apropriado antes de dizer a ela que é hora dos presentes. Nunca me senti mais ansioso para nada na vida como me sinto quanto ao meu presente para ela.

— Pode abrir esse primeiro — falo, com calma, entregando uma caixa grande enrolada em papel dourado.

— Ah, amei o embrulho! — exclama.

Ela puxa o laço de seda e remove o papel. Olhando para mim com os lábios franzidos, ela levanta uma caixa levemente menor.

— Um presente dentro de outro? — pergunta, antes de o bilhete preso à fita chamar sua atenção. Segurando-o, ela o lê em voz alta: — Grande ou pequeno? — Ela sorri. — Grande ou pequeno o quê? Normalmente, suas perguntas são mais detalhadas que isso.

— Não posso te dizer, mas você terá que responder para abrir o próximo presente.

Seu sorriso fica mais largo.

— Ok, grande. Quanto maior, melhor, né? — diz, arrancando uma risada de mim. Ela tira o bilhete da fita e abre a próxima caixa. Assim que o papel sai, ela remove outra caixa, menor em tamanho, e lê o outro bilhete preso na fita. — Primavera ou outono? — Ela pensa em voz alta: — Hum… difícil. Você sabe o quanto eu amo o outono, embora a primavera simbolize novos começos, o que eu sinto que é o que estamos tendo. Sabe? — Ela pausa por um momento. — Vou ter que escolher o outono. Não há nada mais bonito do que um dia quente de outono, certo?

Sorrio e aceno na direção do presente, pressionando-a a abrir a próxima caixa. Ela repete o processo de remover a fita e rasgar o papel. Ela tira uma caixa embalada ainda menor e logo lê o papel preso no laço.

— Dentro ou fora? — Ela levanta o olhar para mim. — Fora. Sempre fora

— responde, antes de abrir a caixa para descobrir outra. — Debaixo de uma árvore ou na praia? — lê em voz alta. — Outra difícil. Não sei. Eu amo a praia, mas amo me sentar debaixo da nossa árvore também. — Ela segura o bilhete entre os dedos, ponderando. — Vou escolher debaixo da árvore. — E sorri para mim.

Ela repete o processo de abertura antes de começar a chorar quando pega o menor presente até agora, o cubo embrulhado que está na palma da sua mão. Lágrimas fazem uma trilha por sua bochecha enquanto encara a pergunta presa ao laço.

— Leia — apresso-a, com delicadeza.

Sua voz embarga ao dizer:

— Diamantes ou pérolas? — Seus olhos azuis brilham para os meus ao erguer o rosto para me encarar.

— Qual a sua resposta? — insisto, a voz baixa.

— Diamantes — sussurra.

— Por quê? — indago.

— Porque são eternos. — Ela morde o lábio ao encarar a caixa em sua mão trêmula.

— Abra.

Ela retira a fita e o papel para encontrar uma caixinha ainda menor lá dentro. Seu peito se expande com um soluço, e a cabeça cai para o peito, o corpo tremendo com as lágrimas.

Meu peito dói e meus olhos ficam marejados.

— Leia, Lil. — Minha voz está trêmula.

Ela funga e puxa uma respiração profunda.

— Sim ou não? — Sua voz treme como a minha.

Seu rosto se ergue para o meu mais uma vez, e eu olho bem nos olhos dela, que irradiam amor.

— E?

Ela soluça.

— Sim. Para sempre e sempre, sim, Jax. — Lágrimas escorrem por seu rosto.

— Ok, abra. — Observo seus dedos trêmulos desfazerem o último laço.

Ela retira a caixa de anel e eu a pego dela. Ficando de joelhos, digo:

— Fiz várias escolhas que nos separaram e nos fizeram seguir caminhos diferentes. De agora em diante, não importa para onde a vida nos leve, qualquer que seja a pergunta, a resposta sempre será você. Lily Anne Madison, eu te amei a minha vida inteira e te amarei por toda a eternidade. Você é meu tudo. Você me daria a honra de se tornar minha esposa? Little Love, você quer casar comigo?

Lily balança a cabeça com firmeza.

— Sim! Sim! Sim!

Ela pula para o meu colo. Abaixo o joelho para pegá-la enquanto envolve os braços ao redor do meu pescoço. Ela chora ali, e eu a seguro enquanto faço o mesmo em seu ombro.

Nunca houve uma pessoa mais perfeita para alguém do que a Lily é para mim. O alívio avassalador por ela ser minha para sempre faz uma dor profunda invadir o meu peito.

Alguns diriam que o amor não deveria doer, mas eu digo que, se você ama alguém na intensidade com que eu amo a Lily, sempre doerá. Não há emoção mais forte neste mundo que o amor. É uma força tão poderosa que quando experimentada na sua forma mais pura é uma alegria tão forte que sai do coração, explodindo de cada poro. Ela exige ser sentida, e isso dói, mas é a dor mais maravilhosa do mundo, e eu não a trocaria por nada.

Tive a sorte de amar duas mulheres na minha vida.

Uma me ensinou a amar incondicionalmente, a rir e a sentir as sensações mais incríveis. Ela me mostrou como se importar com alguém mais do que eu me importo comigo mesmo. Ela me deixou experimentar o que é verdadeiramente fazer amor. Ela também me ensinou a cantar debaixo d'água, a aproveitar a calmaria de um carvalho antigo, a fazer tortas de lama, andar de bicicleta sem as mãos, brincar de Marco Polo, como saber perder com graciosidade, a rir de mim mesmo, a fazer perguntas completamente inapropriadas, a fazer os castelos de areia mais fodas e como vencer no Jogo da Vida.

A outra me ensinou como apreciar tudo isso.

Epílogo

— Conte a história das estrelas no meu nariz, papai — Ava, minha filha de quatro anos, pede, animada, de sua cama das princesas com dossel.

— Ok, mas uma bem curta, bonequinha. Está tarde, e a mamãe e o papai estão cansados.

Demos um churrasco de verão em nossa casa hoje, e todos os Porter e os Madison ficaram aqui até tarde da noite. Já passou do horário da Ava dormir, mas as regras saem dos trilhos quando nossa família está aqui, o que é bem frequente. Eu não iria querer que fosse diferente disso. Lily e eu somos abençoados de muitas formas, e uma família maravilhosa é uma delas. Amamos que nossos filhos sejam tão próximos aos avós, tias, tios e primos. É incrível.

Enquanto a Lily e eu crescíamos, não tivemos isso. Nossas famílias só tinham uns aos outros. E embora eu ainda ache que isso seja verdade até certo ponto, nossas famílias são muito maiores agora. Ao longo do caminho, nós trouxemos pessoas para as nossas vidas e nossos filhos são abençoados por serem amados por todos. Eles são adorados por suas tias — Amy, Keeley, Jess, Kristyn e Charlie. São mimados pelos tios — Landon, Ben, Josh e Jerome. E são abençoados por terem Papa e Mimi Grant, além dos nossos pais.

Alguns dias, ainda não consigo acreditar que acabamos aqui, mergulhados nesta vida incrível. Mas como Lily é sempre rápida em apontar, não alcançamos um ponto final. A vida por si só é uma jornada. Bem, eu estou em uma jornada fantástica.

Ainda vivemos na primeira casa que compramos juntos e, para ser sincero, provavelmente ficaremos aqui para sempre. Assim como pensamos quando a vimos pela primeira vez, a casa é perfeita para nós.

Ainda estou trabalhando nas Indústrias Grant Global, ao lado do pai da Stella. Eu amo o meu trabalho. Lily passa os dias com Ava e nossos gêmeos de dois anos, Maxon e Mason. Ela tem uma empresa de fotografia independente também, mas não tem pegado tantos trabalhos desde que os gêmeos nasceram. Ela ama ser mãe. Sempre foi feita para ser uma.

— Papai! — Uma voz aguda me traz de volta para os meus pensamentos.

Dou uma olhadinha para Ava, que está com os olhos muito brilhantes para essa hora da noite. Ela está com o edredom rosa puxado até o queixo. Os elétricos olhos azuis brilham para mim em antecipação.

Balanço a cabeça, rindo.

— Ok, bonequinha. — Inclino-me em direção a ela.

Colocando o braço do outro lado do seu corpo, apoio-me nos cotovelos para que meu rosto fique a trinta centímetros do dela. Uso o dedo indicador de uma das mãos para traçar as manchinhas em seu nariz. Ava é uma mini-Lily com sua pele clara, olhos azuis e coração gentil. Seu longo cabelo é castanho-claro, quase um mix perfeito das cores dos pais. Ela é a coisa mais linda que eu já vi.

— Ah, veja. Encontrei uma! — exclamo.

Seus olhos se arregalam.

— O que é? — indaga, em um tom de admiração infantil.

— Humm… bem, se eu começar por esta pequena sarda e for para esta outra, depois parar aqui. — Arrasto a ponta do dedo pela pele suave do seu nariz. — Vou formar uma constelação de pata de cachorro.

— Uma pata de cachorro?

— Sim. Essa é uma boa história. A pata representa a história da Princesa Ava.

— Existe uma princesa com o meu nome? — ela grita, espantada.

— Claro que existe. Agora, escute enquanto conto a história dela — peço, gentilmente.

Ava acena com entusiasmo, apertando os lábios um no outro, mal contendo a animação.

— Era uma vez, havia uma bela princesa chamada Ava.

Seu peito vibra com uma risadinha, mas ela mantém a boca fechada.

— Ava era a princesa mais gentil que existia. Ela vivia em um castelo com seus pais, o Rei e a Rainha, onde tinha tudo o que pudesse querer. Mas a Princesa Ava sabia que havia outros no reino que não tinham tanta sorte. Então, todos os dias, ela fugia pelos portões do castelo e levava comida e roupas para as pessoas na vila. Um dia, quando ela estava caminhando por lá, viu um cachorrinho em um beco. O cachorrinho era preto com uma mancha branca no pelo ao redor do olho. Ele estava ganindo e, quando a princesa olhou de perto, viu que ele tinha um corte no pé, que estava sangrando.

— Ah, não! — Ava lamenta.

— Vai ficar tudo bem — garanto a ela.

Ela acena, a preocupação estampada em seus olhos.

— Então, a Princesa Ava pegou o cachorrinho e o levou para o castelo. Uma vez lá dentro, ela o levou ao médico da realeza. Com lágrimas nos olhos, ela implorou a ele que curasse o animal. O doutor concordou e eles levaram o cãozinho para a sala médica do castelo. Juntos, a Princesa Ava e o doutor limparam a patinha do filhote. Ele aplicou uma anestesia lá, para que não doesse, e deu pontos no corte. Envolveu a pata com gaze e disse à princesa que o cachorrinho ficaria bem.

"Depois de agradecer ao gentil doutor, ela levou o cachorro, que decidiu chamar de Patches, que significa remendo, em inglês, para a Rainha e implorou para ficar com ele. A Rainha não queria um cão no castelo, mas finalmente cedeu e permitiu que a Princesa Ava ficasse com Patches. Depois daquele dia, quando a princesa ia para a vila, ela ficava de olho nos animais que precisavam de ajuda. Ao longo dos anos, o médico da realeza lhe ensinou a ajudar animais feridos, e ela amou. A Princesa Ava decidiu que queria ser veterinária quando crescesse."

— O que é be-tre-ri-ná-ria? — Ava pergunta.

— Uma veterinária é uma médica de animais.

Ava acena, entendendo.

— Então, quando a Princesa Ava fez dezoito anos, ela disse ao Rei e à Rainha que iria para a faculdade para aprender a ser uma médica de animais. O Rei ficou muito bravo e disse que não. Disse que a princesa não poderia ser veterinária e que ela tinha que ir para a escola de etiqueta para aprender a ser a rainha perfeita. Os dois brigaram por vários dias, mas ela não desistiu. Não queria ir para a escola de etiqueta. Queria ser veterinária e passar a vida ajudando animais. Finalmente, quando o Rei percebeu que ela não desistiria do seu sonho, ele concordou.

"A Princesa Ava foi para a faculdade e aprendeu várias coisas. Ela voltou ao reino e abriu um hospital para animais, onde ajudava os bichinhos sem cobrar nada. Ela chamou a clínica de Casa do Patches. Os moradores do vilarejo ficaram muito gratos por finalmente terem alguém para cuidar dos animais doentes. A Princesa Ava ficou muito feliz por passar a vida fazendo o que amava, que era ajudar os animais. Fim."

— Mas com quem a Princesa Ava se casou? Ela encontrou um príncipe?

— Isso, meu amor, é algo para outra noite. Mas você consegue me dizer qual é a moral da história?

— Que devemos ajudar os animais.

— Mais ou menos. Você deve ajudar qualquer pessoa ou animal que precisar. Certo?

Ela assente.

— Mas a maior lição é que a gente deve crescer e ser o que for que nos faça felizes.

— Então eu posso ser o que eu quiser?

— Claro.

— Mas e se você e a mamãe não gostarem?

— Sua mãe e eu sempre amaremos você, não importa o que aconteça. Queremos que você, Max e Mase cresçam e sejam felizes.

— E se eu quiser jogar futebol americano, como você jogava?

— Então eu vou ajudar você.

— E se eu quiser ser gari e pegar o lixo das pessoas?

— Eu vou ajudar você. Vou te fazer tomar um banho antes de te abraçar apertado demais.

Enrugo o nariz, e Ava ri.

— Acho que quero tirar fotos, igual a mamãe — diz, pensativa.

— Bem, bonequinha, você tem bastante tempo para decidir e provavelmente vai mudar de ideia várias vezes até lá. Mas apenas saiba que não importa o que você faça, nós amamos você.

— Também amo você, papai. — Ela passa os bracinhos pelo meu pescoço e me puxa para um abraço. — Deita aqui comigo, papai?

— Claro, bonequinha. Vá dormir. Amo você.

Deito-me ao lado da Ava por poucos segundos antes de sua respiração se regular, e ela dorme rapidamente, a exaustão do longo dia a nocauteia com rapidez.

Olho para a porta do quarto e vejo Lily apoiada na moldura, observando-nos. Saio devagar da cama e vou até ela, puxando-a para mim. Ela passa os braços ao meu redor e ficamos ali por alguns segundos, nos deleitando silenciosamente no calor um do outro.

Fecho a porta do quarto com cuidado.

— Os meninos dormiram com facilidade?

— Sim, apagaram em minutos. Amei a história da Princesa Ava.

— Obrigado. — Abro um sorriso largo. — Você deveria ter se juntado a nós.

— Tudo bem. Eu também amei assistir. Aquela garotinha faz você comer na palma da mão dela.

— Sim, ela faz. — Rio. — Você tem energia o suficiente para uma taça de vinho e balançar na varanda?

— Ah, sim. Parece perfeito.

Pegamos nossas taças e vamos para o deck dos fundos, onde nosso balanço fica. Deixamos o vinho nas mesinhas ao lado e nos sentamos no meio do balanço, nossas coxas encostadas uma na outra e as mãos entre nós conectadas, dedos entrelaçados.

— Foi um bom dia — comento.

— Foi um ótimo dia.

Lily ri.

— O último drama da Keeley. Lembra que te contei que ela tinha um encontro com um cara do Corpo da Paz?

Fecho os olhos e escuto Lily falar dos problemas de relacionamento da Keeley, das tentativas da Amy de fazer sexo apenas em certos dias do mês para conseguir ter uma menina, e do encontro da sua mãe com a vigilância do buffet na nossa cidade natal. Uma velha rabugenta estava convencida de que a Miranda se inscreveu para levar salada de macarrão para o desfile do Memorial Day, mas trouxe salada de batata no lugar. Drama feminino é entretenimento puro.

— Do que você e os garotos falaram? — Lily pergunta depois de um tempo.

— Ah, sabe... sobre a temporada dos Tigers. Conversa de menino não é nem de perto tão divertidas quanto as fofocas das meninas.

— Isso não pode ser tudo sobre o que vocês conversaram.

— Você está certa. Passamos bastante tempo comentando sobre como você é uma esposa e mãe maravilhosa.

— Pare! — Bate na minha perna de brincadeira. — Fale sério. — Ela ri.

— Eu estou. — Angulo meu rosto para encarar Lily. Suas feições estão iluminadas pelo brilho da lâmpada na janela da cozinha. — Você é a melhor. Já te falei hoje que te amo? — questiono.

Ela abre um sorrisão.

— Sim, várias vezes. E eu te amo.

— Te amo mais, Little Love. — Inclino o queixo para frente para beijá-la. Afastando-me dos seus lábios macios, encaro seus olhos. — Então, você prefere manter o nosso passado do jeito que foi, com os solavancos e tudo, ou escolheria fazer as coisas diferentes, com escolhas diferentes?

— Você já sabe a minha resposta.

— Eu sei, mas me conte assim mesmo. Nunca vou me cansar de ouvir.

— Eu não mudaria nada. — Inclina-se e deixa um beijo casto em meus lábios.

— Por quê? — pergunto, com um sorriso nos lábios.

— Porque cada passo que nós demos em toda a nossa vida nos guiou até aqui, e o *aqui* é perfeito. Estou muito feliz, Jax. Cada escolha que fizemos nos possibilitou diferentes experiências. Elas nos fizeram as pessoas que somos hoje. E essas duas pessoas não poderiam ser mais apaixonadas e completas, certo?

— Certo. — Encaro o amor da minha vida, e não consigo imaginar nada nesse mundo que me deixaria mais feliz do que já estou.

— Cada sonho que já tive na minha vida se tornou realidade, Jax. Meu primeiro desejo era que todos os dias começassem e terminassem com você.

— Que é o que acontece — respondo.

— Eu sei. — Sua voz está tremendo de emoção. — E eu sou a pessoa mais sortuda do mundo por causa disso.

Beijo sua testa.

— Não, Little Love, sou eu.

— Vamos concordar que é um empate.

— Feito. — Dou uma risada.

Nós nos balançamos em silêncio, ouvindo os sons recorrentes de grilos e das pequenas ondas no lago atrás de nós.

Com toda honestidade, não sabia como desejar tudo isso. Sempre soube que queria a Lily, mas o restante das alegrias que tivemos juntos eu não sabia pedir, mas elas se tornaram verdade de todo jeito. E ela está certa. Cada passo que demos nos trouxe a este lugar, envolvidos por todo este amor e felicidade.

No meu coração, sinto que sempre fui feito para ter esta vida com a Lily.

Talvez a culpa que carreguei por fazer escolhas erradas fosse injustificada. Apesar de todas as decisões que tomei, acabei aqui de todo o jeito e acho que sempre acabaria.

Alguns chamam de destino. Alguns chamam de sorte.

Eu chamo de eternidade… e a Lily é a minha.

A história de Amy e Landon será contada em breve em *Um amor agradecido*, *spin-off* da série *Escolhas*.

Agradecimentos

É surreal para mim que eu esteja publicando meu quarto livro. Às vezes, não consigo acreditar que esta é a minha vida. Que presente. <3

Lançar *Um amor bonito* foi a experiência mais incrível de todas. Estou impressionada com o apoio que recebi com ele.

Para cada leitor que entrou em contato comigo, algumas vezes diariamente, falando o que achou do livro, dando ideias sobre o que aconteceria nesse aqui, contando histórias sobre atirar o Kindle longe e contando das lágrimas derramadas, ou que apenas me disseram que estavam *pacientemente* esperando por *Um amor eterno* sair, obrigada! Saber que escrevi uma coisa que despertou algo em você, que ficou com você e que te deixou tão envolvido que quis entrar em contato comigo para falar disso é marcante de verdade. Estou muito honrada e, sinceramente, grata. Nada é certo neste mercado e ter leitores que amam as palavras que escrevi e a história que contei é uma benção. Estou tão nervosa e animada para ver o que todos pensam dessa segunda parte da história da Lily e do Jax. Tentei fazer justiça à história. Espero que amem. <3

Em todos os meus agradecimentos, fico muito prolixa ao expressar meu amor por todas as pessoas maravilhosas da minha vida, mas sou muito sortuda com esta vida que recebi. Tenho um marido maravilhoso, filhos saudáveis e felizes, uma família surpreendente, a melhor mãe do mundo e amigos que fariam qualquer coisa por mim. Sou tão abençoada e grata por estar cercada de tanto amor que quero gritar para todo mundo ouvir.

Um agradecimento especial sempre irá para os meus irmãos, que foram as minhas primeiras almas gêmeas. Você os encontrará em toda história que eu escrevo, porque muito do que eu amo vem deles. De cada jogo que o Jax e a Lily jogaram até a forma como ele diz "te amo mais", tudo veio das minhas experiências enquanto crescia com meus irmãos e irmãs. Uma das coisas que mais desejo para os meus filhos é que eles sempre amem um ao outro incondicionalmente e com toda força — da mesma forma como os meus irmãos e eu nos amamos.

Há um grupo específico de pessoas que vão além para me ajudar com meus livros. A maioria delas eu não conhecia antes de me tornar parte deste louco mundo literário. Sou muito grata a elas.

Às minhas betas e revisoras — Gayla, Nicole, Jen, Amy, Robert, Tammi, Dena, Jaime, Heather, Kristyn, Lauren e Angela —, vocês são todas maravilhosas. Sério, cada uma de vocês é um presente e me ajudou de diferentes formas valiosas. Eu as amo muito. Beijos.

Angela, se eu tivesse um milhão de dólares sobrando, eu daria a você. E ainda não seria o suficiente, porque o seu apoio não tem preço. Não consigo te agradecer o bastante por tudo o que faz por mim todos os dias! Eu te amo muito mesmo. <3

Gayla, obrigada por tirar um tempo da sua vida ocupada para me ajudar, não importa o que eu esteja precisando. Você é tão inteligente e talentosa. É uma bênção, e eu te amo mais do que poderia expressar.

Nicole, garotona linda da minha vida, você é minha maior apoiadora e aliada neste mundo maluco dos livros. Sempre te darei os créditos por começar tudo. Nosso amor mútuo pela literatura e nossas conversas tarde da noite reacenderam meu sonho de escrever. Suas sugestões para *Um amor eterno* foram brilhantes e este livro não seria o que é sem você. Nossa amizade significa o mundo para mim. Te amo para sempre.

Kristyn, obrigada por sempre encontrar tempo para minhas revisões de último minuto. Uma amiga de verdade é aquela que você pode ficar longos períodos sem ver ou conversar, mas o momento em que você volta para o meu sofá, é como se tempo nenhum tivesse passado. Seremos amigas até o dia em que morrermos. Amo você. #putasparasempre

Tammi, seus comentários neste manuscrito trouxeram lágrimas para os meus olhos e me fizeram sentir incrível. Você entendeu a mim e à minha escrita. Suas palavras são valiosíssimas e encheram meu coração de gratidão. Suas sugestões para *Um amor eterno* foram precisas e muito úteis. Obrigada, do fundo do meu coração. Vou continuar a escrever para sempre, desde que você continue a ler, porque seu *feedback* por si só é suficiente. Eu te amo pra caramba! #pornôescrito

Amy, minha maior parceira da vida, eu agradeço pelo seu apoio desde o início. Do minuto em que eu li seu *feedback* em *Forever Baby*, eu sabia que seríamos amigos para sempre. Você me entende. Você é uma das pessoas mais gentis e generosas que eu conheço. Sou muito grata por ter seu apoio. Eu te amo muito. <3

Heather, obrigada por entender meus personagens e amar minha escrita. Você é minha alma gêmea angustiada! Amo seu *feedback* e sou muito grata por ter você. Um dia, em breve, nós nos encontraremos pessoalmente! Amo você. Beijos.

Dena e Jaime, sou muito grata por vocês duas. Obrigada por nossas sessões de *brainstorm*, nossas risadas e seu apoio. Eu amo as duas. #cabeçadefred #oqueacontecenovestiáriodospatriotsficanovestiáriodospatriots ;-)

Para a minha capista (da versão original), Regina Wamba, obrigada! Seu trabalho me inspira. Você é extremamente talentosa no que faz, uma artista de verdade, e sou muito grata por agora ter quatro capas suas. Eu amo muito esta aqui. É a perfeição. Tudo o que você faz é perfeito.

Para minha editora e diagramadora, Jovana Shirley, sendo direta, você é a melhor. Seu talento, profissionalismo e o cuidado que toma com meus livros valem mais do que eu poderia te pagar. Encontrá-la foi um verdadeiro presente, um que espero sempre ter nesta jornada. Do fundo do meu coração, obrigado por não apenas deixar as minhas palavras bonitas, mas também deixar bonito o interior do livro. Obrigada por sempre me encaixar em seu cronograma! Sou muito grata por você e por tudo o que você fez para este livro ficar o melhor possível. Beijos.

Para terminar, aos blogueiros. Ai, meu Deus. Eu amo vocês. Desde que lancei *Forever Baby*, vim a conhecer tantos de vocês pelo Facebook. Pela bondade em seus corações, muito entraram em contato e me ajudaram a promover meus livros. Há ótimas pessoas de verdade na comunidade dos blogueiros e fico honrada com seu apoio. Sério mesmo, obrigada! Por causa de vocês, as histórias das autoras independentes são divulgadas. Obrigada por apoiarem a nós e às ótimas histórias que escrevemos.

Você pode entrar em contato comigo por muitos lugares e vou amar ouvir você.

Encontre-me no Facebook: www.facebook.com/EllieWadeAuthor

Encontre-me no Twitter: @authorelliewade

Visite meu site: www.elliewade.com

E lembre-se, o maior presente que você pode dar a um autor é uma resenha. Se você sentir vontade, por favor, deixe uma na Amazon e no Skoob. Não precisa ser chique. Algumas frases já seriam maravilhosas!

Eu poderia, honestamente, escrever um livro inteiro só para agradecer todo mundo. Sou abençoada de várias formas e ainda mais grata por ter esta bela vida. Beijos.

Eternamente,

Ellie ♥

Sobre a autora

Ellie Wade reside no sudoeste de Michigan com o marido, três filhos pequenos e dois cachorros. Ela é mestre em educação pela *Eastern Michigan University* e é uma grande fã dos esportes da Universidade de Michigan. É apaixonada pela beleza do seu estado natal, especialmente pelos rios e pelo belo clima de outono. Quando não está escrevendo, está lendo, aconchegada com os filhos ou passando tempo com a família e os amigos. Ela ama viajar e explorar novos lugares com a família.